Katherine Paterson

Du hast noch eine Chance, Lyddie!

Aus dem Amerikanischen von
Ulla Neckenauer

Ueberreuter

Die Deutsche Bibliothek – CIP-Einheitsaufnahme

Paterson, Katherine:
Du hast noch eine Chance, Lyddie / Katherine Paterson.
[Aus dem Amerikan. von Ulla Neckenauer]. –
Wien : Ueberreuter, 1994
ISBN 3-8000-2759-3

J 1925/1

Aus dem Amerikanischen von Ulla Neckenauer
Erstveröffentlichung in USA unter dem Titel »Lyddie«,

Umschlag von Ulrike Heyne

Printed in Slowenia
8 7 6 5 4 3 2 1

Für Stephen Pierce,
unseren dritten Sohn

Der Bär

Der Bär war ihr Verderben, auch wenn sie damals alle lachten. Nein, Mama lachte nicht, aber Lyddie, Charles und die Babys lachten, bis ihnen der Bauch weh tat. Die beiden Kleinsten waren für Lyddie stets »die Babys«, und das würde wohl auch für immer so bleiben. Agnes war vier und Rachel sechs in jenem November 1843 – dem Jahr des Bären.

Es war Charles' Schuld, falls überhaupt irgendwen eine Schuld traf. Er hatte im Schuppen Holz geholt und die Haustür nur angelehnt. Aber da sie schon seit einiger Zeit nicht mehr richtig schloß, hatte er sie ja vielleicht zugemacht, und sie war trotzdem wieder aufgegangen.

Wie auch immer, Lyddie rührte gerade über dem Feuer in einem Topf mit Haferbrei, und als sie aufblickte, sah sie in der Tür einen massigen schwarzen Kopf. Die Nase war schnüffelnd emporgereckt, und die winzigen Augen funkelten vor Freude auf ein gutes Mahl.

»Daß mir bloß keiner schreien tut!« befahl Lyddie leise. »Geht ganz langsam und leise rückwärts zur Leiter und klettert auf'n Dachboden rauf. Charlie, du nimmst Agnes, und du, Mama, du nimmst Rachel.« Sie hörte, wie ihre Mutter wimmerte. »Psst!« fuhr Lyddie ganz ruhig fort. »Solang sich keiner aufregt, kann nichts passieren. Seid schön behutsam, ja? Ich werd 'n die ganze Zeit im Aug' behalten, und dann, sobald ich oben bin, zieh ich die Leiter hinter mir nach.«

Alle gehorchten, sogar Mama, obwohl Lyddie hörte, daß sie scharf die Luft einsog. Hinter Lyddies Rücken knarrte die Leiter, als erst Charles mit Agnes und dann Mama mit Rachel auf den

Dachboden kletterten. Lyddie sah dem Bären direkt in die Augen, mit einem wütenden Blick, der zu sagen schien: »Wag du es nur, in unser Haus zu kommen!« Als sie hörte, wie sich ihre Mutter und ihre Geschwister auf den Strohmatratzen niederließen, ging auch sie rückwärts und kletterte eine Sprosse um die andere langsam hoch, ohne den Bären aus den Augen zu lassen. Oben angelangt, wäre sie um ein Haar nach hinten gefallen. Charles zerrte sie neben Mutter auf die Matratze.

Bei dem Lärm erwachte der Bär aus der Verzauberung, in die ihn Lyddie versetzt zu haben schien. Er stieß krachend die Haustür auf und kam zur Leiter gestürzt. Doch als Charles sie schnell packte, schwangen die unteren Sprossen nach vorn und knallten dem Bären direkt auf die Nase. Einen Augenblick lang war er so verdutzt, daß Charlie mit Lyddies Hilfe die Leiter heraufzerren konnte, damit das Tier nicht mehr drankam. Der alte Bär brüllte vor Wut und fuchtelte dort, wo eben noch die Leiter gewesen war, mit seinen riesigen Tatzen in der Luft herum. Dann erhob er sich auf die Hinterbeine. Er war so groß, daß seine Nase fast bis zum Rand des Dachbodens reichte. Die kleinen Mädchen kreischten, Mama schrie: »O Gott, steh uns bei!«

»Still!« befahl Lyddie. »Ihr macht 'n bloß noch wütender.« Charlie schlang die Arme um die beiden kleinen Mädchen, und Lyddie packte ihre Mutter an der Schulter. Sie zitterte unter ihrer Hand, also lockerte Lyddie den Griff und begann ihre Mutter zu streicheln. »Alles klar«, murmelte sie. »Hier kann er uns nichts tun.«

Aber vielleicht konnte er an den Holzverstrebungen hochklettern? Es kam ihr unwahrscheinlich vor. Würde er es schaffen, einen gewaltigen Satz zu machen in seiner Wut und . . . Nein. Lyddie versuchte tief und regelmäßig zu atmen und dabei die Augen des Tieres mit den ihren festzuhalten. Jetzt ließ es sich wieder auf alle viere fallen, warf den Kopf herum und löste sich von ihrem Blick. Fast schien es, als sei der Bär verlegen. Dann machte er sich daran, das Blockhaus zu untersuchen. Er war hungrig und sah sich um, wo der Geruch herkam, der ihn angezogen hatte. Unterwegs stieß er das Butterfäßchen um. Er schleckte versuchsweise am Stößel, aber Lyddie hatte ihn nach dem Buttern am Morgen so gut gereinigt, daß das Tier bald davon abließ.

Bevor der Bär den großen Topf Haferbrei auf dem offenen Feuer fand, stieß er Tisch, Bänke und Spinnrad um. Lyddie hielt den Atem an und betete, er möge nichts kaputtmachen. Charles und sie würden natürlich versuchen, die Dinge wieder zu reparieren, aber er war erst zehn und sie dreizehn, und Erfahrung und Geschick ihres Vaters gingen ihnen ab. *»Bitte mach nichts kaputt«*, flehte sie lautlos. Sie hatten kein Geld, um irgendwelche Haushaltsgegenstände zu kaufen.

Als nächstes stieß der Bär ein tönernes Gefäß mit Apfelkonfitüre um. Aber die Lederhaut, mit der es zugebunden war, bekam er nicht herunter, da mochte er mit seiner tolpatschigen Tatze darauf einschlagen, soviel er wollte. Mit einem Hieb beförderte er das Gefäß quer durch den Raum. Es knallte gegen eine umgestürzte Bank, doch Gott sei Dank blieb das schwere Tongefäß heil.

Zuletzt langte er beim Haferbrei an, der über dem Feuer blubberte – und, aus dem Geruch zu schließen, gerade anbrannte. Er steckte den Kopf tief in den Topf und heulte vor Schmerz, als seine Nase mit dem heißen Brei in Berührung kam. Nun riß er den Kopf zurück, aber dabei zerrte er den Kochtopf von dem Haken, an dem er über dem Feuer hing. Und als er sich umdrehte, trug er den Topf über den Kopf gestülpt wie einen schwarzen Kürbis. Anscheinend war er derart verblüfft, daß er nicht auf die Idee kam, einfach den Kopf zu senken und so das Gefäß herunterfallen zu lassen. Statt dessen tanzte er vor Schmerz im Raum herum, erst auf allen vieren, dann auf den Hinterbeinen. Dabei floß ihm der kochendheiße Haferbrei über den dicken Nacken herunter und breitete sich auf seinem Fell aus.

Er warf sich nach allen Seiten und suchte nach dem Ausgang. Doch als er die offene Tür fand, brachte er es tatsächlich fertig, sie zuzustoßen. Nun hämmerte er mit dem Schädel, auf dem immer noch der Topf saß, auf die Tür ein, bis die ledernen Scharniere rissen. Dann sprang er mit großen Sätzen in die Dunkelheit hinaus. Lange noch konnte ihn die Familie Worthen durchs Gebüsch krachen hören, bis die gewohnte Stille der Novembernacht sie schließlich wieder umschloß.

Und da begannen sie zu lachen. Rachel fing damit an. Sie warf die dunklen Locken zurück und zeigte die Lücken, wo letzten Sommer noch die hübschen kleinen Zähnchen gesessen hatten. Dann folgte Agnes mit dem schrillen Kreischen einer Vierjährigen, als nächstes kam Charles' immer noch kindliches Gekichere.

»Puh!« schnaufte Lyddie. »Was 'n Glück, daß ich so häßlich bin. Ein hübsches Mädchen hätt's sicher nicht geschafft, dem alten Halunken Angst einzujagen!«

»Du bist doch nicht häßlich!« rief Rachel. Aber nun lachten sie noch lauter als zuvor, allen voran Lyddie, bis ihr vom Lachen und auch vor Erleichterung Tränen über die mageren Backen liefen und sie sich vor Bauchweh krümmte. Wann hatte sie jemals so gelacht? Sie wußte es nicht mehr.

Die Schultern ihrer Mutter zuckten, aber ihr Gesicht konnte Lyddie nicht sehen. Bestimmt lachte sie auch. Lyddie hoffte es zumindest. Klar, die Tür mußte repariert, das ganze Durcheinander aufgeräumt werden, und der Haferbrei war weg. Aber den Topf würden Charles und sie morgen sicher finden. Weit konnte ihn der Bär nicht verschleppt haben, und bestimmt hatte er eine deutliche Spur hinterlassen, so wie er durchs Gebüsch getobt war. Mach, daß Mutter lacht, betete sie.

»He, Mama!« flüsterte sie dann mit dem Mund nah an deren Ohr. »Is' alles klar mit dir?«

Ihre Mutter drehte sich ruckhaft um. »Es is' das Zeichen!« sagte sie.

»Was für 'n Zeichen?« fragte Lyddie, obwohl sie die Antwort nicht hören wollte.

»Clarissa hat gesagt, wenn der Weltuntergang käm', dann würd' der Teufel auf Erden wandeln.«

»Das war doch nicht der Teufel, Mama«, widersprach Charles. »Das war doch bloß 'n Schwarzbär.«
»›Euer Widersacher, der Teufel, geht umher wie ein brüllender Löwe und sucht, wen er verschlinge.‹«
»Tante Clarissa hat keine Ahnung«, sagte Lyddie so entschieden sie konnte, auch wenn sie schauderte.
»Das war doch bloß 'n Schwarzbär«, plapperte Rachel mit ängstlichem Stimmchen ihrem Bruder nach. Dann fügte sie hinzu: »Stimmt's, Lyddie? Es war bloß 'n Bär, stimmt's?«
Lyddie nickte nur, damit es nicht so aussah, als widerspräche sie ihrer Mutter.
»Morgen fahren wir nach Poultney«, sagte ihre Mutter. »Ich will bei 'n Gläubigen sein, wenn der Weltuntergang kommt.«
»Ich will nicht bei 'n Gläubigen sein«, sagte Rachel. »Ich will bei Lyddie sein.«
»Lyddie kommt auch mit«, sagte ihre Mutter.
»Aber wie soll uns der Papa finden, wenn wir von daheim weggehn?« wollte Charles wissen.
»Euer Vater is' fortgezogen, weil er nach eitlen Gütern strebt. Der kommt nimmer wieder.«
»Doch, tut er! Doch, tut er!« rief Rachel. »Er hat's versprochen!« Wie war es möglich, daß sie sich daran erinnerte, wo sie doch kaum drei gewesen war, als er wegging?

Die Kleinen hatten Mühe einzuschlafen. Ihre Mägen waren leer, denn der Haferbrei war ja fort, und ihre Mutter wollte nichts davon hören, noch mal welchen zu kochen. Charles half Lyddie, das Blockhaus aufzuräumen. Sie lehnten die Tür vor die Öffnung und schoben die Truhe dagegen, damit sie an Ort und Stelle stehen blieb, bis sie die Scharniere am Morgen reparieren konnten. Dann kletterte Charles die Leiter empor und ging zu Bett.
Lydie blieb noch unten und kniete sich vor die Feuerstelle, wo die Glut für die Nacht mit Asche abgedeckt werden mußte. Hinter ihr saß Mama auf dem einzigen Stuhl, einem Schaukelstuhl, den sie

als Braut aus Poultney mitgebracht hatte. Lyddie warf ihr einen verstohlenen Blick zu. Da saß Mama, schaukelte wie betäubt und starrte ohne zu blinzeln ins Feuer.

Um ganz ehrlich zu sein – Mama war etwas seltsam geworden, seit Vater weg war. Nicht ganz so seltsam wie ihre Schwester Clarissa und deren Mann Judah, der unentwegt lauthals den Weltuntergang verkündete, das mußte Lyddie zugeben. Aber jetzt sah es so aus, als hätte ihr der Bär den Rest gegeben. »Laß uns dableiben, Mama!« flehte Lyddie leise. »Ich bitte dich, Mama.«

Doch Mama starrte nur zur Feuerstelle, schaukelte langsam vor und zurück, mit leeren, unbewegten Augen, als wäre ihre Seele fortgeflogen und hätte den Körper zurückgelassen, der nun ohne Unterlaß schaukelte.

Es war zwecklos, weitere Einwände zu machen, also gab Lyddie es auf. Sie hoffte, daß auch dieser Anfall von geistiger Umnachtung vorübergehen würde, so wie bisher jeder. Doch am nächsten Morgen hatte Mama ihren Entschluß nicht vergessen. »Wenn wir nicht zu Clarissa ziehn, landen wir demnächst im Armenhaus«, sagte sie.

Noch mehr als vor der christlichen Nächstenliebe ihrer Tante Clarissa fürchtete sich Lyddie vor dem Armenhaus. Um diesem Schreckgespenst zu entfliehen, hatte sich ihr Vater gen Westen aufgemacht.

»Aufhalten kann ich dich nicht«, sagte Lyddie. »Aber mitgehn werd ich auch nicht. Ich kann die Farm nicht verlassen.« Als ihre Mutter den Mund öffnete, um zu widersprechen, fuhr Lyddie fort: »Außerdem bringt die Sau nicht genug ein, um für alle die Kutsche zu zahlen.«

Sie schickte Charles mit auf die Reise, um sicherzustellen, daß ihre Mutter und die Kleinen gut auf Onkel Judahs Farm ankamen. Charles sah lustig aus. Kaum höher als ein Johannisbeerbusch stand er aufrecht wie ein Mann in seinen abgetragenen Stiefeln und dem alten Wollhemd seines Vaters mit den hochgerollten

Ärmeln. Da sie den Pferdekarren letztes Jahr veräußert hatten, um Saatgut zu kaufen, belud er den Handkarren. »Es sind ja bloß zehn Meilen bis zum Gasthof von den Cutlers, wo die Kutsche hält. Die Kleinen können auf'm Wagen hocken, wenn sie zu müd werden«, sagte er. Er stellte die alte Ledertruhe darauf, in der seine Mutter ihre spärliche Aussteuer hierher auf den Berg gebracht hatte, dazu einen Großteil der Lebensmittel, die sie eingekocht und eingelegt hatte, bevor sie es aufgab, sich die Mühe zu machen. Mit Lyddie zusammen zwang er die alte Sau zu Boden und band das quiekende Tier an der Deichsel fest.

»Soll ich bis zum Dorf mitgehn?« fragte ihn Lyddie. Aber dann einigten sie sich darauf, daß sie lieber die Kuh und das Pferd versorgen und das Haus vor wilden Tieren schützen sollte.

»Paß gut auf dich auf!« befahl Charles besorgt.

»Mir wird schon nix passieren«, antwortete sie. »Denk dran, du mußt so viel kriegen für die Sau, daß es für die Kutschenfahrt reicht.«

»Und für meine Rückfahrt auch«, sagte er als Versprechen, daß er sie hier, auf dem Berg, nicht allein zurücklassen würde. Er sah sich um, weil er sich überzeugen wollte, daß ihre Mutter nicht in Hörweite war. »Scheu dich nicht, runterzugehn und die Stevens' um Hilfe zu bitten, Lyddie. Sie sind gute Nachbarn, egal, was Mama sagt.«

»Tja, mal sehn, wie alles so läuft«, sagte sie und warf die dünnen Zöpfe zurück. Eigentlich hätte ihr Bruder wissen müssen, daß sie wegen so etwas Unwichtigem wie ihrem eigenen Wohlergehen nicht den Nachbarn verpflichtet sein wollte. Ihre Mutter billigte weder Heiden noch Andersgläubige. Und da sie der Meinung war, die Stevens' seien als Quäker ein bißchen von beidem, hatte sie den Kindern verboten, etwas mit diesen Nachbarn zu tun zu haben. »Ein Worthen läßt sich nicht mit'm Teufel ein«, pflegte sie zu sagen.

Letztes Jahr im Frühsommer, als Mama mal wieder einen ihrer Anfälle hatte und sich um kaum etwas kümmerte, hatte Charles

abermals heimlich die Kuh den Berg hinunter zu den Stevens' gebracht. Soweit Lyddie zurückdenken konnte, lange bevor ihr Vater fortgegangen war, hatten sie den Zuchtstier der Stevens' in Anspruch genommen. Sofern sich ihre Mutter jemals über die Kälber gewundert hatte, die wie durch ein Wunder jeden Frühling geboren wurden, so hatte sie es nie erwähnt. Sie wußte ebensogut wie Lyddie und Charles, daß sie ohne das Geld, das diese Kälber einbrachten, niemals durchgekommen wären.
Die radikalen Ansichten und die absonderlichen Verhaltensweisen ihrer Nachbarn störten Lyddie nicht, doch was sie gewaltig störte, das war, jemandem verpflichtet zu sein. Aber es ließ sich nicht ändern. Daß sie den Stier in Anspruch nahmen, war unumgänglich, denn die Arbeit, die er verrichtete, konnte Lyddie nicht selbst übernehmen. Aber sie wäre lieber verhungert, als zu den Stevens' zu gehen, um zu betteln. Bevor die Kuh das diesjährige Kalb geboren hatte und wieder zum Stier gebracht werden mußte, wollte sie sich dort nicht sehen lassen.

Sie hätte sich keine Sorgen zu machen brauchen. Charles kam nach ungefähr zwei Wochen zurück, und sie schafften es, gemeinsam über den Winter zu kommen. Sie schossen Kaninchen und pulten Baumrinde ab für die Suppe, um ihre mageren Lebensmittel zu strecken. Als ihnen das Brotmehl ausging, stand auch das Butterfaß still, aber Lyddie meinte nur: »Zum Butterrühren hab ich sowieso noch nie große Lust gehabt.«
Als die Geburt des Kalbs näherrückte, hörten sie widerstrebend auf, die Kuh zu melken, damit ihre Milch versiegte. Da es ja kein Brot gab, brauchten sie auch keine Butter, aber Milch und Käse würden sie gewaltig vermissen. Doch sie waren Bauern genug, um das zu tun, was für ihre einzige Kuh das beste war.
Ihre Freude war groß, als das Kalb geboren wurde, und nun gab es auch wieder Milch und Sahne in Hülle und Fülle. Lyddie und Charles fühlten sich so reich wie Städter. Goldig war das kleine weibliche Kalb, das am ersten warmen Märztag zur Welt kam,

am selben Tag, an dem sie auch in die Zuckerahornbäume Löcher bohrten und die selbstgebastelten Spunde einsetzten, um den Saft aufzufangen. Es gelang ihnen, genug Ahornsirup und Zucker für den Eigengebrauch herzustellen. Um damit Geld zu verdienen, reichte es nicht, aber sie waren dabei, dazuzulernen, und in einem Jahr, nach der nächsten Ernte, würden sie schon erfahrene Bauern und Zuckerhersteller sein, versicherten sie sich gegenseitig.

Noch Jahre später sollte sich Lyddie an diesen Vormittag erinnern. Es war Ende Mai, der Himmel war leuchtend blau, und der Berghang trug ein drei Tage altes Grün. Hoch in einem der Apfelbäume flötete ein Rotkehlchen sein Frühlingslied. *Tschira, wiira, wii-it, tschirili-tschirili.* Lyddie wurde das Herz weit, als sie das hörte. Ihre rauhen Hände lagen auf den samtglatten, hölzernen Deichseln des alten Pflugs. Charles ging vorne neben dem Pferd her, und so zerrten und schoben sie die schwere, metallene Pflugschar durch den steinigen Boden. Der saubere, feuchte Geruch von frisch gewendeter Erde stieg dabei auf. *Tschirili-tschirili.*

Da kam an diesem perfekten Frühlingsmorgen ein Reiter um die enge Biegung des Wegs. Langsam und vorsichtig trottete das Pferd die tiefen, getrockneten Schlammfurchen entlang, die das Tauwetter von April und Anfang Mai hinterlassen hatte.

»Charlie«, sagte Lyddie leise zu ihrem Bruder. Sie wagte es kaum, eine Bewegung zu machen, weil sie einen Augenblick lang hoffte, es könnte Papa sein. Aber nur einen Augenblick lang. Dann erkannte sie, daß es eine Frau war, die im Damensattel sitzend angeritten kam, und es war auch nicht ihre Mutter. Denn seit diese vor Jahren vom Pferd gestürzt war und das Baby verloren hatte, das zwischen Lyddie und Charles gekommen wäre, war sie nie mehr auf ein Pferd gestiegen.

»Charlie«, wiederholte Lyddie. »Da kommt wer.«

Mrs. Peck, die Gattin des Besitzers des Dorfladens, brachte einen Brief. »Ich hab mir gedacht, den würdet ihr gleich haben wollen«, erklärte sie. Lyddie holte die Münzen für das Porto aus der fast leeren Gelddose. Mrs. Peck wartete ein Weilchen, vielleicht in der Hoffnung, Lyddie möge den Brief laut vorlesen. Aber das tat sie nicht. Lesen war nicht gerade ihre Stärke. Erst später, als sie ihre Arbeit beendet hatten und schweißnaß ins Haus zurückgekehrt waren, hielt sie den Brief nah ans Feuer. Es gelang ihr, die eng zusammengequetschten und kindlichen Schriftzüge ihrer Mutter zu entziffern.

Libe Lyddie!
Der Weldundergang is noch nicht gekomen. Aber wir ham noch ne Schangse. Bis da hin gest du bein Cutlers vom Wirtzhaus in Stelung un dein Bruder zun Phinneys inner Müle. Ich haps fersprochen. Die Waiden un Fälder un Zukerbäum hap ich an Mr. Wescott ferpacht, als Bezalung für unsre Schuldn. Ebenso Ku und Pfert. Macht euch schnuhrstrax aufn Weg wen ihr mein Brif krikt.
Libe Grüs fon eurer Mutter,
Mattie M. Worthen

Lyddie brach in Tränen aus. »Ach Gott, ach Gott, Charlie«, sagte sie zu ihrem entsetzten Bruder. »Darauf war ich nicht gefaßt. Wir haben unsre Sache so gut gemacht, du und ich, nicht?«
Er holte tief Luft, griff in die Tasche und reichte ihr ein zerlumptes Taschentuch.
»Schon gut, Lyddie«, sagte er. »Schon gut.« Als sie sein Schnupftuch vor das tränenüberströmte Gesicht hielt und es nicht mehr wegnahm, zog er sie leicht an einem ihrer Zöpfe. »Der Weldundergang is' noch nicht gekomen, was?« Er nahm den Brief von ihrem Schoß, und als sie sich das Gesicht abwischte und zu lächeln versuchte, grinste er gequält und deutete auf den mit Rechtschreibfehlern gespickten Brief. »Siehste, wir ham noch 'ne Schangse.«
Lyddie lachte unsicher. Ihre Rechtschreibung war auch nicht bes-

ser als die ihrer Mutter, also kapierte sie nicht gleich, wo da der Witz lag. Aber Charlie lachte, also lachte auch sie, obwohl es die Art von Lachen war, die sich in ihrer Brust geradeso anfühlte wie Schmerz.

Nette Nachbarn

»Vom Kalb hat sie nix geschrieben«, sagte Lyddie plötzlich, während sie niedergeschlagen ihre Sachen zusammenpackten.

»Wie auch?« antwortete Charles. »Wir haben ihr ja nie was davon gesagt.«

»Weißt du was, Charlie? Das Kalb gehört von Rechts wegen uns.«

Er sah sie mit zur Seite geneigtem Kopf zweifelnd an.

»Ehrlich. Wir waren's, die Quäker Stevens gefragt haben, ob wir die Kuh zu seinem Stier bringen dürften. Mama hatte nix damit zu tun.«

»Aber wenn wir doch verschuldet sind . . .«

»Sie hat die Felder, das Pferd und die Kuh verpachtet. Du mußt Müllerjunge werden und ich Dienstmagd. Sie macht mit uns, was sie will. 's gibt keinen Grund, warum wir ihr das Kalb geben sollten.« Lyddie stemmte eine Hand in die Hüfte und streckte den schmerzenden Rücken.

»Was hast du dann damit vor?«

»Sei still. Ich bin grad dabei, mir's zu überlegen.« Folgsam hielt er den Mund und starrte wie sie zu den spindeldürren Ahornbäumen hinüber, aus denen ihr Zuckerwäldchen bestand.

»Es ist 'n schönes, dickes Kalb«, sagte Lyddie. »Es hat lang bei der Mutter trinken dürfen. Wir werden 'nen guten Preis dafür kriegen.«

»Aber wir wär'n verpflichtet, Mama das Geld zu geben.«

»Nein.« Lyddies Stimme war schärfer als beabsichtigt, was an ihrer drei Jahre lang aufgestauten Wut lag. »Haben wir bisher immer gemacht, und sieh nur, was wir jetzt davon haben. Nein«, sagte sie wieder, diesmal leiser. »Sie kriegt das Geld nicht. Sie wird's Onkel Judah geben, und der wird's diesem Prediger geben. Dem, wo behaupten tut, man bräucht' keine irdischen Güter, weil der Weltuntergang naht.« Sie drehte sich zu ihrem Bruder um. »Charlie, du und ich, wir können nicht an'n Weltuntergang denken. Wir müssen dran denken, wie wir die Farm behalten können, bis unser Papa wieder da ist. Wir sollten das Geld nehmen und es irgendwo vergraben, damit wir später, wenn wir aus unsern Stellungen freikommen, neu anfangen und 'n bißchen Saatgut kaufen können.«

»Vielleicht will Mama die Farm verkaufen.«

»Kann sie nicht. Nicht, solang Papa noch lebt.«

»Aber vielleicht . . .«

»Wissen wir nicht, oder? Wir müssen dran glauben, daß er wiederkommt . . . oder daß er uns zu sich holt.«

»Ich hoff bloß, daß er uns nicht zu sich holt.«

»Wir werden ihn überreden, daß er hierbleibt«, sagte Lyddie. Einen Moment lang hatte sie Lust, den Arm um Charlies dünne Schultern zu legen. Aber sie hielt sich zurück, denn sie wollte nicht, daß er dachte, sie hielte ihn für weniger als den Mann, den er so tapfer darzustellen versuchte. »Wir sind 'n gutes Gespann, Charlie, nicht?«

»Ochsen oder Maulesel?« erkundigte er sich grinsend.

»Bißchen von beidem, denk ich mir.«

Sie machten das Blockhaus sauber und fegten den splittrigen Dielenboden. Es war eine einfache Unterkunft, das wußten sie, verglichen mit den Bauernhöfen entlang der Straße und den geräumigen Wohnhäusern, die sich um die Dorfwiese scharten. Aber ihr Vater, der siebte Sohn eines armen Farmers aus einem Tal in Connecticut, hatte dieses Bergland hier erworben und das Blockhaus mit eigenen Händen gebaut, bevor sie geboren wurden. Jedes Jahr hatte er versprochen, er würde genug Ahornzukker, Hafer oder Pottasche verkaufen, um ein größeres, ordentliches Haus zu bauen, mit einer richtigen Scheune daneben, statt eines Schuppens, zu dem man sich bei Regen und Schneesturm erst durchkämpfen mußte. Aber seine Zuckerahornbäume blieben spindeldürr, sein Hafer reichte kaum, um die größer werdende Familie zu ernähren. Beim Roden des Landes kamen massenhaft Baumstümpfe zum Verbrennen zusammen, doch plötzlich wurde in Neuengland keine Pottasche mehr gebraucht, und auch in Vermont war die Nachfrage gering. Also stürzte er sich gewaltig in Schulden, um drei Schafe zu erstehen, aber im selben Jahr, in dem er genug Wolle hatte, um sie zu verkaufen, fiel der Preis ins Bodenlose. Er hatte kein Glück. Das spürten sogar seine Kinder, aber er liebte sie und arbeitete hart für sie, und dafür liebten auch sie ihn.

Als sie die Tür zuzogen, die trotz aller Mühe, die sich Charles gegeben hatte, immer noch nicht richtig schloß, fiel ihnen der Bär ein, und sie fragten sich, wie sie die wilden Tiere davon abhalten konnten, das Blockhaus in ihrer Abwesenheit auf den Kopf zu stellen. Schließlich machte Charles den Vorschlag, das Brennholz zu nehmen, das noch geblieben war, und es vor der Tür aufzustapeln. Sie brauchten fast eine Stunde dafür, aber schließlich bewunderten sie schwitzend und schwer atmend ihre Barrikade.

Jetzt fiel ihnen das Weggehen ein bißchen leichter. Charles ritt ohne Sattel auf dem Ackergaul und hatte die braunen Fersen in die breiten Flanken gestemmt. Lyddie folgte mit der Kuh. Sie trug einen Jutesack, in dem sich ihr zweites Kleid und ihr Nachthemd befanden. Die zu klein gewordenen Stiefel hingen an den Schnürsenkeln verknotet über ihrer Schulter. Mit nackten Füßen würde sie den langen Marsch leichter bewältigen können. Es war unnötig, auch das Kalb am Strick zu führen. Es tanzte um das Hinterteil seiner Mutter herum und befahl ihr unentwegt und lautstark, lange genug stehenzubleiben, damit es trinken konnte. Vögel schwirrten zu beiden Seiten des Weges in die hohen Bäu-

me hinein und wieder heraus, dabei riefen und sangen sie inmitten der hauchfeinen Grün- und Rosttöne neuer Blätter und dem Dunkelgrün von Kiefern und Tannen. Hie und da gab es Wildblumen, die den Wagemut besaßen, im Sommerkleid zu tanzen, und vergaßen, daß jede Nacht einen tödlichen Frost bringen mochte.
Lyddie atmete die süße Luft ein. »Der Frühling ist da«, sagte sie.
Charles nickte.
»Macht's dir viel aus, daß du in die Mühle mußt?« erkundigte sie sich.
Er zuckte mit den Achseln. »Weiß nicht. Hört sich nicht allzu schlimm an. Staubig wird's sein, nehm ich an. Und zum Faulenzen werd ich wohl nicht viel kommen.«
Sie lachte. »Faulenzen? Du weißt ja gar nicht, wie das geht, Charlie.«
Er lächelte über das Kompliment. »Ich wär' lieber zu Haus.«
Sie seufzte. »Wir werden wiederkommen, Charlie, das versprech ich dir.« Einen Augenblick lang schwiegen sie beide, denn sie mußten daran denken, daß ihr Vater etwas ganz Ähnliches gesagt hatte. »Ehrlich«, fügte sie hinzu. »Weiß ich ganz sicher.«
Charlie lächelte. »Klar«, sagte er.
Sie waren jetzt in Sichtweite von Quäker Stevens' Farm. Sie konnten ihn sehen mit seinem breitrandigen, schwarzen Hut, umrundet von den schwarzen Hüten seiner drei erwachsenen Söhne. Die Männer hatten den Ochsen vor einen schon zur Hälfte mit Steinen beladenen Karren gespannt und waren dabei, auf einem frisch gerodeten Stück Land nach weiteren Steinen zu graben.
Um sein an der Straße stehendes Farmhaus herum waren im Lauf der Jahre mehrere Gebäude entstanden. Am nördlichen Ende waren die Umrisse eines Anbaus mit weit heruntergezogenem Dach zu erkennen, der hinten in ein größeres Gebäude mit steilem Giebeldach überging, dann folgte ein rechtwinklig angebauter Flügel, in dem sich der Abort befand. Gleichzeitig diente er als Lagerschuppen und Durchgang zu zwei Scheunen, von denen die größere aus der kleineren herauswuchs. Die Stevens' waren

wohlhabend, obwohl sie wie alle Quäker ein einfaches Leben befürworteten.
Noch bevor sie nach dem Farmer riefen, hatte er sie gesehen. Er winkte, nahm seinen Hut ab, um sich mit dem Ärmel seines handgesponnenen Hemds Schädel und Gesicht abzuwischen. Dann setzte er den Hut wieder auf, überquerte das Feld und kam zur Straße.
»Ich sehe, mein Stier hat gute Arbeit geleistet«, sagte er lächelnd. Sein breites Gesicht war rot, sein Haar war lockig und um die Ohren herum grau. Kräftige, wollige Augenbrauen krönten die freundlichen Augen.
»Wir sind gekommen, weil wir uns bei Ihnen bedanken wollen«, begann Lyddie, während sie rasch überlegte. Einerseits wollte sie offen und ehrlich sein, andererseits wollte sie einen guten Preis für das Kalb erzielen, das ihm ja eigentlich zum Teil gehörte, wie sie insgeheim zugeben mußte.
»Und deswegen habt ihr die Tiere fünf Meilen weit hergebracht?« fragte er. Jetzt standen die wolligen Augenbrauen hoch oben auf seiner Stirn.
Lyddie wurde rot. »In Wirklichkeit wollen wir das Pferd und die Kuh Mr. Wescott zur Pacht bringen, als Bezahlung für unsere Schulden. Und das hübsche Kalb da müssen wir verkaufen, und zwar sofort. Unsere Mutter hat uns zur Arbeit verdingt.«
»Ihr verlaßt euer Land?«
»Das ist auch verpachtet«, erklärte sie und ließ es zu, daß ein wenig Trauer in ihrer Stimme mitschwang. »Charles und ich haben drauf gewartet, daß unser Vater aus'm Westen zurückkommt, aber . . .«
»Ihr beiden Kinder wart den ganzen Winter allein?«
Lyddie spürte, wie sich Charles neben ihr versteifte. »Wir sind gut zurechtgekommen«, sagte sie.
Quäker Stevens nahm den Hut ab und wischte sich wieder über Kopf und Hals. »Ich hätte kommen und meine Nachbarn besuchen sollen«, sagte er leise.

Lyddie spürte ihren Vorteil. »Ob Sie wohl Interesse hätten ... nein, bestimmt nicht. Sie haben ja auch schon 'ne riesige Herde.«
»Ich geb euch zwanzig Dollar für das Kalb«, sagte er rasch. »Nein, fünfundzwanzig. Ich kenn den Vater, und der ist aus guter Zucht«, fügte er dann lächelnd hinzu.
Lyddie tat so, als dächte sie nach. »Kommt mir reichlich viel vor«, sagte sie dann.
»Von Rechts wegen tät's ja zur Hälfte Ihnen gehören«, platzte Charles heraus, bevor ihn Lyddie mit dem Ellbogen davon abhalten konnte. Seine Redlichkeit würde sie noch ins Grab bringen.
Aber der freundliche Mann war hartnäckig. »Es ist ein angemessener Preis für ein schönes, dickes Kalb. Ihr habt gut dafür gesorgt.«
Er bat sie ins Haus, um den Kauf dort abzuschließen, und noch bevor sie fertig waren, fanden sich Lyddie und Charles wieder, wie sie ein herzhaftes Mittagessen mit der Familie einnahmen. Der Raum, in dem sie saßen, war größer als ihr ganzes Blockhaus einschließlich Schuppen. Es war eine Kombination aus Küche und Wohnzimmer, mit einer Ecke zum Spinnen und Weben. Die Familie Stevens war so wohlhabend, daß sie einen eigenen Webstuhl besaß. Das Essen, das auf dem langen Eichentisch aufgebaut war, kam den Kindern wie ein königliches Festmahl vor, denn bis die Kuh wieder Milch gegeben hatte, hatten sie sich hauptsächlich von Kaninchen, Rindensuppe und den restlichen schimmligen Kartoffeln vom Vorjahr ernährt.
Die Frau des Quäkers war ebenso groß und rotgesichtig wie ihr Gatte, und ebenso freundlich war sie auch. Sie drängte die beiden, ordentlich zuzugreifen, sie hätten ja noch einen weiten Weg vor sich. Bei dieser Gelegenheit fiel Quäker Stevens ein, daß er Nägel brauchte. Er sagte, einer der Jungen könne zur Mühle fahren und von dort aus ins Dorf. Die Kuh und das Pferd müsse man hinten an den Wagen binden, also kämen sie bis zum Haus der Wescotts auch nicht viel schneller vorwärts als zu Fuß, aber wenn sie Lust hätten mitzufahren ...

Die Söhne nahmen beim Essen die Hüte ab und sahen viel jünger und weniger finster aus, als Lyddie sie in Erinnerung hatte. Luke, den Jüngsten, hatte sie damals, als sie noch zur Schule gegangen war, öfter gesehen. Er gehörte zu den riesengroßen Jungen, die ganz hinten in der Klasse saßen und schon so um die sechzehn waren, während sie selbst noch als Winzling in der ersten Reihe hockte. Seit sich ihr Vater auf den Weg nach Westen gemacht hatte, war sie nicht mehr in die Schule gegangen. Sie hatte es nicht gewagt, die Babys mit ihrer Mutter allein zu lassen. Charles war im letzten, viermonatigen Schulhalbjahr hingegangen, bis es im Winter dann zu schwierig wurde. Sie hoffte, daß ihm der Müller ein bißchen Schulbildung zukommen lassen würde. Charlie hatte einen guten Kopf, der sich nicht so störrisch dem Lernen widersetzte, wie es ihrer zu tun schien.

Luke Stevens band das Pferd und die Kuh hinten an den Wagen und kam dann nach vorn, um Lyddie hochzuhelfen. Doch sie tat so, als sähe sie seine Hand nicht. Sie konnte doch nicht zulassen, daß er sie wie ein Kind oder ein hilfloses weibliches Wesen behandelte. Sie sprang das hohe Trittbrett hinauf in den Wagen, wo sie feststellen mußte, daß sie auf der engen Bank zwischen Luke und Charles eingequetscht sein würde. Sie machte sich so klein wie möglich, denn sie war es nicht gewöhnt, auf Tuchfühlung mit fast Fremden zu sitzen. Selbst innerhalb ihrer Familie berührte man sich kaum. Sie kam sich schmächtig vor und bekam den Mund nicht auf neben diesem Klotz von einem Mann.

Auch Luke war nicht sehr gesprächig. Von Zeit zu Zeit beugte er sich vor, redete an ihr vorbei mit Charles und fragte ihn zum Beispiel, was er über die Mühle wisse, in der er arbeiten würde. Charles' hohe Jungenstimme klang herzergreifend kindlich, verglichen mit der tiefen, männlichen Stimme dessen, der ihn befragte. Es war so ungerecht. Luke hatte Vater, Mutter und ältere Brüder, die mit ihm lebten und für ihn sorgten, während der kleine Charlie ganz auf sich gestellt war. Lyddie kramte am Boden ihres Jutesacks herum, bis sie das Säckchen mit den Münzen fand. Dann kniff sie fest hinein, um sich daran zu erinnern, daß sie nicht weinen durfte.

»Dann wird eure Farm also brachliegen?« fragte Luke gerade ihren Bruder.

»Nein, Felder, Weiden und Zuckerwäldchen sind verpachtet. Aber 's Haus und der Schuppen stehn leer. Ich hoff bloß, daß der Schnee die Dächer nicht eindrückt.« Charles klang so besorgt, daß es Lyddie fast nicht ertragen konnte.

»Oh, denen wird schon nix passieren«, sagte sie. »Und in 'n paar Jahren sind wir wieder da.«

»Ich könnte ja mal vorbeisehen dort – wär' euch das recht? Und den Schnee vom Dach schaufeln, falls es nötig werden sollte.«

»Nein, ist nicht nötig . . .« fing Lyddie an, aber Charles war schon dabei, Luke für seine Freundlichkeit zu danken.

»Dafür wär' ich Ihnen arg verbunden«, sagte er. »Dann brauchen wir uns keine Sorgen machen. Lyddie und ich wollen nämlich, daß alles noch steht, wenn unser Papa heimkommt. Aber Last soll's keine werden für Sie.«

»Es ist keine Last«, antwortete Luke freundlich.

»Aber jetzt ist keiner mehr da, der den Schnee auf'm Weg festtrampelt«, wandte Lyddie ein.

Luke ignorierte ihren mürrischen Tonfall und lächelte sie an. »Ich kann ja die Schneeschuhe nehmen. Es gibt nichts Schöneres als einen schönen Fußmarsch ganz für mich allein. In unserem Haus wird's mächtig eng im Winter.« So wie er sprach, kam es Lyddie vor, als wäre sie das Kind und Charles der Verantwortungsbewußte.

Das Pferd und die alte Kuh wurden bei Mr. Wescott abgeliefert. Seine Farm lag in der Flußebene und war schon von jungen Maisschößlingen belebt. Lyddie sah zu, wie Mr. Wescott die beiden Tiere fortführte. Neben seinem gepflegten Vieh würden sie aussehen wie hungrige Spatzen auf einem Hühnerhof.

In flotterem Tempo fuhren sie die Flußstraße entlang zur Mühle.

»Von hier aus kann ich durchaus zu Fuß gehn«, protestierte Charles, aber Luke wehrte ab. »Je schneller ich heimkomme, desto schneller bin ich wieder am Steineschleppen«, sagte er lachend. Lyddie wollte nicht, daß Luke Stevens zusah, wenn sie sich von Charles verabschiedete, aber vielleicht war es ja besser so. Wenn sie alleine wäre mit ihrem Bruder, würde sie möglicherweise schwach werden, und das durfte keinesfalls passieren.
»Ich bin ja gar nicht weit von hier im Dorf«, sagte sie. »Vielleicht kannst mich ja mal besuchen.«
Charlie legte seine kleine Hand auf ihren Arm. »Du darfst dir keine Sorgen machen, Lyddie«, sagte er. »Du wirst schon zurechtkommen.«
Fast hätte sie gelacht. Charlie versuchte sie zu trösten. Oder vielleicht hätte sie auch fast geweint. Sie sah zu, wie ihr Bruder durch das Tor ging, das so groß war, daß ein hoher Wagen hindurchfahren konnte, und winkte. Dann hatte das große Maul der Mühle die kleine Gestalt verschluckt. »Wir sollten losfahrn«, sagte sie dann zu Luke. »Es is' spät.«

Mit einem Nicken, bei dem sein komischer schwarzer Hut einen kleinen Hopser machte, sagte Luke: »Da ist der Gasthof der Cutlers.« Sie hatten kein Wort miteinander gewechselt, seit sie von der Mühle weggefahren waren. »Soll ich mit dir zur Tür kommen?«
Der Wagen hielt vor einer niedrigen Steinmauer, in die ein Tor eingelassen war.
Lyddie war entsetzt. »Nein, nicht nötig«, sagte sie. »Die würden's vielleicht falsch verstehn, wenn ich mit 'nem ...« Sie kletterte aus dem Wagen.
Er grinste. »Ich hoffe, daß ich dich bald mal sehen werde«, sagte er. »Inzwischen kümmere ich mich um euer Haus.« Er beugte sich über die Sitzbank. »Ich werd auch mal bei deinem Bruder vorbeischauen«, sagte er. »Charlie ist ein guter Junge.«
Lyddie wußte nicht, ob sie sich freuen oder ärgern sollte. Luke

schnalzte mit der Zunge, und der Wagen fuhr davon und ließ sie alleine in ihrem neuen Leben zurück.

Das Gasthaus der Cutlers

Lyddie stand vor dem Tor und wartete, bis Luke mit seinem Wagen um die Kurve gefahren und verschwunden war. Dann sah sie einem Schwalbenpaar zu, das um den riesigen Kamin, der mitten aus dem Haupthaus ragte, herumflog, nach unten tauchte und dann wieder hochstieg in die Luft. Das Gasthaus war noch größer als das Farmhaus der Stevens'. Man hatte einen Anbau nach dem anderen hinzugefügt, es gab eine Veranda, einen Schuppen und mehrere Scheunen, von denen die letzte mindestens vierstöckig war. Der ganze Komplex, der erst kürzlich mit einer Mischung aus rotem Ocker und Buttermilch getüncht worden war, hob sich wie eine Gruppe riesiger, aus der Erde herausgewachsener Rote-Bete-Knollen vom Himmel ab.

Die Weiden leuchteten in saftigem, frischem Grün, getupft mit Merinoschafen und fetten Milchkühen. Vor der Tür, die in den Gastraum führen mußte, stand ein riesiger Zuckerahorn, und ein zweiter wuchs bei der Veranda, die, aus den dort abgestellten Butterfäßchen und Kühlgefäßen zu schließen, in die Küche führte.

Sobald ich durch dieses Tor hier geh, ist's aus mit meiner Freiheit, dachte Lyddie. Ganz egal, wie schön das Haus is', sobald ich reingeh, bin ich 'ne Dienstmagd – nix Besseres als 'n Negersklave. Oben auf dem Berg war sie Königin über das Blockhaus, die verstreut liegenden Felder und das Zuckerwäldchen gewesen. Jetzt würde ein anderer das Sagen haben. Wie konnte ihr Mama so etwas antun? Bestimmt wäre Papa entsetzt, wenn er wüßte, daß sie und Charlie bei fremden Leuten den Handlanger machten. Dabei spielte es keine Rolle, daß viele arme Leute ihre Kinder in Stellung schickten, damit sie nicht mehr ernährt werden mußten. Sie und Charlie hätten sich selbst ernähren können – eine einzige gute Ernte, ein gutes Zuckerjahr wäre alles gewesen, was sie gebraucht hätten. Und dann hätten sie sich nicht trennen müssen.

Schreckliches Gebrüll scheuchte Lyddie aus ihrer Träumerei hoch. Eine Postkutsche tauchte auf, gezogen von zwei Gespannen schwitzender Pferde, die ihre mächtigen Köpfe schüttelten, grimmige Zähne zeigten und vor deren eisernen Gebißtrensen Schaum stand. Mit gellendem Horn kam die Kutsche heran.

Der Kutscher vollführte ein mächtiges Gezeter, und dann wurde Lyddie gerade noch rechtzeitig klar, daß sie es war, die er anbrüllte. Sie machte einen Satz bis nah an die Mauer. Der Kutscher schrie immer noch, während er an den Zügeln zog. Genau an der Stelle, wo sie noch vor Sekunden gestanden hatte, hielt jetzt die Kutsche.

Sollte sie sich entschuldigen? Nein, er beachtete sie nicht mehr. Gerade übergab er einem Jungen, der aus dem Schuppen gerannt kam, die Pferde. Eine Frau kam zur Küchentür herausgeeilt, um die Fahrgäste, die steifbeinig aus der Kutsche kletterten, willkommen zu heißen. Lyddie starrte sie an. Sehr vornehm sahen sie aus. Einer der Herren – er trug Zylinder und Rüschenhemd – drehte sich um und half einer Dame vom Trittbrett herunter. Ihr Gesicht war hinter einem kunstvollen Strohhut versteckt, dessen Krempe mit farblich auf ihr Kleid abgestimmten Rosen geschmückt war. War es aus Seide? Lyddie wußte es nicht, denn sie hatte noch nie ein richtiges Seidenkleid gesehen. Aber es war glatt und rosa, und um die Schultern trug die Dame ein gewebtes Umschlagtuch in einem dunkleren Rosa. Lyddie fragte sich verwundert, warum sie für eine Fahrt in der staubigen Kutsche so empfindliche Kleidung trug.

Als die Frau wohlbehalten unten stand, hob sie den Kopf und sah sich um. Ihr schmales Gesicht war blaß, ihre Züge wirkten vornehm und schön. Sie fing Lyddies Blick auf und lächelte. Es war

ein sehr freundliches Lächeln, ganz und gar nicht überheblich. Lyddie wurde sich bewußt, daß sie sie anstarrte. Sie machte den Mund zu und sah rasch weg.
Dann war die Begegnung vorüber, denn die beleibte Frau, die zur Küchentür herausgekommen war, drängte die Dame mit ihrem Begleiter und zwei weiteren Fahrgästen durch das niedrige Tor und zum Haupteingang an der Nordseite des Gasthofes.
Plötzlich entdeckte sie, daß da noch jemand war. Sie kam zur Mauer und flüsterte Lyddie heiser zu: »Was hast du hier verloren?« Dabei musterte sie das Mädchen von Kopf bis Fuß, als wäre es ein streunender Hund, der ihrem Haus zu nahe gekommen war.
Einige Minuten zuvor war sich Lyddie nicht bewußt gewesen, daß sie keinen Hut trug und daß ihre Haare von dem Fußmarsch und der Fahrt im Wagen staubig waren, aber jetzt war sie es. Sie überkreuzte die Arme und versuchte, ihr abgetragenes braunes Kleid, das handgesponnen war, mit dem Jutesack zu verdecken. Es spannte über den erst neuerdings wachsenden Brüsten und hing unregelmäßig bis fast zu den Knöcheln, wo es in einem zerschlissenen Saum endete. Ihre braunen Füße waren bloß, die zu klein gewordenen Stiefel hingen immer noch über ihrer Schulter. Sie hätte daran denken sollen, sie anzuziehen, bevor sie von Lukes Wagen gestiegen war.
Unsicher hob sie unter dem unversöhnlichen Blick den Arm und wischte sich mit dem Ärmel über Nase und Mund. »Verschwinde!« sagte die Frau. »Das hier ist ein anständiger Gasthof und kein Armenhaus.«
Lyddie spürte, wie Wut in ihr hochstieg. Sie räusperte sich und richtete sich auf. »Lydia Worthen heiß ich«, sagte sie. »Meine Mutter hat mir 'nen Brief geschrieben . . .«
Die Frau sah entsetzt drein. »Du bist also das neue Mädchen?«
»Ich denk schon«, sagte Lyddie und packte ihren Jutesack fester.
»Nun, ich habe jetzt keine Zeit, mich mit dir abzugeben«, erklärte

die Frau. »Geh in die Küche und sag Triphena, sie soll dir zeigen, wo du dich waschen kannst. Bei uns hier geht es sauber zu.«
Lyddie biß sich auf die Lippen, um eine freche Antwort zu unterdrücken. Sie sah der Frau geradewegs in die Augen, bis diese blinzelte, sich wegdrehte und im Laufschritt den Gästen folgte, die am Eingang auf sie warteten.
Die Köchin war so beschäftigt wie die Herrin und nicht begeistert, sich ausgerechnet jetzt, wo sie gerade das Essen fertig machte, um ein schmutziges neues Dienstmädchen zu kümmern.
»Setz dich da rüber!« Triphena deutete mit dem Kopf auf einen Schemel, der in der Nähe des riesigen offenen Kamins stand. Lyddie wäre nach der langen, holprigen Fahrt lieber stehen geblieben, aber sie tat, wie ihr geheißen wurde, um sich nicht auch noch bei der Köchin unbeliebt zu machen.
Die Küche war dreimal so groß wie das Blockhaus. In der Mitte war die riesige Feuerstelle, auf der sich Lyddie in voller Länge hätte ausstrecken können, und trotzdem wäre am Kopf- wie am Fußende noch Platz gewesen.
Im rechten Teil des aus Ziegelsteinen gebauten Kamins war ein riesiger, bienenkorbförmiger Backofen eingelassen, und beim Duft der frischgebackenen Laibe vergaß Lyddie das großzügige Mittagessen, das sie mit den Stevens' geteilt hatte. Das Problem von 'nem guten Essen is', daß man sich zu sehr dran gewöhnt, dachte sie später. Dann will man's regelmäßig haben und nicht nur als was Besonderes.
Über dem Feuer hing ein Kessel, der so groß war, daß die beiden Babys gemeinsam darin hätten baden können. Ein Fleischeintopf mit Karotten, Zwiebeln, Bohnen, Kartoffeln und einer dicken braunen Brühe köchelte darin. Hähnchen brieten an einem Spieß, der sich wie durch Zauberei ganz von allein zu drehen schien. Aber als Lyddies Blick einem nach oben führenden Lederriemen folgte, sah sie über der Feuerstelle den Mechanismus, von dem ein riesiges Metallpendel hing. Sie wünschte sich, ihr Vater könnte das sehen. Vielleicht hätte er so ein Ding aus Holz nachbauen

können, damit keiner mehr den Spieß mühsam mit der Hand drehen mußte. Aber möglicherweise mußte man den Mechanismus beim Schmied bestellen, und dann kam das Ganze vermutlich so teuer, daß es sich nur die Reichen leisten konnten. Sie erinnerte sich nicht daran, bei den Stevens' so ein Gerät gesehen zu haben, dabei waren sie reich genug, um einen eigenen Webstuhl zu besitzen.

»Geh mal weg hier!« befahl die Köchin. Die große Frau begann, die Speisen vom Feuer zu holen. Sie warf Lyddie einen raschen Blick zu. »Was 'n Glück, daß du so unansehnlich bist. Das letzte Mädchen wollten die Gäste nicht in Ruh' lassen.« Sie schöpfte den Eintopf in eine große Servierschüssel. »Mit dir werden wir keine Probleme haben, was?«

Lyddie nahm den Schemel und verzog sich in eine Ecke. Sie wußte, daß sie keine Schönheit war, aber sie konnte kräftig zupacken, und das würde sie der Frau auch beweisen. Sollte sie gleich jetzt ihre Hilfe anbieten? Aber die Köchin war so damit beschäftigt, das Essen auf den langen Holztisch in der Mitte des Raums zu stellen, daß sie gar nicht auf sie achtete. Lyddie machte sich ganz klein und stellte die nackten Füße unter den Schemel, weil sie Angst hatte, sie könnte im Weg sein. Ob die Gäste wohl alle in die Küche kämen, um hier zu essen? Und wenn, wo sollte sie sich dann verstecken?

Wie um ihre Frage zu beantworten, kam die Herrin, von einem Jungen gefolgt, zur Tür hereingeschossen. »Beeil dich!« befahl sie Triphena. Dann beaufsichtigte sie, wie der Rest der in eisernen Töpfen kochenden Speisen in mächtige Porzellanschüsseln gefüllt wurde, die der Junge und die Köchin aus der Küche und in einen anderen Teil des Hauses trugen. Die Herrin gab murrend und brummend Befehle und zog zwischendrin über den weiblichen Gast her, der sich als Dame ausgab, dabei sei es lediglich ein Fabrikmädchen, das so tat, als wäre es was Besseres.

Falls sie Lyddie in der Ecke sitzen sah, ließ sie sich nichts anmerken. Lyddie war froh, daß man sie ignorierte. Sie brauchte Zeit und eine Gelegenheit, sich zu waschen und ihr staubiges Kleid zu wechseln. Hätte sie nur nicht ihr besseres Handgesponnenes für die Reise angezogen. Das im Jutesack war sogar noch enger und zerlumpter. Seit vor vier Jahren die Schafe verkauft worden waren, hatte sie kein neues Kleid mehr bekommen. Inzwischen hatte ihr Körper mit diesen seltsamen Veränderungen angefangen, die man durchlief, wenn man eine Frau wurde, und die sie wütend machten. Warum konnte sie nicht so dünn und flach sein wie ein Junge? Warum *war* sie kein Junge? Dann hätte ihr Vater vielleicht nicht weggehen brauchen. Wenn er einen zweiten, größeren Sohn gehabt hätte, der ihm half, wäre es ihm vielleicht gelungen, auf der Bergfarm ein Auskommen für die Familie zu finden.

Aber sosehr sie es auch wünschte, sosehr sie sich mühte, sie war kein Junge. Für ein Mädchen war sie knochig und muskulös, aber im Verlauf des letzten Jahres war ihr der bisher so jungenhafte Körperbau abhanden gekommen. Ihre Brüste waren klein und ihre Hüften nur leicht gerundet, doch sie kam nicht dagegen an – sie ärgerte sich über diese sichtbaren Anzeichen dafür, daß sie dazu verdammt war, ein weibliches Wesen zu sein.

Sogar Papa hatte in dem Jahr, bevor er wegging, damit angefangen, sie ins Haus zu schicken, damit sie dort ihrer Mutter half. »Sie hat sich nie richtig von der letzten Geburt erholt«, pflegte er zu sagen. Aber als es keine Wolle mehr zu spinnen gab, hatte Lyddie den Eindruck, als führte ihre Anwesenheit im Haus lediglich dazu, daß sich ihre Mutter noch weniger Mühe gab. Eine Haushaltspflicht nach der anderen wurde Lyddie übertragen – das Kochen, das Butterrühren, das Putzen und das Versorgen der Babys. Für eine Weile spann ihre Mutter noch den Flachs. Sie hatten keinen Webstuhl, also bezahlten sie den Dorfweber mit gesponnenem Flachs für das Tuch, das er ihnen webte. Ihr Vater war in einem neuen Hemd aufgebrochen, das Mutter genäht hatte. Aber das war das letzte Mal, daß sie ein Kleidungsstück herstellte. Lyddie versuchte, weiterhin zu spinnen, aber nachdem sie draußen die Arbeit ihres Vaters übernehmen mußte, war sie zu

erschöpft, um den Versuch zu machen, im trüben Kerzenlicht zu spinnen und zu nähen.
Nur letzten Winter hatte sie ein Hemd genäht. Es war für Charlie bestimmt, denn auch er wuchs aus seinen Kleidern heraus, und das alte Wollhemd, das ihr Vater zurückgelassen hatte, hing an ihm wie ein Nachthemd.

Mrs. Cutler stellte Lyddie ein im Laden gekauftes Kattunkleid zur Verfügung. Es war weicher als ihr grobes, braunes Handgesponnenes und paßte auch viel besser, aber irgendwie gefiel es ihr weniger. Wie konnte sie sich wohl fühlen im Gewand ihrer Knechtschaft? Auch neue Stiefel wurden ihr angepaßt. Sie drückten so, daß sie sich danach sehnte, barfuß zu gehen, aber sie trug sie, wenn auch nicht duldsam wie ein Lamm, so doch zumindest mit dem Gehorsam, zu dem sie sich entschlossen hatte. Als sie nach einigen Wochen und vielen Blasen etwas weicher wurden, gelang es Lyddie, sie jeweils für etwa eine Stunde zu vergessen.
Was Lyddie nicht so leicht vergessen konnte, das waren die Menschen in ihrer nächsten Umgebung. Die große und dicke Herrin schien ihre Augen überall zu haben. Wie konnte eine Frau, die mit weltlichen Gütern offensichtlich reich gesegnet war, so geizig sein? Ihre Augen waren schmal und scharf und hielten immer Ausschau nach dem kleinsten bißchen verschüttetem Mehl oder einer noch an der Lippe hängenden Krume.
Nicht daß sich Lyddie dazu herabgelassen hätte, einen Bissen Brot zu stehlen. Aber Willie Hyde, der Junge, mopste hie und da einen Brotrest, wenn er den Brotkorb vom Tisch räumte und in die Küche trug. Er war ungefähr ein Jahr älter als Charlie, wuchs wie eine Schwarzbirke – und war ebenso nutzlos, wenn man danach ging, was die Herrin ständig sagte. Wenn er im Gasthaus nicht gebraucht wurde, schickte man ihn in den Schuppen, in die Scheune oder aufs Feld. Zugegeben hätte Lyddie es nicht, aber sie beneidete ihn darum, daß er Gelegenheit hatte, so oft aus dem Haus und aus den Stiefeln zu kommen.

Mrs. Cutler beobachtete Lyddie wie die Scheunenkatze den Spatzen, aber Lyddie war fest entschlossen, ihr keinen Anlaß für irgendwelche Klagen zu geben. Schon seit sie denken konnte, arbeitete sie hart. Und jetzt arbeitete sie sogar noch härter, denn es gab ja keinen, mit dem sie einen Augenblick der Muße hätte teilen können. Wer hätte mit ihr einem Vogelruf gelauscht, dem Sonnenuntergang zugesehen oder einem Kalb, das auf langen, spaßigen Beinen zu seiner Mutter stolperte? Die Sehnsucht nach Charlie fühlte sich an, als trüge sie einen Stein um den Hals.

Sie schlief in einem fensterlosen Gang unter dem Dach, wo es sogar im Spätfrühling schon heiß und stickig war. Sie wurde spät zu Bett geschickt und mußte früh aufstehen, denn die Herrin wollte nicht, daß einer der zahlenden Gäste aus den mit Fenstern ausgestatteten Zimmern, die an ihren engen Durchgang grenzten, erfuhr, daß das Küchenmädchen auf dem gleichen Stockwerk schlief.

Lyddie redete nur selten, spitzte aber die Ohren und legte sich einen Vorrat von Geschichten für Charlie an. Sie zog nicht in Erwägung, an ihn zu schreiben, denn sie hätte sich geschämt, wenn er ihre unbeholfene Schrift und ihre vielen Fehler gesehen hätte. Außerdem hatte sie kein Geld für Papier oder Porto – abgesehen von den fünfundzwanzig Dollar, die sie für das Kalb erhalten hatte, und davon wollte sie nicht einmal einen halben Penny ausgeben. Nachts, wenn sie zu müde war zum Schlafen oder wenn es zu heiß war, holte sie den Jutesack unter ihrer Strohmatratze hervor und zählte im Dunkeln ihren Schatz. Ich führe mich auf wie die kleine Agnes, wenn sie am Daumen lutscht, schalt sie sich, aber sie tat es trotzdem immer wieder. Es war der einzige Trost, der ihr in diesem Sommer blieb.

Es war fast September, als sie die Dame in Rosa wiedersah. Diesmal kam sie mit der Kutsche aus Burlington und war, wie Lyddie sie beim Abendessen sagen hörte, auf dem Weg nach Lowell, Massachusetts. Als ein anderer Reisender sie fragte, was sie dort-

hin führe, lächelte sie und sagte: »Ach, ich arbeite in der Textilfabrik Hamilton. Ja«, fügte sie dann als Antwort auf den erstaunten Blick des Fragenden hinzu: »Ich bin eines von diesen *Fabrikmädchen.*«
Der Mann murmelte etwas und wandte sich wieder seinem Teller mit Eintopf zu.
Die Dame beobachtete ihn immer noch lächelnd, und dann, als sie Lyddies Blick einfing, lächelte sie noch breiter, als wollte sie andeuten, daß Lyddie auf irgendeine merkwürdige Weise ihre Bundesgenossin sei.
Als die Männer den Speisesaal verlassen hatten, um in den Schankraum zu gehen, blieb sie zurück und las ein Buch, das sie aus einem kleinen, zu ihrem wunderschönen Kleid passenden Seidentäschchen nahm.
»Ich habe dich doch schon mal gesehen, nicht wahr?«
Lyddie sah sich um, weil sie wissen wollte, mit wem die Dame sprach, doch dann entdeckte sie, daß außer ihnen beiden keiner da war.
»Und zwar damals, Ende Mai, als ich für den Sommer auf unsere Farm heimfuhr«, fuhr die Dame fort.
Lyddie räusperte sich. Sie war nicht mehr an Gespräche gewöhnt. Sie nickte.
»Du gehörst nicht zur Familie hier.«
Lyddie schüttelte den Kopf.
»Du bist eine gute Arbeitskraft. Das kann ich sehen.«
Lyddie nickte noch einmal, um für das Kompliment zu danken, dann machte sie sich wieder daran, das schmutzige Geschirr auf ihr Tablett zu laden.
»Du kämst gut zurecht in der Fabrik. Pro Woche würdest du mindestens zwei Dollar verdienen. Und« – sie machte eine Pause – »unabhängig wärst du auch.«
Sie log, davon war Lyddie überzeugt. Soviel konnte man als Mädchen pro Woche unmöglich verdienen.
»Hart ist die Arbeit schon, aber möglicherweise weniger hart als

diese hier. Außerdem hättest du ein bißchen Freizeit, um zu lernen oder dich einfach auszuruhen.«
»Meine Mutter hat mich hier verdingt«, antwortete Lyddie rasch, weil sich die Tür bewegte, die von der Küche hereinführte. Mrs. Cutler tauchte auf. Ihr Blick wanderte von der Dame zu Lyddie, sie öffnete den Mund, um etwas zu sagen, aber ohne ihr Gelegenheit dazu zu geben, ging Lyddie hastig an ihr vorbei in die Küche.
In dieser Nacht zählte sie wieder mal ihr Kalbgeld. Die Frau hatte natürlich gelogen. Aber trotzdem – wie kam es, daß sich eine Farmerstochter ein seidenes Kleid leisten konnte?

Die Frösche im Butterfäßchen

Als Lyddie ihre Arbeit im Gasthaus angetreten hatte, war Willie dafür verantwortlich, morgens das Feuer anzuschüren. Aber oft verschlief er, und mehrmals war die Glut erloschen, was bedeutete, daß jemand zu den Nachbarn gehen mußte, um dort welche zu holen. Die Herrin war zu geizig, um Geld für eine Zunderbüchse auszugeben. Andererseits empfand sie es als Demütigung, daß man sie für nachlässig hielt, weil sie das Küchenfeuer ausgehen ließ. Also übertrug sie Lyddie die Verantwortung dafür. In den ersten Nächten hatte Lyddie solche Angst, sie könnte in ihrem fensterlosen Verschlag nicht früh genug aufwachen, daß sie unten in der Küche auf der Feuerstelle schlief, um sicherzustellen, daß sie die erste war, die morgens aufstand.
Als Triphena eines Morgens hereinkam und sie dort entdeckte, schimpfte sie nicht, sondern bekam Mitleid. An diesem Tag begann eine Art Freundschaft. Die Köchin hatte die Lebensmitte schon überschritten und war eine einfache Frau. Geheiratet hatte sie nie, da sie es, wie sie sagte, vorzog, »für keinen Mann die Sklavin zu spielen«. Sie war groß und kräftig. Mit Willie, dem

man alles mehrmals sagen mußte, war sie ungeduldig, doch der hart arbeitenden Lyddie mit ihrer stillen Art gelang es im Lauf der Zeit, sie für sich einzunehmen.

Eines Morgens, während Lyddie Butter rührte, gerade als die Sahne zu klumpen begann, erzählte ihr Triphena von den zwei Fröschen, die in den Milcheimer gefallen waren. »Der eine is' auf der Stelle ersoffen«, sagte sie und deutete mit dem Kopf zur Tür, die gerade hinter Willie zugeknallt war. »Aber der andre hat gestrampelt und gestrampelt, und den hat man am nächsten Morgen auf 'nem großen Butterklumpen schwimmend gefunden.«

Lyddie mußte unwillkürlich lächeln.

»Jaja«, fuhr Triphena fort. »Manche Leute sind die geborenen Strampler. Und die finden immer 'nen Weg, das Unglück in Butter zu verwandeln.«

Es gibt noch 'ne Schangse. Fast hätte Lyddie laut herausgelacht.

»Was is'?« fragte Triphena, aber Lyddie lächelte nur und schüttelte den Kopf. Sie konnte Charlies Scherz mit keinem teilen.

Nur allzu rasch kam der Herbst. Plötzlich wurden die Tage kurz. Und nie, obwohl sie davon träumte und Pläne schmiedete, während sie die eisernen Töpfe schrubbte, Butter rührte und das Feuer mit dem Blasebalg anfachte, nie fand sie Gelegenheit, das Kalbgeld nach Hause zu bringen.

Von Charlie hörte sie nichts. Nicht daß sie wirklich einen Brief erwartet hätte – sie hatten ja weder Geld für Briefpapier und Porto noch die Zeit oder Energie zum Schreiben. Sie versuchte, ihn im Gedächtnis zu behalten, versuchte sich vorzustellen, wie er wuchs und was er tat, während sie auf ihrer Strohmatratze lag. An Rachel, Agnes und ihre Mutter dachte sie nur selten. Sie schienen alle drei einem anderen, traurigeren Leben anzugehören. Der Gedanke daran, daß ihr Vater ja möglicherweise zurückkehren könnte, verschwand in der hintersten Ecke ihres Kopfes. Sie fragte sich, ob er wohl tot war und ob sie deshalb neuerdings

so selten an ihn dachte. Es war kein Schmerz in diesem Gedanken, nur eine Art schwacher Neugier.
Charlie und sie hatten den Brief ihrer Mutter und eigene, an Papa gerichtete Zettel, von dem schweren, eisernen Kerzenhalter beschwert, auf dem Tisch im Blockhaus zurückgelassen, damit er wußte, wo sie waren, falls er wiederkam. Aber das alte Bild, wie er den schmalen Pfad heraufstieg, war verblaßt. Als Lyddie merkte, daß ihr der Traum, an dem sie sich drei Jahre lang festgeklammert hatte, entglitten war, fragte sie sich, ob sie traurig sein sollte darüber. Doch insgeheim meldete sich in ihrem Kopf eine wütende Stimme, die sagte: »Er hätt' nicht fortgehn sollen. Er hätt' uns nicht allein lassen dürfen.«
Von einem Tag auf den anderen war es aus mit den flammenden Hügeln, die der frühe Oktober mit sich brachte. Und schließlich verwandelte sich der trübselige Spätherbstregen in die ersten spärlichen Schneeflocken, die später immer dichter fielen. Nun war die Welt wieder wunderschön mit den silbernen Ästen der kahlen Bäume und dem saftigen Grün der immergrünen Pflanzen, die sich von den leuchtenden Schneebänken abhoben. Der Schnee war so weiß, daß man an sonnigen Tagen die Augen zukneifen mußte, wenn man ihn ansah.
Der Hausherr stellte die Kutschen und die anderen Wagen in den Schuppen und befahl Willie, er solle den Schlamm von den Rädern und dem Fahrgestell entfernen. Dann wurden die Schlitten hervorgeholt. Die Postkutsche kam jetzt seltener. Obwohl es viel Arbeit gab an den kurzen Wintertagen, so waren doch nur wenig Gäste da, die versorgt werden mußten. Die wenigen, die kamen, schienen so verschwiegen und heimlichtuerisch wie das kalte, graue Wetter, und es sah so aus, als hätten sie Geschäfte zu erledigen, die nur sie etwas angingen. »Sklavenfänger«, murmelte Triphena, nachdem ein finsterer, elegant gekleideter Herr abgereist war. »Die kann ich nicht riechen.«
Wenn Lyddie zu Hause gewesen wäre, hätte sie die dunklen Nachmittage vermutlich mit Spinnen und Nähen verbracht, doch

hier bekam sie ja Woll- und Kattunkleidung, die ihre Herrin im Dorf kaufte. Nicht einmal die Wolle der gasthauseigenen Schafe mußte sie krempeln oder spinnen. Die wurde nach Nashua oder Lowell geschickt und in einer riesigen, mit Wasserkraft angetriebenen Fabrik verarbeitet. Der ganze Reichtum, der einstmals Vermont zugute gekommen war, schien nach Süden oder nach Westen abzufließen. Tatsächlich hatte der Hausherr gesagt, nächstes Frühjahr wolle er die Schafe verkaufen, weil mit der Eisenbahn so billige Wolle in die Fabriken von Lowell geliefert würde, daß ein Schafbesitzer aus Neuengland nicht mehr konkurrieren könne.

Genau dasselbe hatte auch ihr Vater gesagt. Bloß war seine Herde viel kleiner gewesen als die der Cutlers, also hatte er die Folgen schon Jahre früher gespürt.

Eines Vormittags, als Lyddie gerade für das Mittagessen Kartoffeln schälte und in Stücke schnitt, spürte sie, daß hinter ihr jemand war. Dann zupfte einer an ihrem rechten Zopf. Ärgerlich sah sie sich um und wollte schon mit dem lästigen Willie schimpfen, als sie sah, daß es Charlie war.

Immer noch mit dem Messer und einer Kartoffel in der Hand stand sie auf. »Oh«, sagte sie. »Oh, du hast mich aber überrascht.«

Er grinste. »Hatte ich auch vor«, antwortete er dann. »Gut siehst du aus.«

»Du bist größer geworden«, sagte sie, aber es war eine Lüge. Er sah kleiner aus, als sie ihn in Erinnerung hatte, aber das hätte er nicht gern gehört. »Und wie geht's dir so, Charlie?« Das war nicht nur so dahingesagt, sie wollte es wirklich wissen.

»Ich hab immer noch 'ne Schangse«, erwiderte er grinsend. »'s gibt weniger Arbeit im Winter, also haben sie mir erlaubt, 'nen Besuch bei dir zu machen, damit ich sehn kann, wie's dir geht.«

Jetzt, wo ihr Bruder endlich vor ihr stand, wußte sie kaum, was sagen. »Hast du was von Mama und den Babys gehört?« fragte sie.

Er schüttelte den Kopf. Sein Haar war länger, aber irgendwie ordentlicher. Ein besserer Friseur als sie hatte es geschnitten.
»Du hast zu tun«, sagte er. »Ich will dich nicht aufhalten.«
Es war eine dumme Unterhaltung. Aber sowohl die Köchin als auch Willie waren in der Küche, und die Herrin würde ein und aus gehen. Wie konnten sie sich da über wichtige Dinge unterhalten?
»Warst du schon mal daheim?« erkundigte sich Lyddie. Sie wandte sich wieder ihrer Arbeit zu und bedeutete ihrem Bruder, er solle sich auf einen Schemel neben sie setzen.
»Nein«, antwortete er. »Und du genausowenig, nicht?«
Sie schüttelte den Kopf. Eigentlich hätte sie sich gern über das Geld unterhalten, um ihm zu sagen, wie wichtig es ihr war, es im Blockhaus und in Sicherheit zu wissen, um ihn um Rat zu fragen. Aber natürlich ging das nicht im Beisein anderer.
»Luke hat mich 'n paarmal besucht«, sagte er. »Er war auch ein- oder zweimal droben und hat nach der Farm geguckt. Dem Blockhaus is' nix passiert.« Er senkte die Stimme. »Er hat sich eins gelacht über unsre Barrikade vor der Tür. Er hat zum Fenster reinklettern müssen.«
Der Gedanke, daß Luke oder sonstwer zum Fenster hineinkletterte, gefiel ihr gar nicht. Dadurch erschien ihr das Blockhaus weniger sicher. Vielleicht würde auch ein Waschbär oder ein Bär einsteigen. Oder ein Landstreicher. Aber sie sagte nichts.
»Mußt viel schaffen?« fragte sie leise. Er sah so klein und dünn aus.
»Sie sind anständig. Der Müller arbeitet genauso schwer wie wir. Das Essen is' reichlich und gut.«
»Warum bist du dann so mager?« wollte Lyddie fragen, aber sie hielt den Mund.
Nachdem er weg war, fielen ihr hundert Dinge ein, die sie ihm gern gesagt hätte. Die Geschichte von den Fröschen hätte sie ihm erzählen können, wenn sie daran gedacht hätte. Darüber hätte er gelacht, und sie sehnte sich danach, sein Lachen zu hören. Sie

war viel einsamer, nachdem er wieder weg war. Im Verlauf der Stunde, die er dagewesen war, war ein Teil ihres Panzers weggeschmolzen, und nun kam sie sich empfindlich und ungeschützt vor. Etwa um Mittag war er aufgebrochen, beladen mit einem aus Brot und Käse bestehenden Proviant, den ihm Triphena aufgedrängt hatte. Er trug Schneeschuhe, die ebenso lang zu sein schienen wie er selbst. Angenommen, es begann zu schneien, bevor er wohlbehalten in der Mühle angelangt war? Angenommen, er verirrte sich? Lyddie versuchte, ihre Ängste abzuschütteln. Ob man sie wohl benachrichtigen würde, wenn ihm etwas zustieße? Es würde Tage dauern, denn erst einmal würden sie ihrer Mutter Bescheid geben, und ob die dann schrieb, war fraglich. Es war grausam, so voneinander getrennt zu leben. Es war nicht richtig.

»Das Wetter wird halten, nicht?« sagte Triphena, die ihre Gedanken gelesen hatte. Lyddie stieß einen tiefen Seufzer aus. »Du bist schlimmer als 'ne Mutter«, schalt die Frau, aber ihre Augen waren sanfter als gewöhnlich.

Das Wetter hielt tatsächlich noch drei Tage, bevor die winterlichen Schneestürme einsetzten. Das Vieh bekam Wasser und Futter, die Kühe wurden gemolken, aber es gab wenig, was Otis und Enoch, die beiden Knechte, draußen erledigen konnten. Somit saßen die Männer in der Küche herum und wärmten sich an dem mächtigen Feuer, während sie für die Zuckerernte im März aus vier Zoll langen Essigbaumstücken, die sie mit glühend heißen Feuerhaken aushöhlten, Spunde herstellten. Lyddie mußte daran denken, wie auch sie mit Charlie zusammen letzten Winter Spunde gebastelt hatte, um damit die eigenen Ahornbäume anzuzapfen, und daran, wie ungeschickt sie sich vergleichsweise angestellt hatten.

Sie konnte sich kaum in der Küche bewegen, so groß diese auch sein mochte, ohne über die schlaksigen Beine eines Knechts zu stolpern oder ohne daß ihr einer von ihnen mit einem Feuerhaken den Weg zum Kamin versperrte. Triphena schimpfte unentwegt

vor sich hin und gab ihrer Freude lauthals Ausdruck, wenn die Männer verschwanden, um sich ums Vieh zu kümmern.
Aber Lyddie machte es nicht so viel aus. Die Knechte waren ihr zwar unentwegt im Weg, aber sie unterhielten sich bei ihrer Arbeit, und ihre Gespräche waren ein willkommenes Fenster in die Welt jenseits des Gasthofs.
»In der Gegend von Ferrisburg haben sie wieder 'nen Sklaven geschnappt.«
»Die Gesetzgeber können sagen, was sie wollen, von wegen man soll die entlaufenen Nigger nicht ausliefern. Solang die Belohnung so hoch is', wird's immer wen geben, wo sie verrät, oder nicht?«
»Tja, man muß 'ne Entscheidung treffen.« Enoch spuckte ins Feuer. »Wer hat das Sagen? Drunten in Washingon is' die Sklavenhaltung immer noch legal. Und wenn sich einer 'nen Gaul kauft, dann geht er dem ja auch nach, wenn er durchbrennt. Solang's vom Gesetz her erlaubt ist, daß man Sklaven besitzt, hat man doch auch das Recht, sie wieder einzufangen, wenn sie davonrennen.«
»Und wenn ich einem was wiedergeb, was ihm gehört, dann hab ich 'ne Belohnung verdient, scheint mir.« Otis unterbrach seine Rede, um seine Feuerzange aus den Flammen zu ziehen und sie rauchend durch die Mitte des Essigbaum-Spunds in seiner Hand zu bohren. »Keiner von diesen arroganten Herren in Montpelier hat mir dafür, daß ich 'nen entsprungenen Sklaven *nicht* melde, hundert Dollar versprochen.«
»Nu', bei diesem Wetter sind sie vermutlich stocksteif gefroren, bevor man sie findet. Meinste, die Belohnung gilt, egal ob gefroren oder aufgetaut?«
»Hast du 'ne Ahnung, warum die versuchen, ausgerechnet im Winter davonzulaufen? Wissen die denn nicht, wie einfach es is', im Schnee 'ner Spur zu folgen?«
»Ich denk mir, daß es da unten, wo die herkommen, nicht schneit. Die haben keine Ahnung nicht, wie's hier oben aussieht. Sie ren-

nen halt einfach los, wenn sich 'ne Gelegenheit bietet, ohne erst mal ordentlich drüber nachzudenken.«
»Ich würd' erst mal ordentlich nachdenken«, sagte sich Lyddie. »Ich würd' mir alles genau überlegen und den richtigen Zeitpunkt dafür aussuchen. Wenn ich fliehen würd', dann würd' ich mir 'ne Frühsommernacht mit viel Mondlicht aussuchen. Ich würd' im Dunkeln marschieren und tagsüber schlafen . . .«
»Unglaublich, was diese Narren da von sich geben!« flüsterte ihr Triphena ins Ohr. »Die haben keine Ahnung nicht, was es heißt, wenn man in der Falle sitzt.«
Lyddie hatte noch nie einen Schwarzen zu Gesicht bekommen. Sie versuchte sich vorzustellen, wie sie aussehen und sich benehmen mochten. Einerseits hätte sie schon mal gern einen gesehen, aber wie hätte sie sich dann verhalten? Was hätte sie gesagt? Und angenommen, es war tatsächlich ein entlaufener Sklave? Wie würde sie sich dann entscheiden? Hundert Dollar! Bekam man wirklich hundert Dollar, wenn man einen von ihnen auslieferte? Mit so viel Geld hätte sie bestimmt die Schulden ihres Vaters zahlen und wieder heimgehen können.

Der März kam. In den Zuckerahornbäumen begann der Saft zu steigen, und bei den Cutlers herrschte hektische Betriebsamkeit. Willie half den Knechten beim Sammeln und Einkochen des Safts. Zwei Sommer zuvor hatte Mr. Cutler einen großen Zuckerschuppen gebaut, wo der Ahornsaft eingedickt wurde, und die Männer ließen sich jetzt nur noch in der Nähe des großen Hauses blicken, um das Vieh zu versorgen. Lyddie mußte nun mithelfen, wenn die Kühe gemolken wurden oder wenn die Tiere Futter oder Wasser brauchten.
Zusätzlich zu ihren anderen Aufgaben war sie für das Klären des Ahornsirups verantwortlich, der zum Haus gebracht wurde. Daheim auf der Farm hatten sie sich keine große Mühe gegeben mit dem Klären, denn Sirup und Zucker hatten ja kaum für die Familie gereicht. Aber da Mrs. Cutler in dieser Hinsicht sehr an-

spruchsvoll war, beaufsichtigte sie Lyddie und gab ihr genaue Anweisungen.
Es war eine heiße und ermüdende Arbeit – man rührte Milch und Aschenlauge in den Sirup und kochte die Mischung, bis die Verunreinigungen als Schaum an die Oberfläche stiegen und abgeschöpft werden konnten –, aber Mrs. Cutler, die nur zusah und Befehle erteilte, erklärte, der leichte, klare Sirup sei die Mühe wert.
Ein Teil des geklärten Sirups wurde gekocht, bis Zucker daraus wurde, dem man mit Hilfe von phantasievollen Bleiformen Gestalt gab. Am besten gefiel Lyddie die Form mit dem Kopf George Washingtons, obwohl manchmal der Zucker in der Nase hängenblieb und das Ganze verdorben war.
An dem geformten Zucker lag es, daß Lyddies Traum, das Kalbgeld nach Hause zu bringen, wahr wurde. Doch wie dieser Traum enden würde, konnte sie nicht wissen.

Besuch im Blockhaus

In der zweiten Aprilwoche hörte der Baumsaft auf zu laufen, aber es war eine gute Zuckerernte gewesen. Die Herrin entschloß sich, eine große Auswahl des geformten Ahornzuckers nach Boston zu bringen. Durch den Verkauf konnte sie ihre Reise finanzieren, gleichzeitig bekam sie Gelegenheit, die große Stadt und ihre unentwegt kränkelnde Schwester zu sehen.
Mit der Abreise der Herrin hörte die Arbeit nicht auf, aber sie wurde so angenehm wie ein Urlaub. »Wenn ich die andern so glücklich machen könnt', nur indem ich wegfahr, dann würd' ich's öfters tun«, meinte Triphena. In den folgenden Wochen stellten Lyddie und Triphena, zusammen mit Willie – sofern sie ihn fanden –, das riesige Haus auf den Kopf und schrubbten und polierten es, bis es ebenso gut roch wie die Luft des nahenden

Frühlings. Und obwohl es gegen Ende des Monats ein bißchen schneite, wußte Lyddie, daß der Winter in Wirklichkeit vorbei war und dem Frühling früher oder später Platz machen mußte.
»Tja«, sagte die Köchin eines Abends. »Die Herrin hat sich 'ne Reise verdient. Ich find', daß für uns dasselbe gilt.«
»Wo willst du denn hinreisen?« fragte Lyddie wehmütig.
»Ich?« gab Triphena zurück. Sie strickte. Ihre abgearbeiteten roten Hände flogen richtiggehend über das Garn. »Nirgendwohin. In Montpelier war ich schon zweimal. Das reicht. Boston is' mir zu groß und zu dreckig. Würd' mir nicht gefallen. Und du?«
»Heim«, antwortete Lyddie. Ihre Stimme war nicht mehr als ein Flüstern.
»Heim? Aber das sind ja kaum zehn Meilen!«
Lyddie nickte. Ebensogut hätten es zehntausend sein können.
»Du brauchtest ja höchstens zwei Tag' für hin und zurück.«
Was wollte die Köchin damit sagen?
»Dann geh. Morgen, wenn du magst.«
Lyddie traute kaum ihren Ohren. »Aber . . .«
»Wen interessiert es schon, wo doch die Herrin weg is'?« Triphena drehte ihr Strickzeug und begann linke Maschen zu stricken, ohne auch nur ein einziges Mal hinzusehen.
»Ging das denn?«
»Wenn ich's dir erlaub, dann schon«, sagte Triphena. »Jetzt, wo sie weg is', hab ich hier das Sagen, oder etwa nicht?« Lyddie hatte nicht vor zu widersprechen. »Wenn du noch wartest, dann taut der Boden auf und wird zu Schlamm. Also gehst du am besten gleich morgen, sofern das Wetter gut is'. Nimm ein bißchen Zucker für deinen Bruder mit.«
Lyddie machte den Mund auf, um noch mal zu fragen, ob es auch wirklich ginge, aber dann entschloß sie sich dagegen. Wenn Triphena sagte, sie könne es tun, dann stand es ihr, Lyddie, nicht zu, das anzuzweifeln.
Sie stand schon vor Sonnenaufgang auf, aber schon jetzt sah sie, daß es ein schöner Tag werden würde. Sie packte Brot, Käse und

ein kleines Päckchen mit geformtem Zucker in einen Proviantbehälter. Der Schnee auf der Straße verwandelte sich bereits in Matsch. Trotzdem hängte sie sich ein Paar Schneeschuhe über den Rücken, falls der Bergpfad noch tief verschneit sein sollte.

Bis zur Mühle brauchte sie eine knappe Stunde, doch zu ihrer Enttäuschung war Charlie gar nicht da.

»Ich glaub, der is' unterwegs«, sagte einer der Männer. »Aber frag mal droben im Haus.«

Eine hübsche, ziemlich rundliche Frau kam auf Lyddies Klopfen hin an die Tür. »Ja?« sagte sie, aber sie lächelte.

»Ich wollt' zu Charles Worthen.« Lyddie schien über die Worte zu stolpern und wurde rot vor Verlegenheit. »Ich bin seine Schwester.«

»Natürlich«, sagte die Frau. »Komm herein.«

Lyddie stellte ihre Schneeschuhe und den Proviantbehälter auf der Veranda ab und folgte dann der Frau in eine große, mit Wohlgerüchen angefüllte Küche. »Ich hab gerade angefangen, das Mittagessen zu kochen«, sagte die Frau wie als Entschuldigung, während sie hastig zu dem offenen Kamin ging, um in dem Eintopf zu rühren, der dort über dem Feuer köchelte. »Charlie ist heut in der Schule.« Sie legte den Deckel wieder auf den Topf. »Er ist ein ausgesprochen kluger Junge.«

»Ja«, sagte Lyddie. Sie würde nicht neidisch sein auf Charlie. Sie waren ja fast ein und dieselbe Person, oder etwa nicht?

»Mein Mann ist dabei, ihn sehr ins Herz zu schließen.«

Was wollte die Frau damit sagen? Charlie war nicht das Kind der Phinneys, er war nicht mal ihr Lehrling. Lyddie hätte der Frau gern erklärt, Charlie gehöre *ihr,* aber sie fand nicht die richtigen Worte.

»Sagen Sie ihm einfach, seine Schwester hätt' ihn besuchen wollen«, bat sie unbeholfen. An der Tür fiel ihr der Zucker ein, und sie streckte ihn der Frau ruckhaft hin. »Bißchen Zucker«, murmelte sie.

»Wir würden uns freuen, wenn du ein Weilchen bleiben würdest«, sagte die Frau, aber Lyddie war schon dabei, ihre Sachen aufzuheben. »Ich muß gehn«, sagte sie. »Hab nicht viel Zeit.«
Später fiel ihr ein, daß sie ganz vergessen hatte, sich zu bedanken. Aber zurückgehen konnte sie deswegen nicht. Außerdem hatte sie es eilig, zur Farm zu kommen. Noch würde ihr genug Zeit bleiben, um das Haus zu putzen, nach den Dächern zu sehen und ein gutes Versteck für das Geld zu finden. Da es fast dunkel sein würde, bis sie alles erledigt hatte, würde sie einfach die Nacht dort verbringen.
Wenn sie am nächsten Tag früh aufbrach, konnte sie vielleicht noch mal in der Mühle haltmachen . . . nein . . . unmöglich, daß sie dort schon wieder auftauchte, noch mal nach Charlie fragte, und er womöglich wieder in der Schule war. Was würden sie von ihr denken? Und vielleicht war es Charlie peinlich, wenn seine Schwester über ihn wachte wie eine Glucke. Den Gedanken daran, daß sie Charlie vor diesen Leuten, die ihn so schätzten, möglicherweise in Verlegenheit bringen würde, konnte sie nicht ertragen.
Nun ja, sie freute sich für ihn. Hatte es sie nicht bekümmert, daß er nicht wie Luke Stevens einen Vater und eine Mutter hatte, die sich um ihn kümmerten? Aber die Phinneys waren nicht seine richtige Familie. Seine richtige Familie, das war sie. Mehr noch als Mama, die ihre beiden Ältesten abgestreift hatte wie Handschuhe, um ihrer Verrücktheit nachzugehen.
Lyddies Wut, oder was für eine Empfindung es auch immer sein mochte, die in ihrem Kopf unentwegt die Gedanken wirbeln ließ, trieb auch ihre Füße an. Als es Mittag war, ging sie an der Farm der Stevens' vorbei. Sie machte kein einziges Mal halt, um zu essen, aber auf dem letzten Stück ihres Marsches spürte sie plötzlich ihren Hunger. Also aß sie von dem inzwischen harten Brötchen und dem trockenen Käse, während sie den schmalen Weg hinaufstieg, der zu ihrer Farm führte.
Hier lag immer noch massenhaft Schnee, aber er war besser fest-

getrampelt, als sie erwartet hatte. Sicher kam Mr. Wescott regelmäßig hoch, um nach seinen Kühen zu sehen. Doch dann fiel ihr ein, daß alles unter Schnee begraben lag und daß somit kein Tiere auf den Weiden sein würden. Aber natürlich – die Zuckerernte. Er war öfter hier entlanggekommen, um den Saft der Ahornbäume zu sammeln.

Als sie um die Kurve bog, erwartete sie fast, das Blockhaus könnte verschwunden sein. Aber da stand es, ein bißchen schief, aber dennoch recht stabil, wie es ihr Vater gebaut hatte. Das Feuerholz war vor der Tür aufgestapelt, wie sie und Charlie es hinterlassen hatten. Das Dach schien unter dem Schnee nicht gelitten zu haben, wofür unter Umständen Luke Stevens verantwortlich war. Die Fußspuren rings ums Blockhaus mußten von ihm stammen. Lyddie dachte mit Wohlwollen an den großen, linkischen jungen Quäker, der auf ihr Haus aufgepaßt hatte.

Sie holte die kurze Leiter aus dem Schuppen und lehnte sie vor einem der beiden nach Süden gerichteten Fenstern an die Hauswand. Dann nahm sie sich von dem Stoß vor der Tür ein Holzscheit. Eigentlich müßte es einfach sein, das Fenster aufzukriegen, falls der Rahmen nicht gequollen war, aber das war er nicht. Tatsächlich ließ es sich ganz mühelos hochschieben, als wollte es sie zu Hause willkommen heißen. Sie klemmte das Stück Holz fest, damit das Fenster oben blieb, schwang das rechte Bein über den Sims und zog den Kopf ein, um sich durch die Öffnung zu zwängen.

Dann sah sie die schattenhafte Gestalt an der Feuerstelle. Sie unterdrückte einen Schrei. »Luke?« flüsterte sie. »Bist du's?«

Die Gestalt drehte sich um und stand auf. In dem trüben Licht, das im Blockhaus herrschte, konnte Lyddie sie kaum erkennen. Ein großer Mann. Aber nicht Luke. Ein Fremder war in ihrem Haus. Das Weiße seiner Augen schien riesig zu sein. Und dann wurde ihr klar, was an dem Mann so seltsam war. Sein Gesicht und seine Hände waren sehr dunkel im Dämmerlicht. Nur seine Augen leuchteten. Es war ein Schwarzer, den sie vor sich hatte.

Ezekial

Mit einem Bein über dem Sims und dem Körper unter den Fensterrahmen gequetscht, schien ihr eine rasche Flucht nicht möglich. Aber – warum sollte sie fliehen? Immerhin war es ja *ihr* Haus, und was war schon ein lumpiger Mann, sei er nun schwarz oder weiß, verglichen mit einem Bären? Außerdem – bei diesem Gedanken brach ihr der kalte Schweiß aus – war er vermutlich hundert Dollar wert. Während sie den Eindringling im Auge behielt, als wäre er tatsächlich ein Bär, gelang es ihr, auch noch das linke Bein hereinzuziehen und unter dem Fenster durchzutauchen, bis sie innen auf der Fensterbank saß. Wenn man vorgab, Mut zu haben, schien er einem tatsächlich zuzufliegen, und gerade war sie im Begriff, den Mund aufzumachen, um den Mann zu fragen, wer er sei und was er in ihrem Haus zu suchen hätte, als er zu sprechen begann.

»›Wahrlich, wahrlich, ich sage euch: Wer nicht zur Tür hineingeht in den Schafstall, sondern kommt auf anderem Weg, der ist ein Dieb und ein Räuber.‹« Seine Stimme war tief und geschmeidig. Sie wußte, daß die Worte aus der Bibel stammten, aber sie war so verblüfft, wie melodisch sie klangen, daß sie mit offenem Mund auf der Fensterbank kauerte und nicht in der Lage war, ihm zu sagen, wer auch immer *er* sein möge, *sie* jedenfalls wäre kein Dieb.

»Keine Angst, kleines Fräulein. Mein Herz sagt mir, daß Sie weder Dieb noch Räuber sind.«

»Nein«, sagte sie, dann fuhr sie, um ihre Autorität zu beweisen, lauter fort: »Ich bin die Hausherrin hier.«

»Ah«, sagte er. »Also lernen wir uns endlich kennen. Sie müssen Miß Lydia Worthen, meine Gastgeberin, sein. Bitte verzeihen Sie mir mein unerlaubtes Eindringen.«

»Woher wissen Sie denn, wie ich heiß?« Eigentlich wollte sie ihn nach seinem Namen fragen oder zumindest, was er in ihrem Haus zu suchen hätte, aber wie schon zuvor überrumpelte er sie mit seiner kunstvollen Sprache und seiner Schlagfertigkeit.

»Von Bruder Stevens«, sagte er. »Er war der Meinung, Sie hätten sicher Verständnis.« Er warf ihr einen Blick zu, und zum ersten Mal, seit er sie am Fenster entdeckt hatte, lag Unsicherheit auf seinem Gesicht. »Ich hoffe, er hat sich nicht geirrt.« Er lächelte entschuldigend. »Kommen Sie herunter und trinken Sie eine Tasse Tee mit mir. Sie haben einen weiten Fußmarsch hinter sich, denke ich mir, und einen argen Schreck, einen Fremden in Ihrem Haus vorzufinden.«

Was hätte sie anderes tun sollen? Sie griff nach der Hand, die er ihr hinhielt, und er half ihr vom Fensterbrett herunter. Dann ließ sie sich zu dem Schaukelstuhl führen, wo sie ganz vorn auf der Kante saß, während er ihr eine Tasse Birkentee reichte. Warum hatte sie beim Näherkommen keinen Rauch gesehen? Aber das Feuer des Mannes war so winzig, also war vielleicht gar keiner zu sehen gewesen. Es war kalt hier drinnen, wenn auch wärmer als draußen. Der Mann schenkte sich ebenfalls eine Tasse ein und zog einen Hocker auf die andere Seite des Kamins, wo er ihr zugewandt Platz nahm.

»Sie kommen aus dem Dorf«, sagte er.

Lyddie nickte. Es erschien ihr unwahrscheinlich, daß der Mann ein Sklave war. Er redete wie ein Prediger. Aber er versteckte sich, soviel war klar.

»Eigentlich müßte ich mich ja vorstellen«, sagte er, als läse er ihre Gedanken. »Ich heiße Ezekial Abernathy oder wurde zumindest früher so genannt. Ich war auf dem Weg nach Norden, als mich im November der Schnee aufhielt.«

Dann war er also doch ein entsprungener Sklave!

»Man hat mich zu Bruder Stevens geschickt, wo ich blieb, bis sich herausstellte, daß seine Farm beobachtet wurde. Und da hat mich der junge Luke hierhergebracht. Er dachte, der Holzstoß vor der Tür würde Neugierige abschrecken.«

»Den haben wir aufgebaut, damit keine wilden Tiere reinkommen.«

»Ja«, sagte er, »und das ist euch auch geglückt. Hier war ich in

Sicherheit vor ihnen.« Er trank einen Schluck Tee und hob dabei den Blick nicht vom Rand der Tasse. »Bis jetzt.« Nun sah er zu ihr auf. »Ich hätte mich gleich wieder auf den Weg gemacht, wurde aber unglücklicherweise krank. Es hat lange gedauert bei dieser Kälte, bis sich meine Lunge wieder erholte.«

»Sie reden wie 'n Priester.«

Er entspannte sich ein bißchen. »Tja, das bin ich auch, vielmehr war ich es.«

»Dann sind Sie also kein Sklave?«

»Manche hielten mich für einen.«

»Aber Sie reden so schön.« So hatte sie es nicht ausdrücken wollen, aber es rutschte ihr heraus, bevor sie überlegen konnte.

Er lächelte. »Ebenso wie Sie.«

»Nein«, widersprach Lyddie. »Ich wollt' sagen, Sie haben Bildung –«

»Ich war mein eigener Schulmeister«, sagte er. »Zuerst wollte ich nur die Bibel lesen, damit ich meinen Leuten predigen konnte. Aber –« jetzt lächelte er wieder und zeigte dabei seine schönen, gleichmäßigen Zähne, »– wenn man nur ein bißchen liest, so ist das eine ausgesprochen gefährliche Sache.«

»Gefährlich? Wenn man nur 'n bißchen in der Bibel liest?«

»Ja, für die Bibel gilt das ganz besonders«, sagte er. »Jedenfalls hat mir die Bibel Ideen in den Kopf gesetzt.«

»Also sind Sie einfach fortgegangen? Haben sich einfach auf'n Weg gemacht?«

Er legte den Kopf zurück und gab sich seinen Erinnerungen hin. »So ähnlich«, sagte er, aber sie konnte an seinen Augen ablesen, daß es ganz anders gewesen war.

»Ich könnt' nicht weggehn von zu Haus«, sagte sie.

»Nein? Und doch haben Sie es getan.«

»Ich hab keine andre Wahl gehabt«, gab sie heftig zurück. »Man hat mich gezwungen.«

»So viele Sklaven gibt es«, sagte er leise.

»Ich bin kein Sklave«, widersprach sie. »Es war nur . . ., es war

nur . . .« Nur was? »Da war'n die Schulden, die uns mein Vater hinterlassen hat, also –« Was immer sie sagte, es klang nur noch schlimmer. »Aber das Land, das gehört uns. Wir sind freie Bürger des Staates Vermont.« Er sah sie an. »Tja, mein Vater is' einer, oder war einer, bis er wegging, und mein Bruder wird einer . . .« Aber Charlie war in der Schule und wohnte bei Fremden. Sie haßte den Mann, weil er sie dazu brachte, so zu denken.
»Ich bin von der einzigen Heimat, die ich kannte, weggegangen«, sagte er leise, »habe Frau und Kind zurückgelassen mit dem Gelöbnis, ich würde sie innerhalb weniger Monate holen lassen oder selber holen. Und hier sitze ich nun, krank und ohne einen Penny, verstecke mich unter Todesgefahr, bin in jeder Hinsicht abhängig von der Freundlichkeit anderer.« Er schüttelte den Kopf, und es tat ihr leid, daß sie einen Augenblick lang Haß für ihn empfunden hatte. Irgendwo sagte ihr Vater vielleicht genau dasselbe.
Nach einem Weilchen stand er auf. »Ich kann Ihnen ein bißchen Hasenragout anbieten«, sagte er. »Ich fürchte, das ist alles, was ich im Augenblick besitze. Bruder Luke kommt heute nacht mit weiteren Lebensmitteln herauf, glaube ich, aber wenn Sie hungrig sind –«
»Ich hab bißchen Brot und Käse«, sagte sie.
»Ein wahres Festmahl«, entgegnete Ezekial, jetzt wieder frohgemut.
»Ganz zu Anfang, als ich Sie gesehn hab –« Sie aßen, und irgendwie hatte Lyddie das Bedürfnis, es ihm zu sagen. »Da, da hab ich dran gedacht –« Aber sie schämte sich, den Satz zu beenden.
»Es ist eine Menge Geld«, meinte er freundlich. »Ich käme auch in Versuchung, wenn ich Sie wäre.«
Sie spürte, wie sie einen heißen und roten Kopf bekam. »Aber ich werd's nicht tun«, sagte sie heftig. »Jetzt, wo ich Sie kenne, könnt' ich das nie im Leben.«
»Danke«, sagte er. »Ein Kompliment, das so schön ist wie die, die es ausspricht.«

»'s ist duster hier drinnen«, sagte Lyddie. »Sonst würden Sie sehn, daß ich so unscheinbar bin wie 'n Klumpen Lehm.«
»Oder so wunderschön wie die Erde.« Er benutzte so ausgefallene Worte, aber nicht, um sich über sie lustig zu machen, das wußte sie.

Luke kam tatsächlich während der Nacht, aber sie schlief so fest, daß sie ihn nicht hörte. Der Beweis war der Geruch nach köchelndem Haferbrei, als sie erwachte. Sie hatte in ihren Kleidern geschlafen und kam sofort die Leiter vom Dachboden heruntergeklettert.
»Ah, der Schläfer erwacht!«
»Es is' schon spät«, sagte sie. »Ich muß mich auf'n Weg machen.« Aber er ließ sie nicht gehen, bevor sie gegessen hatte.
Es war ein eigentümlicher Abschied. Sie war sicher, daß sie Ezekial niemals wiedersehen würde. Aber sie hoffte, daß er so flink wie ein Fuchs die Grenze überqueren und den Fallen derer, die ihn wieder einfangen wollten, damit entkommen würde. Wie hatte sie sich auch nur eine Minute lang eingebildet, sie könnte ihn verraten? »Hoffentlich schaffen Sie's nach Kanada, ohne daß Ihnen was passiert«, sagte sie. »Und hoffentlich kann Ihre Familie bald nachkommen.« Und dann griff sie, ohne darüber nachzudenken, in die Tasche und hielt ihm das Säckchen mit dem Kalbgeld hin. »Vielleicht brauchen Sie ja was unterwegs«, sagte sie. Die Münzen klimperten, als er sie entgegennahm.
»Aber das gehört doch Ihnen! Sie werden es brauchen. Sie haben es sich verdient.«
»Nein«, sagte sie. »Verdient hab ich's nicht. Das haben wir für unser Kalb gekriegt. Ich wollt's lediglich hier vergraben – bis es gebraucht wird.«
»Dann möchte ich, daß Sie es als Leihgabe betrachten«, sagte er. »Sobald ich Fuß gefaßt habe, schicke ich es den Stevens, damit sie es Ihnen geben. Mit Zinsen, wenn möglich.«
»Hat keine Eile nicht. Warten Sie, bis Sie Ihre Familie nachgeholt

haben. Ich weiß ja gar nicht, wann mein Bruder und ich wieder herkommen können.« Traurigkeit überkam sie bei diesem Gedanken. Sie schob den Hocker zum Fenster und kletterte hinauf. Ezekial hielt das Fenster hoch, während sie nach draußen kroch. Irgend jemand – Luke vielleicht – hatte die kurze Leiter stehenlassen.

»Ich weiß nicht, wie ich Ihnen danken soll, meine Freundin«, sagte Ezekial.

»Von Rechts wegen hat das Kalb ja zur Hälfte den Stevens gehört«, erklärte sie in einem Versuch, die Ungeheuerlichkeit dessen, was sie getan hatte, für sie beide zu mindern. »Es war *ihr* Stier.«

»Ich hoffe, daß auch Sie Freiheit finden werden, Miß Lydia«, sagte er. Erst als sie ein gutes Stück weit den Weg hinunter war, versuchte sie zu verstehen, was er damit gemeint hatte. Er hatte recht. Bei den Cutlers war sie nicht mehr als eine Sklavin, trotz Triphenas Freundschaft. Sie arbeitete von morgens früh, noch bevor es dämmerte, bis abends lange nach Dunkelheit, und was hatte sie dafür vorzuweisen? Ihr Ziel, die Schulden zu bezahlen und nach Hause zurückzukehren, lag noch ebenso weit in der Ferne wie vor einem Jahr. Um es zu erreichen, brauchte sie bares Geld. Arbeit, die bezahlt wurde, und *gut* bezahlt wurde. Und es gab nur einen einzigen Ort in Neuengland, wo eine Frau gut bezahlt wurde für ihre Arbeit – und das war in Lowell, in den Fabriken.

Das Wetter hielt, und auf dem Rückweg ging es fast immer bergab, also war sie am frühen Nachmittag wieder im Gasthaus. Sie hängte die nicht benutzten Schneeschuhe in den Schuppen und den Proviantbehälter in die Vorratskammer, bevor sie in die warme Küche ging.

»So! Du hast dich also entschlossen, uns mit einem Besuch zu beehren!« Das Gesicht der Herrin war rot von der Hitze oder vor Wut. Hinter ihr schnitt Triphena eine entschuldigende Grimasse.

Lyddie stand in der Tür und versuchte, sich eine Entschuldigung oder eine Ausrede zurechtzulegen, aber wie üblich fiel ihr so schnell nichts ein.

»Du bist entlassen!« sagte Mrs. Cutler.

»Die beste Dienstmagd, wo Sie je hatten«, murmelte Triphena. »Höchstens –«

»Nein«, sagte Lyddie rasch. »Ich weiß, es war nicht recht, daß ich weggegangen bin, wo Sie doch nicht da warn. Ich hol meine Sachen und verschwind.«

»Das Kleid, das du anhast, gehört mir!«

»Ja, Ma'am. Soll ich's waschen, bevor ich geh, oder –«

»Sei nicht so unverschämt!«

Lyddie ging wortlos an der wütenden Frau vorbei und die Hintertreppe empor zu ihrem winzigen, fensterlosen Verschlag. Dort zog sie das Kattunkleid aus und streifte ihr enges Handgesponnenes über. Es war, als lege sie eine schwere Last ab, und ihr war leichter zumute als jemals, seit Mrs. Peck den Brief gebracht hatte.

Triphena war ihr gefolgt. »Laß dich einfach nicht blicken heut. Bis morgen is' sie wieder zur Vernunft gekommen. Sie weiß, daß du die beste Magd bist, die sie jemals kriegen wird – dabei kostest du so gut wie nix. Sie schickt deiner Mutter fünfzig Cent die Woche, und das auch nur dann, wenn ich sie dran erinner.«

»Ich werd ein Fabrikmädchen werden, Triphena.«

»Was?«

»Ich bin frei. Sie hat mir meine Freiheit geschenkt. Jetzt kann ich tun und lassen, was ich will. Ich kann nach Lowell gehn und dort Geld verdienen, damit ich die Schulden zahlen und heimgehn kann.«

»Aber dein Bruder –«

»Der wird's schon schaffen. Er is' in 'nem guten Haus, wo man für ihn sorgt. Sie lassen ihn sogar in die Schule gehn.«

»Und wie willst du nach Massachusetts kommen? Du hast doch kein Geld für die Kutsche.«

»Zu Fuß«, verkündete Lyddie stolz. »Man sollt' zu Fuß in die Freiheit gehn.«
»Man kriegt gewaltige Blasen davon«, brummte Triphena.

Nach Süden in die Freiheit

Lyddie machte sich sofort auf den Weg. Oder fast sofort. Zuerst gab ihr Triphena ihr zweitbestes Paar Stiefel und sorgte dafür, daß Lyddie sie anzog. Sie waren ihr natürlich zu groß, also mußte sie warten, während die Köchin zwei Paar Socken und Papier zum Ausstopfen holte. Als Lyddie Einspruch erhob, murmelte Triphena: »Man kann doch nicht barfuß nach Massachusetts marschieren, jedenfalls nicht im April.«
Dann mußte Lyddie noch weiter warten, während Triphena ein Proviantpaket richtete, das groß genug war, um eine ganze Meute Erntearbeiter damit zu füttern. Und schließlich reichte sie ihr noch eine winzige Stoffbörse mit fünf Silberdollar darin.
»Das is' zuviel!« protestierte Lyddie.
»Ich will nicht deinen Tod auf'm Gewissen haben«, gab Triphena zurück. »Das müßt' für die Kutsche und die Übernachtungen unterwegs reichen. Und das einzige Gasthausessen, dem ich trau, is' mein eigenes.«
»Aber die Herrin . . .«
»Die Herrin überläßt du mir.«
»Das Geld werd' ich dir zurückzahlen – wenn's geht mit Zinsen«, versprach Lyddie. Triphena schüttelte nur den Kopf und gab ihr einen Klaps aufs Hinterteil, als wäre sie eine Fünfjährige.
»Sei so gut und vergiß mich nicht, ja? Denk ab und zu an deine alte Freundin. Das sind Zinsen genug.«
Es war drei Uhr nachmittags, als sich Lyddie auf den Weg machte, aber sie ließ sich nicht von Triphena dazu überreden, bis zum nächsten Tag zu warten. Wenn sie nicht augenblicklich aufbrach,

würde sie sich von der Herrin vielleicht zum Hierbleiben beschwatzen lassen oder den Mut verlieren.
Sie war wohlgemut, auch wenn sich ihre Füße in den behelfsmäßigen Stiefeln und den zu großen Strümpfen plump anfühlten. Ezekial fiel ihr ein, und sie dachte: »Er hat sich nach Norden aufgemacht, um dort seine Freiheit zu finden, und ich geh nach Süden.«
In ihrer Aufregung hatte sie ganz vergessen, daß sie an diesem Tag schon mehr als zehn Meilen marschiert war. Aber ihre Füße wußten es noch. Lange bevor es dunkel wurde, waren sie in ihrer ungewohnten Umhüllung aus Strümpfen und schlechtsitzendem Schuhwerk wund geworden und erinnerten Lyddie daran, daß sie an diesem Tag schon mehr als genug geleistet hatten. Sie setzte sich auf einen Stein und zog die Stiefel aus. Aber es dauerte nicht lang, bis sie kalte Füße bekam, also zog sie Strümpfe und Stiefel wieder an und ging weiter, doch langsamer als zuvor.
Dann, gerade als es dämmerte, öffnete sich der Himmel, und es begann zu regnen – kein leichter Frühlingsregen, sondern ein kalter Sturzbach, der ihr übers Gesicht und in eiskalten Rinnsalen an der Brust und den Beinen hinunterlief.
Sie war gezwungen, wenn auch widerstrebend, im nächsten Dorf haltzumachen und eine Unterkunft für die Nacht zu suchen. Die Wirtin vom Gasthaus war zuerst entsetzt, daß ein junges Mädchen mutterseelenalleine unterwegs war. Doch dann rief sie besorgt: »Du siehst aus, als wärst du schon halb ertrunken!« Anschließend erkundigte sie sich, wo Lyddie denn überhaupt hinwolle.
»Nach Lowell? Tja, am Donnerstag kommt die Postkutsche hier durch. Wenn du bis dahin für mich arbeiten willst, kriegst du dafür Kost und Logis.«
Lyddie zögerte, aber ihre klatschnasse Kleidung und die Blasen an den Füßen sagten ihr, daß sie schlecht gerüstet war, um den Fußmarsch fortzusetzen. Also nahm sie das Angebot der Wirtin dankbar an und arbeitete so gut, daß die Frau sie schon nach

einigen Tagen bat, Lowell zu vergessen und bei ihr zu bleiben. Aber Lyddie ließ sich nicht überreden.
Als sie donnerstags in die Kutsche stieg, herrschte das gleiche trostlose Regenwetter wie bei ihrer Ankunft. Sie überreichte dem Kutscher drei ihrer kostbaren Dollar, dann ließ sie sich in der Ecke nieder. Außer ihr gab es nur noch zwei weitere Fahrgäste – ein Mann und eine Frau, die verheiratet zu sein schienen, obwohl sie kaum etwas miteinander sprachen. Die Frau musterte kritisch Lyddies Kleid, ihr Umschlagtuch und die seltsamen Stiefel und nahm sich dann wieder ihr Strickzeug vor, was in der holpernden Kutsche gar nicht so einfach war.
Die Straßen waren so schlammig, daß es zwei Tage dauerte, bis sie in Windsor ankamen. Dabei hatten sie den Staat Vermont immer noch nicht verlassen. Lyddie bedauerte häufig, daß sie ihr Geld nicht gespart hatte und zu Fuß gegangen war – ob es nun regnete oder nicht. Bestimmt wäre sie genauso schnell vorwärts gekommen. Aber zumindest stiegen ihre unfreundlichen Mitfahrer in Windsor aus. Das Bett im Gasthof dort war voll mit Ungeziefer, und am nächsten Morgen fühlte sich Lyddie schmutzig, außerdem juckte es sie überall. Eine weitere unangenehme Überraschung war, daß sie nun bis nach Lowell zu sechst in der Kutsche saßen, nachdem sie ihr schon für drei Personen zu eng erschienen war.
Auch ein Mädchen in ihrem Alter fuhr mit. Lyddie hätte es gern gefragt, ob es ebenfalls in der Fabrik arbeiten wollte, aber es war von einem jungen Mann begleitet, der sein Bruder zu sein schien, also wagte Lyddie nicht, es anzusprechen. Außerdem fiel ihr der Blick ein, mit dem die vorherige Mitfahrerin sie gemustert hatte.
Zusammengequetscht hockten sie zu sechst beisammen, und es war so eng, daß man sich kaum rühren konnte. Dazu kam, daß das Rollen und Schlingern der Kutsche, die jetzt schwerer beladen war, noch schlimmer wurde. Als sich einer der feinen Herren eine große Pfeife anzündete, mußte sie sich fast übergeben bei

dem Gestank. Glücklicherweise wies ihn ein anderer Herr streng darauf hin, daß ja schließlich Damen anwesend seien. Woraufhin der erste seine Pfeife widerstrebend an den Metallbeschlägen der Tür ausklopfte. Aber der Gestank hatte sich schon mit den starken Körperausdünstungen und dem schlechten Atem der Fahrgäste vermischt. Lyddie sehnte sich nach dem gesunden Geruch, der auf dem Hof einer Farm herrschte. Die Menschen waren viel schmutziger als die Tiere.

Und trotzdem – wenn sich die anderen nicht darauf konzentrierten, in der schwankenden Kutsche das Gleichgewicht zu halten, musterten sie Lyddie – vor allem ihre Kleidung. Zuerst fühlte sie sich gedemütigt, aber je länger sie fuhren, desto wütender wurde sie. Wie unhöflich diese sogenannten feinen Leute doch waren!

Jedermanns Kleidung war in einem katastrophalen Zustand, noch bevor sie in Lowell ankamen. Das Tauwetter und die Frühlingsregen hatten die Straße zum Teil in Morast verwandelt, und obwohl der Kutscher geschickt war, saß sein Gefährt früh am letzten Morgen im Schlamm fest. Alle mußten aussteigen, dann befahl er den vier männlichen Fahrgästen, die Kutsche anzuschieben, bis die Räder wieder griffen.

Lyddie sah zu, wie die Herren wuchteten, stemmten und schwitzten, ohne daß ihnen Erfolg beschieden war. Der Kutscher spornte sie lauthals von oben herunter an. Die Männer grunzten und fluchten, während sich ihre eleganten Kniehosen und Mäntel vom Schlamm braun verfärbten und ihre schönen Zylinder auf der Straße davonkullerten.

Nachdem Lyddie sie etwa eine Viertelstunde lang beobachtet hatte, konnte sie es nicht mehr mit ansehen, wie dumm sich die feinen Herren anstellten. Sie nahm ihr abgetragenes Tuch von den Schultern, band es um die Taille, schlug die Röcke hoch und stopfte sie darunter fest. Dann suchte sie einen flachen Stein, den sie unter das festgefahrene Rad legte, bevor sie in den Schlamm watete, zwei der Männer beiseite stieß und ihre zwar magere,

aber trotzdem kräftige rechte Schulter gegen das Hinterrad stemmte. Nun schickte sie die feinen Herren an den Gepäckkasten und schrie: »Eins, zwei, drei – hau ruck!«
Über sich hörte sie den Kutscher lachen. Die Männer verzogen keine Miene, aber immerhin begannen sie jetzt, gemeinsam zu schieben. Das Rad rollte über den Stein, und die Kutsche war wieder flott.
Lyddie war vollkommen verdreckt, aber sie machte sich nicht viel daraus. Sie dachte nur, wie unfähig diese feinen Herren doch gewesen waren. Keiner bedankte sich bei ihr, aber das nahm sie kaum wahr. Ihr war daran gelegen, die Reise fortzusetzen. Allerdings nicht im Innern der Kutsche. Sie sah zu dem immer noch grinsenden Kutscher empor. »Kann ich raufkommen?« rief sie.
Er nickte, also kletterte Lyddie hinauf. Keiner der Herren war ihr behilflich, aber da sie ihr Leben damit verbracht hatte, auf Bäume, Leitern und Dächer zu klettern, war das auch gar nicht nötig. Der Kutscher lachte immer noch stillvergnügt in sich hinein, während er mit der Peitsche knallte, damit sich die Pferde in Bewegung setzten. Protestschreie schallten aus der Kutsche herauf. Er ruckte an den Zügeln, und seine Augen blitzten übermütig, während sich die immer noch laut schimpfenden Passagiere mühten, Arme und Beine auseinanderzuklauben und wieder Platz zu nehmen.
Mit einem Kopfschütteln, das für Lyddie bestimmt war, hielt der Kutscher das ungeduldig mit den Hufen scharrende Gespann zurück, bis das Gedränge unter ihnen schließlich verstummte. »Ein zähes Persönchen bist du, muß ich schon sagen«, lobte er, griff in den Kasten hinter sich und zog eine schwere Decke hervor. »Da, die wird dich warm halten.«
Lyddie wickelte sie um Kopf und Körper. »Blöde Idioten«, sagte sie. »Die hatten alle mit'nander nicht mal den Verstand von 'nem Stachelschwein. Warum haben Sie ihnen denn nicht gesagt, wie sie's machen sollen?«

»Was?« antwortete der Kutscher. »Damit hätt' ich mich ja um den ganzen Spaß gebracht!«
Lyddie konnte nicht anders, sie mußte lachen, als sie an die schwitzenden, fluchenden und dreckigen Herren dachte, die nun die sowieso schon schlechte Luft da drinnen mit ihrem eigenen Geruch und dem des Straßendrecks noch weiter verpesteten. Tatsächlich, gerade öffnete jemand die Schutzblende am Fenster, um ein bißchen frische, kalte Luft hereinzulassen.
»So, du willst dich also ins Fabrikleben stürzen?«
Lyddie nickte. »Ich brauch das Geld.«
Er warf ihr von der Seite her einen Blick zu. »Die jungen Frauen dort kleiden sich wie die Damen von Boston«, sagte er.
»Schöne Kleider interessieren mich nicht. Meine Farm is' verschuldet . . .«
»Deine?«
»Die von meinem Vater«, antwortete sie. »Aber er hat sich vor vier Jahren auf'n Weg nach Westen gemacht, und seitdem haben wir nix mehr von ihm gehört . . .«
»Ein tapferes Kerlchen bis du«, meinte er. »Hast du denn keine Brüder, die dir helfen?«
»Einen«, sagte sie. »Und der wär' auch 'ne große Hilfe, bloß hat ihn meine Mutter bei 'nem Müller verdingt, und bis . . .«
»Hast du wen in Lowell, der auf dich aufpaßt? Verwandte, eine Freundin?«
Sie schüttelte den Kopf. »Ich komm allein zurecht.«
»Das bezweifle ich nicht«, sagte er. »Aber 'ne Freundin, die ein gutes Wort für dich einlegt, kann nichts schaden. Ich werd' dich zu meiner Schwester bringen. Sie betreibt das Wohnheim Nummer fünf der Textilfabrik Concord.«
»Ich bin Ihnen dankbar, daß Sie so nett sind zu mir, aber . . .«
»Du kannst es als Bezahlung für deine Hilfe betrachten.«
»Sie hätten die Kutsche doch in Null Komma nix wieder flottgekriegt, wenn Sie . . .«
»Dann wär' mir ja der ganze Spaß entgangen. Das Kutschieren

kann eine beschwerliche und einsame Arbeit sein, mein Mädchen. Ich hol mir mein Vergnügen, wo ich kann. Hast du die Gesichter dieser feinen Herren gesehen, nachdem erst eine halbe Portion von einem Bauernmädchen kommen mußte, um sie zu retten?«

Am späten Nachmittag fuhren sie über die Brücke, die in die Stadt führte. Und eine Stadt war es, daran gab es keinen Zweifel. Lyddie kam es so vor, als drängten sich vor ihren Augen ebenso viele Gebäude wie Schafe in einem Pferch. Nur waren die Häuser nicht so weich, sie wirkten furchteinflößend im grauen Nachmittagslicht. Lyddie hätte nicht gedacht, daß es so viele Backsteine gab auf der Welt, wie hier in einem einzigen Gebäude verarbeitet waren. Und riesig waren die Häuser – fünf oder sechs Stockwerke hoch und so lang wie ein großer Acker. Die rauchspuckenden Kamine reichten bis in den tiefhängenden Himmel.

Und der Krach! Im ersten Moment wollte sich Lyddie die Ohren zuhalten, statt dessen verschlang sie die Hände fest auf dem Schoß. Sie, die sie ja einen Bären niedergestarrt und sich mühelos mit einem entlaufenen Sklaven unterhalten hatte, würde doch jetzt keine Angst kriegen!

Die anderen Fahrgäste stiegen in ihrer schlammverspritzten Kleidung und mit diversen Gepäckstücken beladen im Hotel Merrimack ab. Lyddie sah auf den ersten Blick, daß es für sie und ihren Geldbeutel zu vornehm war.

Schließlich wartete sie, bis der Kutscher sichergestellt hatte, daß Pferde und Kutsche versorgt wurden. Dann ließ sie sich von ihm zum Wohnheim seiner Schwester führen. »Ich hab dir 'nen kleinen Splitter aus Vermonter Granit mitgebracht«, erklärte er der drallen, lächelnden Frau, die ihnen an der Tür entgegenkam. Dann fügte er hinzu: »Wir benutzen lieber den Hintereingang. Wir sind auf der Herfahrt ein bißchen in den Schlamm geraten.«

Das Wohnheim Nummer fünf

Zuerst dachte Lyddie, es sei der Bär, der klappernd mit dem Haferbreitopf auf die Möbel einhämmerte, doch dann wurde ihr klar, daß es die Mädchen waren, die in dem winzigen Dachzimmer zum Leben erwachten. Eines schlug mit einem kleinen Stückchen Holz gegen eine Büchse und erzeugte dabei das Blitzen und den Geruch einer winzigen Hölle. Und all das nur, um eine Kerze anzuzünden, deren Licht die vor dem Morgengrauen herrschende Düsternis kaum erhellte. Bei dem Getöse, das die fünf Mädchen veranstalteten, während sie sich ankleideten und um die einzige Waschschüssel zankten, wurde Lyddie gezwungenermaßen hellwach. Jetzt fiel ihr langsam ein, wo sie war.

So verdreckt sie auch gewesen war, Mrs. Bedlow, die Schwester des Kutschers, hatte sie freundlich aufgenommen. Sie servierte ihrem Bruder rasch eine Tasse Tee, bevor er sich wieder auf den Weg machte. Dann befahl sie ihrem Sohn, einem Jungen etwa in Charlies Alter, in ihrem eigenen Schlafzimmer einen Zuber mit heißem Wasser zu füllen, damit Lyddie ein Bad nehmen konnte. Das schlammbespritzte Kleid und das Umhängetuch nahm sie mit, sobald das Mädchen sie abgelegt hatte, und warf beides auf der Stelle in einen Topf mit kochendem Wasser auf dem schwarzen, eisernen Kochherd.

Und was für ein Herd das war! Lyddie hatte nur gerüchteweise von solchen modernen Wunderdingern gehört. Als sie mit hochrot geschrubbtem Gesicht und wohlig-warmem Körper, der sämtliche Nähte des ihr verbliebenen Kleides fast sprengte, aus dem Schlafzimmer der Heimverwalterin kam, stach ihr als erstes der Herd ins Auge. Sie starrte ihn an, als wäre er ein exotisches, aus den Tiefen des Ozeans aufgestiegenes Ungeheuer. Am liebsten hätte sie sich davorgesetzt, um seine herrliche Wärme zu genießen und ihn zu bestaunen. Doch Mrs. Bedlow schickte sie in den Speisesaal, der sich schon bald mit einem lärmenden Heer von fast dreißig jungen Frauen füllte, die trotz ihres langen Tages in der Fabrik immer noch voller Energie steckten. Im Verlauf des Essens wäre Lyddie um ein Haar der Kopf auf den mit Schweinefleisch und Bohnen beladenen Teller gesunken, der vor ihr stand. Somit half ihr Mrs. Bedlow schon lange, bevor die anderen fertig waren, die vier Treppen hinauf zu dem Dachzimmer, wo sie – kaum mehr wach genug, um der Frau für ihre Freundlichkeit zu danken – ins Bett fiel.

Und nun, an diesem ersten Morgen ihres neuen Lebens, lag sie noch ein paar Minuten im Bett, um die Stille des inzwischen menschenleeren Dachzimmers zu genießen. Nach dreitägigem Kutschengerattere, nach einer mit fünf anderen Mädchen verbrachten Nacht (sie hatte sogar das Bett mit einer Fremden teilen müssen, die sie mitten in der Nacht mit ihrem Herumgewerfe und ihrer Schnarcherei aufweckte), nachdem sie von einer Glocke aus dem Schlaf gerissen wurde und ihr fast der Kopf platzte von dem Gekreische, Gequietsche und Geplappere, kam ihr der fensterlose Verschlag im Gasthof nachträglich wie eine friedliche Oase vor. Aber sie wollte nicht in die Vergangenheit blicken. Sie warf die Steppdecke zurück. Außer ihrem viel zu kleinen Handgesponnenen hatte sie nichts mehr anzuziehen, aber daran war nichts zu ändern. Sie kleidete sich an und tappte in ihren immer wieder geflickten Strümpfen die vier Treppen hinunter.

Im Speiseraum, den Mrs. Bedlow Salon nannte, nahmen die beiden großen Eßtische, wo Tim, Mrs. Bedlows Sohn, gerade hastig deckte, fast das ganze Zimmer ein. Herrliche Gerüche nach Kaffee, warmem Apfelkuchen, Haschee und – war es möglich, daß das Fisch war? – kamen von dem Zauberherd her durchs Haus gezogen wie als Beweis dafür, wie viele Wunder er gleichzeitig vollbringen konnte.

»Ich hab meine Stiefel . . .« begann Lyddie.

Mrs. Bedlow sah auf. Ihr rundes Gesicht glühte von der Hitze. »Sie stehen zum Trocknen am Herd, aber du kannst sie nicht anziehen.«

»Was?«

»In deinem Aufzug kannst du hier nicht rumlaufen. Das Kleid von gestern, oder das, was noch davon übrig ist, taugt höchstens als Lumpen. Ich fürchte, es hat sich in meinem Kessel zu Schlammeintopf verwandelt. Ich möcht' mal wissen, was sich mein verrückter Bruder dabei gedacht hat, einem Mädchen zu gestatten ...«

»Oh, das war nicht seine Schuld, Ma'am«, sagte Lyddie und schlüpfte in Triphenas nach einer Nacht neben dem Herd ganz steife Stiefel. »Diese feinen Herren waren derartige Idioten ...«

»Brauchst du mir gar nicht zu erzählen. Ich kenne meinen Bruder. Er hat auf seinem Kutschbock gehockt und sich eins gelacht, ohne ihnen auch nur einen einzigen Ratschlag zu geben.«

»Aber er mußte sich doch um die Kutsche und das Gespann ...«

»Unsinn. Er tut es zu seinem Vergnügen und weil er diejenigen, die besser gestellt sind als er, demütigen will. Er wäre durchaus bereit, eine Kutsche zugrunde zu richten, wenn er sich davon eine lustige Geschichte verspräche, die er am Abend im Wirtshaus erzählen kann. Und das alles auf Kosten deiner Kleidung und deiner Würde.«

»Ich hab die Befürchtung, daß da so oder so nicht viel verloren is'.«

»Hast du ein bißchen Geld?«

Lyddie zögerte. Eigentlich nicht. Es gehörte Triphena, nicht ihr.

»Wenn ich dich bei der Firma Concord empfehlen soll, mußt du ordentlich aussehen. Sie legen Wert darauf, nur ehrbare Mädchen einzustellen.«

Lyddie wurde rot.

»Du bist natürlich ebenso ehrbar wie jede andere auch, und vermutlich arbeitest du besser als die meisten, aber in der Fabrik wird man sich deine Kleidung und deine Schuhe ansehen, bevor man sich entscheidet. Der Allmächtige schaut ja vielleicht ins

Herz, aber: ›Ein Mensch sieht, was vor Augen ist‹, wie das Gute Buch sagt. Also mußt du dir was Besseres . . .« Sie warf einen betrübten Blick auf Lyddies enges Handgesponnenes und die steifen, abgetragenen Stiefel.

Lyddie ließ den Kopf hängen. »Ich hab noch 'n bißchen was übrig von der Reise. Aber das is' bloß gepumpt.«

»Du kannst es ja zurückzahlen, sobald du Arbeit hast. So – hättest du Lust, mir ein bißchen zur Hand zu gehen? Ich vermute, die Mädchen werden früher als sonst zum Frühstück kommen. Der Fluß steht zu hoch, was bedeutet, daß die Wasserräder vermutlich langsamer laufen. In diesem Fall haben die Mädchen Urlaub. Aber für mich gilt das nicht.«

Lyddie griff hastig nach einem Tuch und nahm Mrs. Bedlow den Kuchen ab, den diese gerade aus dem Bauch des Herds holte. »Ja«, fuhr Mrs. Bedlow fort, »sie werden ein paar Tage frei haben, bis das Wasser wieder gesunken ist.« Sie lächelte. »Zeit genug, um dir ordentliche Kleidung und eine Stelle in der Fabrik zu besorgen.«

Sofern ihr die Mädchen am frühen Morgen laut vorgekommen waren, so war das gar nichts, verglichen mit jetzt. Mit schrillen Kreischstimmen, die sich gegenseitig zu übertönen schienen, kamen sie durch die Tür gestürzt. Urlaubsstimmung lag in der Luft, die sich kaum für das Tischgebet beruhigte, bevor sie mit voller Kraft wieder losbrach, noch bevor das »Amen« richtig verklungen war.

Lyddie war Tim dabei behilflich, an den beiden großen Tischen zu servieren. Sie brachte große Platten mit gebratenem Kabeljau, Haschee, Kartoffelbällchen, Kürbismus mit riesigen Sahnekrügen, Toast und Butter, Apfelkuchen und Krüge mit Kaffee und Milch. Nicht einmal Erntearbeiter hatte Lyddie jemals so viel und so geräuschvoll essen sehen. Dabei waren das hier ja angeblich Damen.

»Hallo, du da!« übertönte eine Stimme den Lärm. »Du hast dich noch gar nicht ordentlich vorgestellt.«

Plötzlich wurde es still im Raum. »Sei nicht so unhöflich, Betsy!« befahl eine andere. »Sie war müde gestern abend.«
Lyddie drehte sich um, weil sie sehen wollte, wer diese zweite Bemerkung gemacht hatte, denn so stellte sie sich die Stimme einer Dame vor. Die junge Frau, die gesprochen hatte, lächelte. »Du bist erst gestern abend gekommen, nicht wahr?«
Lyddie nickte.
»Du brauchst nicht so schüchtern zu sein. Wir waren alle mal neu hier, sogar unsere Betsy.« Die anderen kicherten. »Ich heiße Amelia Cate.« Amelia - ein aristokratischer Name. Er paßte zu ihr. Sie war fast so hübsch wie die Dame in Rosa, die letztes Jahr im Gasthof der Cutlers abgestiegen war. Ihre Haut war ganz hell, ihr Gesicht und ihre Hände waren schmal und zart. Und offensichtlich wurde sie respektiert, sonst hätten die anderen nicht ihr Geschnatter unterbrochen, während sie sprach.
»Und wie heißt du?«
»Lyddie Worthen. *Lydia* Worthen.« Sie kratzte mit einem ihrer rauhen Finger vorn auf der Brust an ihrem engen, handgesponnenen Kleid herum. Lyddie hatte den Eindruck, als wären sämtliche junge Frauen, die mit ihr hier saßen, gut gekleidet, vornehm und wunderschön. Sie war die einzige Krähe unter lauter Pfauen.
»Du kommst aus Vermont, hab ich recht?« fragte Betsy, und ein paar der anderen lachten.
»Was habt ihr denn an Vermont auszusetzen?« erkundigte sich ein Mädchen mit einer Stimme, in der eine winzige Spur des näselnden Tonfalls der Leute aus den Green Mountains lag. »Ich bin ebenfalls von dort, und zwar aus der Gegend von Rutland. Und wo kommst du her, Lyddie?«
Lyddie drehte sich dem Mädchen zu, das sie angesprochen hatte. Es war nicht viel älter als sie, war aber, wie alle anderen, blasser. Ihr blondes Haar war zu einem Zopf geflochten, der wie eine Krone um ihren Kopf lag, ihr Gesicht hatte etwas Ernstes, das auch von den spärlichen Sommersprossen nicht gemildert wurde. Lyddie zerrte an ihren widerspenstigen braunen Zöpfen und war

dankbar, als sich die Aufmerksamkeit von ihr abwandte und das allgemeine Geschnatter wieder begann.

Nach dem Frühstück machten ihr Amelie und das Mädchen aus Rutland, das Prudence Allen hieß, das Angebot, mit ihr einkaufen zu gehen, um ein ordentliches Kleid, eine Arbeitsschürze, Schuhe und einen Hut zu erstehen. Als sie aufbrachen, drückte Mrs. Bedlow Amelia etwas in die Hand. Es war, wie sich herausstellte, ein Dollar, der, wie die Heimverwaltung behauptete, von ihrem Bruder stammte, als Bezahlung für Lyddies unterwegs beschädigte Kleidung.

Lyddie war hellauf verzweifelt, als sie ihr ganzes restliches Geld, einschließlich des Dollars, aufwenden mußte, um sich so einzukleiden, daß Amelia und Prudence zufrieden waren. Die Geldverschwendung schmerzte sie so, daß sie sich über die neuen Sachen gar nicht freuen konnte, obwohl die beiden anderen darauf bestanden, daß sie die neuen Schuhe gleich für den Heimweg anbehielt. Insgeheim war ihr klar, daß sie noch nie welche besessen hatte, die so gut paßten. Das Drücken an den Zehen, der Ferse und den Knöcheln erinnerte sie lediglich daran, daß sie vornehme neue Stadtstiefel trug. Sobald sie eingelaufen waren, würde sie in solchen Schuhen überallhin marschieren können – sogar nach Hause.

Lyddie erfuhr nie genau, wie es dazu kam, doch an diesem Abend befahl ihr Mrs. Bedlow, sie solle ihre Sachen aus dem Dachzimmer holen und zu Amelia und Prudence in den dritten Stock umziehen. Mochten sich die anderen Mädchen auch beklagen, weil eine Neue in einem der besten Zimmer einquartiert wurde, wo doch erst mal sie an der Reihe gewesen wären, Amelia hatte Mrs. Bedlow dazu überredet. Da Lyddie keine Verwandten oder Freunde hier hätte und auch im Wohnheim niemanden kenne, brauche sie ihre besondere Zuwendung. Mrs. Bedlow, die wegen ihres Bruders immer noch ein schlechtes Gewissen hatte, gab nach. Also zog Lyddie in ein kleineres Zimmer im dritten Stock, das sie mit Amelia, Prudence und der offensichtlich verstimmten

Betsy teilte, die den Luxus eines Bettes ganz für sich allein genossen hatte, seit ihre vorherige Schlafgenossin letzte Woche nach New Hampshire heimgereist war.

Schon die Tatsache an sich, daß sie zu viert ein Zimmer bewohnten, war ein Luxus, denn die meisten anderen beherbergten sechs. Trotzdem konnte man sich kaum rühren zwischen den beiden Doppelbetten, den zwei winzigen Nachttischchen und den verschiedenen Koffern und Hutschachteln. Sitzen konnte man nirgends, außer auf den Betten. Doch an den normalen Arbeitstagen hatten die Mädchen ja auch keine Freizeit, abgesehen von den knapp drei Stunden zwischen Abendessen und Abendglocke. Die meisten von ihnen verbrachten die kurz bemessenen Mußestunden unten im Speisezimmer, das auch als Aufenthaltsraum diente. Oder sie gingen in die Stadt, wo es Geschäfte, Vorträge und sogar Tanzveranstaltungen gab, alles von ehrlichen Bürgern eingerichtet, die es darauf anlegten, den Fabrikmädchen ihren Lohn aus der Tasche zu ziehen.

»So«, sagte Amelia, die ihre Pflichten als Zimmerverantwortliche wesentlich ernster nahm, als es Lyddie lieb war, »welche Kirche wirst du am Sonntag besuchen?«

Lyddie sah beunruhigt auf. Da sie es vom Blockhaus bis ins Dorf so weit gehabt hatten, hatte sich ihre Familie nicht einmal die Mühe gemacht, in der dortigen Kirche Platzmiete zu bezahlen.

»Ich – ich hatt' nicht vor, in die Kirche zu gehn.«

Amelia, die älter war als Lyddie, seufzte. »Oh, aber du mußt in die Kirche gehen«, sagte sie.

»Was Amelia damit sagen will«, meinte Betsy und sah von ihrem Roman auf, »ist, daß die Firma Concord verlangt, daß sämtliche dort beschäftigten Mädchen regelmäßig zur Kirche gehen. Dabei spielt es keine Rolle, wie es um deine unsterbliche Seele bestellt ist. Es gibt uns einen respektablen Anstrich, und das gilt sogar für jene, die ihre kostbare Zeit mit Romanen verschwenden.«

»Sei so gut und benimm dich, Betsy.«

»Tut mir leid, Amelia, aber wenn ich gestatte, daß du dich über

Lyddies religiöse Pflichten ausläßt, obwohl das Mädchen doch ganz offensichtlich keine eigene Vorstellung davon hat, dann wird diese Unterhaltung die ganze Nacht dauern.« Betsy legte ihr Buch weg und sah Lyddie geradewegs an. »Sie werden dich vermutlich dazu zwingen, daß du dich von Zeit zu Zeit in irgendeiner Kirche sehen läßt. Falls du nicht viel Geld hast, gehst du am besten zu den Methodisten, denn die bestehen nicht darauf, daß die Mädchen Platzmiete zahlen. Du mußt dafür zwar längere Predigten über dich ergehen lassen, aber trotzdem empfehle ich Neuen, denen es egal ist, wo sie hingehen, immer die Methodisten.«

»Betsy!«

»Betsy mag es, wenn sie schockierend klingt«, erklärte Prudence geduldig. »Das darfst du dir nicht zu Herzen nehmen.« Sie bürstete ihr langes, blondes Haar und sah aus wie eine Märchenprinzessin. Nur war ihre Stimme viel zu sachlich, um in ein Märchenbuch zu passen.

»Aber –« fing Lyddie an. Wie sollte sie es ausdrücken? »Is' man denn kein freier Menschen in Massachusetts?«

»Selbstverständlich, meine Liebe«, sagte Amelia. »Aber wie in jeder zivilisierten Gemeinschaft gibt es auch hier Regeln und Gesetze. Sie sind zu unserem eigenen Besten, meine Liebe. Du wirst sehen.«

Betsy rollte mit den Augen und wandte sich dann wieder ihrem Buch zu.

Am nächsten Morgen führte Mrs. Bedlow Lyddie an den Wohnheimen der Firma Concord vorbei und die Straße entlang, bis zu der Brücke, die zum Fabrikgelände führte. Zwischen zwei niedrigen Ziegelsteingebäuden befand sich ein hoher Holzzaun. Das darin eingelassene Tor war abgeschlossen, als führte es auf einen Gefängnishof, doch Mrs. Bedlow ließ sich davon nicht abschrecken. Sie ging einfach zu einem der niedrigen Gebäude und trat ein. Lyddie folgte mit schleppenden Schritten, denn der Raum, in den sie kamen, war noch größer als der Gastraum bei den Cutlers. Tische und Schreibpulte drängten sich darin. Einige wenige Männer waren an der Arbeit und hoben den Kopf von ihren Federhaltern und den Geschäftsbüchern, als die Frau und das Mädchen vorbeigingen. Doch war offensichtlich, daß jetzt, wo der Fluß zu hoch stand, um die Wasserräder anzutreiben, selbst im Buchhaltungsraum nicht viel gearbeitet wurde.

Mrs. Bedlow ging quer durch den Raum und am anderen Ende wieder zur Tür hinaus. Nun kamen sie auf eine freie Fläche, die groß genug war, um, wie es Lyddie schien, ihre ganze Bergfarm aufzunehmen. Im Süden war der Fabrikhof vom Haupttor und den beiden niedrigen Gebäuden umschlossen – in denen sich, wie Mrs. Bedlow erklärte, nicht nur die Buchhaltungsräume, sondern auch die Büro- und Lagerräume befanden. An den etwas kürzeren Seiten im Osten und Westen war der Fabrikhof von höheren Fachwerkgebäuden begrenzt – dort waren die Maschinenhallen und Reparaturwerkstätten untergebracht. Und im Norden erstreckte sich über die ganze Breite die eigentliche Textilfabrik – ein gigantisches, sechsstöckiges Backsteingebäude mit einer Außentreppe aus Holz und Stein. Von der Vorderfront herab schienen die sechs gleichmäßigen Fensterreihen wie viele unfreundliche Augen finster durch den grauen April-Nieselregen auf sie herabzublicken. Ein Glockenturm ragte über dem langgezogenen Dach auf, wodurch das Gebäude noch höher und furchteinflößender wirkte.

»Für dich als Bauernmächen muß es beeindruckend sein«, meinte Mrs. Bedlow.

Lyddie nickte und griff fester nach ihrem Umschlagtuch, um ihr Zittern zu unterdrücken.

Mrs. Bedlow drehte sich um und ging zu dem anderen, im Süden liegenden niedrigen Gebäude, wo sie an eine Tür klopfte, auf der »Personalleiter« stand.

»Ich bringe ein neues Mädchen«, sagte sie fröhlich zu dem jungen Mann, der die Tür öffnete. »Frisch von der Farm und von bester Gesundheit, wie Sie sehen.«

Der junge Mann schenkte Lyddie kaum einen Blick. Er trat zurück und hielt ihnen die Tür auf. »Ich will mal sehen, ob Mr. Graves eine Minute erübrigen kann«, sagte er von oben herab.
»Diese Büroangestellten tun immer gewaltig vornehm«, flüsterte Mrs. Bedlow, aber falls sie damit Lyddie ihre Befangenheit nehmen wollte, hatte sie keinen Erfolg. Und auch der Anblick des Personalleiters trug nicht dazu bei, das Mädchen zu beruhigen.
»Mrs. Bedlow, nicht wahr?« Er war ein beleibter, wohlhabend aussehender Mann, doch fehlten ihm die Manieren, sich zu erheben, wenn eine Dame mittleren Alters sein Büro betrat.
Mrs. Bedlow sprach hastig und mit hochrotem Gesicht auf ihn ein. Lyddie war sicher, daß der Mann sie wieder wegschicken würde, denn er sah recht ungeduldig drein, während Mrs. Bedlow wie ein Wasserfall redete. Doch schließlich sagte er, Lyddie könne einen Jahresvertrag kriegen. Im Websaal herrschte gerade Mangel an Arbeitskräften. Mr. Thurston, sein Sekretär, würde ihr das Merkblatt mit den Vorschriften der Firma Concord geben und dafür sorgen, daß sie am nächsten Morgen ihre Pockenimpfung bekäme.
Mit einem Kopfnicken wurden sie entlassen. Mrs. Bedlow stieß Lyddie an und forderte sie auf, dem Personalleiter für seine Freundlichkeit zu danken. Lyddie bekam kaum ein Flüstern hervor, doch spielte das keine Rolle, denn der Mann beachtete sie nicht mehr.
Sie unterschrieb das Papier dort, wo der Sekretär hindeutete, versuchte genau aufzupassen, während er aufzählte, was der Vertrag alles von ihr forderte, und stopfte das Merkblatt mit den Firmenvorschriften, das er ihr reichte, in die Schürzentasche. Sie wollte es am Abend studieren, entschloß sie sich beklommen. Gleich auf den ersten Blick hatte sie gesehen, daß es fast unmöglich sein würde für sie, zu ergründen, was dieses Schriftstück zu bedeuten hatte. Oh, wenn nur Charlie da wäre, um es ihr laut vorzulesen und ihr die langen Wörter zu erklären. Wie es schien, erwartete man von den Fabrikmädchen eine gewisse Bildung.

Es dauerte mehrere Monate, bis sie die *Vorschriften für die Wohnheime der Firma Concord* mühelos lesen konnte. Doch schon am nächsten Morgen fand sie heraus, daß sie unangenehme Dinge beinhalteten, allem voran die Impfung. Mrs. Bedlow ging nach dem Mittagessen mit ihr zum Hospital, wo ihr ein Arzt das Bein mit einem genau bemessenen, grausamen Schnitt versah und eine geheimnisvolle Flüssigkeit direkt in die Wunde goß.
Noch beunruhigter war Lyddie, als sich die Verletzung innerhalb weniger Tage stark entzündete. Doch die anderen Mädchen lachten nur über ihre Sorge und erklärten ihr, es sei zu ihrem eigenen Besten. Jetzt könne sie nie mehr an Pocken erkranken, also solle sie dankbar sein. Tatsächlich forderte Amelia sie unentwegt auf, sie solle wegen irgendwelcher Dinge dankbar sein, für die Lyddie nicht die geringste Dankbarkeit aufbringen konnte, mochte sie sich Mühe geben, soviel sie wollte. Doch schließlich, nachdem sie fast zwei Wochen lang abwechselnd bestürzt oder gelangweilt war, wurde beim Abendessen bekanntgegeben, am nächsten Tag könne die Arbeit wiederaufgenommen werden. Jetzt empfand Lyddie wirklich Dankbarkeit, weil die Tage des Müßiggangs nun hinter ihr lagen. In wenigen Stunden würde sie ein richtiges Fabrikmädchen sein.

Lyddie war enttäuscht, aber vielleicht auch ein winziges bißchen erleichtert, als ihr Mrs. Bedlow mitteilte, sie wolle sie nach der Mittagspause in den Websaal bringen. Erst müsse das aufwendige Essen gekocht und das Geschirr abgewaschen sein, wie sie sagte, bevor sie einen Augenblick erübrigen könne. Außerdem ginge es nicht an, daß Lyddie gleich am allerersten Tag vollkommen erschöpft sei. Vier Stunden seien für den Anfang reichlich genug.
Das Tor war abgeschlossen. »Sie wollen nicht, daß Mädchen, die sich verspätet haben, noch hineinschlüpfen«, erklärte Mrs. Bedlow. »Du mußt also darauf achten, daß du immer hier bist, wenn die Glocke läutet.« Wie vor zwei Wochen gingen sie durch den

Buchhaltungsraum, nur wimmelte es diesmal vor Männern, die alle wie feine Herren gekleidet waren. Jeder Kopf schien sich zu heben, und alle Augen wandten sich ihnen zu. Trotz der neuen Kleidung, die sie trug, spürte Lyddie, daß ihre rauhen, gebräunten Backen vor Verlegenheit glühten. Sie senkte den mit einem Hut bedeckten Kopf und eilte durch den Raum, so schnell sie konnte. Dabei hätte sie Mrs. Bedlow in ihrer Hast fast vor sich hergeschubst.

Draußen auf dem Fabrikhof hörte sie deutlich das dumpfe Dröhnen. Das Pulsieren der Fabrik drang durch die dicken Backsteinmauern bis nach draußen, und während sie die düstere Holztreppe hinaufgingen, die sich mit aller Kraft an der Seite des Gebäudes festklammerte, spürte sie das Vibrieren der Maschinen.

Mrs. Bedlow ging schnaufend voraus und blieb auf dem Weg bis hinauf in den vierten Stock mehr als einmal stehen, um sich auszuruhen. Als sie oben anlangte und die Tür aufstieß, verwandelte sich das dumpfe Dröhnen schlagartig in ein Donnergetöse. Mrs. Bedlow schubste Lyddie darauf zu. »Mr. Marsden erwartet dich!« schrie sie. »Er wird dafür sorgen, daß du angelernt wirst.« Und damit war sie verschwunden.

Der Websaal

Heiliger Bimbam! Was für ein Lärm! Da rasselte es und klapperte, ächzte und stöhnte, quietschte und ratterte, und riesenhafte, über Rollen laufende lederne Treibriemen kreischten und pfiffen. Und als Lydias Kopf etwas klarer wurde, sah sie durch die verschmutzte Luft hindurch eine Reihe Maschinen um die andere. Sie glichen auf schauerliche Weise Quäker Stevens' altem Handwebstuhl, und gleichzeitig unterschieden sie sich, wie sich ein Alptraum von der Wirklichkeit unterscheidet – denn sie machten den Eindruck von zum Leben erwachten Kreaturen. Es schien, als wären sie allein von Augen angetrieben – von den Augen gepflegter, wachsamer junger Frauen. Es sah so aus, als wäre nur gelegentlich das Eingreifen einer raschen Hand vonnöten, damit sie unentwegt weiterratterten.

Von dem metallenen Oberbau, der über jeder der Maschinen aufragte, bewegten sich rasselnd hölzerne Harnische auf und ab, die Hunderte von Kettfäden führten, die von einem gewaltigen, hinter dem Webstuhl liegenden Kettbaum abgezogen wurden. Weberschiffchen, in denen die Spulen mit dem Schußfaden lagen, stürzten sich wie Raubtiere durch den hohen Wald der Kettfäden, und Weberkämme schlugen jeden neu eingezogenen Fadenschuß fest am vorherigen an. Mit beängstigender Geschwindigkeit rollte sich das neu gewobene Tuch auf die an der Vorderseite der Webstühle befindlichen Warenbäume auf.

Die Mädchen schienen keine Angst zu haben, ja, sie sahen nicht einmal beeindruckt aus. Während Lyddie mit dem Aufseher vorbeiging, hoben einige den Kopf. Ein paar wenige lächelten, andere starrten sie nur an. Keine schien das entsetzliche Getöse zu stören. Wie hielten sie das nur aus? Schon der Lärm, den eine einzige Kutsche veranstaltete, wenn sie bergab fuhr und der Kutscher sich mühte, die Pferde zurückzuhalten, fand Lyddie unerträglich. Und das hier klang, als hätte man hundert Kutschen im Kopf, mit Rädern, die von innen gegen die Schädelknochen knallten. Im ersten Moment wollte sie sich umdrehen, zur Tür rennen, die Treppe hinunter, durch den Hof und den Buchhaltungssaal, über die schmale Brücke, an den Wohnheimen vorbei, die Straße entlang – hinaus aus dieser Höllenstadt und heim, heim, heim zu den grünen Hügeln und den stillen Weiden –

Aber natürlich rührte sie sich nicht vom Fleck. Sie hielt sich nicht einmal die Hände an die Ohren, um sich gegen diesen Ansturm zur Wehr zu setzen. Sie stand nur schweigend vor der Maschine, zu der sie der Aufseher geführt hatte, und tat so, als könne sie hören, was er zu ihr sagte. Sein Mund bewegte sich, ein seltsamer kleiner rosa Mund, der unter einem buschigen schwarzen

Schnurrbart hervorlugte. Der überaus kräftig gewachsene Schnurrbart wirkte um so eigentümlicher, da der Mann kaum Haare auf dem Kopf hatte. Sein Schädel glänzte wie poliertes Holz.

Plötzlich legte Mr. Marsden zu Lyddies Überraschung seinen roten Mund ganz nah an ihr Ohr. Sie zuckte zurück, noch bevor sie begriff, daß er »Ist das klar?« schrie.

Lyddie starrte ihn entsetzt an. Überhaupt nichts war klar. Nahm er ernsthaft an, sie hätte seine geheimnisvolle Lippensprache verstanden? Aber wie konnte sie sagen, daß sie außer dem infernalischen Lärm der Webstühle überhaupt nichts gehört hatte? Wie konnte sie sagen, daß sie in dem trüben Licht des riesigen Saals, wo die Luft wie eine aus Staub und Textilfasern bestehende Suppe war, kaum etwas sah?

Sie stand nur einfach da, mit offenem Mund, aus dem keine Worte herauskamen, als sich ein Arm um ihre Schultern legte. Wieder zuckte sie vor der Berührung zurück, bis sie sah, daß es eine von den jungen Frauen war, die die Webstühle bedienten. Ihr Kopf war so nah bei Lyddies linkem Ohr, daß Lyddie hörte, wie sie zum Aufseher sagte: »Machen Sie sich keine Sorgen, Mr. Marsden. Ich werde mich darum kümmern, daß sie eingelernt wird.«

Der Aufseher nickte. Er war offensichtlich erleichtert, daß er sich nicht um Lyddie oder um den ihr zugeteilten Webstuhl kümmern mußte.

»Wir werden zusammenarbeiten!« schrie ihr das ältere Mädchen ins Ohr. »Meine beiden Webstühle stehen gleich neben deinem. Ich heiße Diana!« Sie deutete Lyddie, sich dicht hinter ihre rechte Schulter zu stellen, damit sie in Lyddies linkes Ohr sprechen konnte, wenn sie den Kopf ein wenig nach rechts drehte, ohne daß Lyddie sie bei der Arbeit behinderte.

Plötzlich betätigte Diana krachend einen rechts an der Maschine befindlichen Metallhebel. Bebend kam der Webstuhl zum Stehen. An beiden Enden des Fachs, das durch die sich überkreuzenden Kettfäden entstand, war eine schmale, hölzerne Rinne. Aus der linken Seite dieser Rinne nahm sie nun das hölzerne Weberschiffchen. Es hatte etwa die Form eines Maiskolbens, nur war es ein bißchen größer. An beiden Enden lief es in einer mit Kupfer verstärkten Spitze aus. Innen war es hohl, damit es die Schußspule mit dem darauf aufgewickelten Schußfaden aufnehmen konnte. Mit Händen, die sich so schnell bewegten, daß Lyddie kaum folgen konnte, ließ Diana eine fast leere Spule herausspringen und stieß dafür eine volle hinein, die sie aus einer mit Spulen gefüllten Holzkiste zu ihren Füßen nahm. Dann legte sie den Mund an ein kleines Loch am einen Ende des Weberschiffchens und saugte das Ende des Schußfadens heraus.

»Das nennen wir den Todeskuß!« schrie sie und lächelte dabei ironisch, um ihrer Bemerkung die Schärfe zu nehmen. Sie zog einen Fuß oder mehr des Fadens heraus, wickelte ihn rasch um einen der beiden Eisenhaken und hängte diese wieder in die letzte Reihe des gewobenen Tuchs ein. Die Haken waren von einem glockenförmigen Eisengewicht beschwert, das an einem etwa eine Elle langen Lederriemen hing. »Du mußt deine Tempelhaken – so werden sie nämlich genannt – immer wieder versetzen«, erklärte Diana. »Sie ziehen das Gewebe glatt.« Sie deutete auf die letzten paar Zoll des gerade erst gewonnenen Tuchs.

»So«, sagte Diana wieder direkt in Lyddies Ohr. »Paß immer gut auf, daß du das Schiffchen ganz am Ende der Schützenbahn einlegst – hier, rechts von dir –« Sie plazierte es ans äußerste rechte Ende der schmalen Rinne. »Wir müssen vermeiden, daß eines von diesen Dingern – sie werden auch Schützen genannt – durch die Luft fliegt. So, jetzt kann's weitergehen.« Diana griff nach dem Metallhebel, zog ihn in Richtung Webstuhl und klemmte ihn in einen Schlitz. Bebend erwachte die Maschine wieder zum Leben.

Im Verlauf der ersten Stunde sah Lyddie nur zu. Dabei war sie vor allem bemüht, Diana nicht in die Quere zu kommen, während sich diese zwischen den drei Webstühlen – zwei nebeneinander, einer gegenüber – hin und her bewegte. Diana belud die Schützen mit neuen Spulen, wenn sie leergelaufen waren, und hängte die Tempelhaken höher, damit das Gewebe straff nach unten gezogen wurde. Dann stellte sie ganz plötzlich, ohne daß Lyddie einen Grund dafür erkennen konnte, den mittleren Webstuhl krachend ab.

»Siehst du«, sagte sie und deutete auf das Fach, »da ist ein Kettfaden gerissen. Sofern man das nicht merkt, gibt es Probleme. Ein leeres Schiffchen ruiniert unter Umständen einige wenige Zoll des Gewebes, aber bei einem gerissenen Kettfaden kann sich der Fehler durch mehrere Ellen ziehen. Und wenn wir ein Stück ruinieren, werden wir nicht bezahlt.« Sie drückte auf einen winzigen Beutel, der an dem metallenen Oberbau des Webstuhls hing. Er spuckte ein Wölkchen Talk aus, den sie sich in die Fingerspitzen rieb. Dann fischte sie die Enden des zerrissenen Kettfadens hervor und zeigte Lyddie, wie man sie mit einem Weberknoten verband. Die beiden Enden schienen so miteinander zu verschmelzen, daß der Knoten unsichtbar blieb. Dann trat Diana beiseite. »Nun wirfst du ihn wieder an!« befahl sie.

Lyddie war ein Bauernmädchen. Sie war stolz darauf, wie stark sie war, aber jetzt mußte sie ihre ganze Kraft aufwenden, um den Metallhebel mit einem heftigen Ruck in den Schlitz einzulegen. Ihr brach der Schweiß aus wie einem Gaul, der zum ersten Mal vor dem Pflug steht. Die Tempelgewichte waren kaum größer als Äpfel, doch als Diana sie aufforderte, eines zu versetzen, da war ihr, als hätte jemand einen riesigen Feldstein ans Ende des Lederriemens gehängt. Trotzdem war die Kraft, die diese Arbeit erforderte, gar nichts, verglichen mit der Geschicklichkeit, die vonnöten war, um einen Schützen rasch mit einer neuen Garnspule auszustatten oder – der Himmel möge ihr beistehen – einen dieser teuflischen Weberknoten zu knüpfen.

Alles lief zu schnell ab – eine Schußfadenspule hielt kaum fünf Minuten, bevor sie ausgewechselt werden mußte –, dazu kam der ohrenbetäubende Lärm. Aber die hochgewachsene, ruhige Diana bewegte sich von Webstuhl zu Webstuhl wie der stille Engel im Löwenkäfig, der Daniel davor bewahrte, daß ihm etwas zustieß. Es gab Augenblicke, wo alle drei Webstühle wie am Schnürchen liefen – sämtliche Schiffchen waren mit vollen Garnspulen ausgestattet, alle drei Tempel hingen ganz oben am Tuch, die Kettfäden blieben heil. Während einer dieser Ruhepausen zog Diana Lyddie zum nächsten Fenster, wo sich blühende Topfpflanzen drängten und wo jemand einzelne Buch- und Zeitschriftenseiten ringsum an den Fensterrahmen geklebt hatte. Diana drückte die hochgerollte Ecke eines Gedichts wieder an. Die meisten Blätter waren am Vergilben. »Dieser Tage bleibt wenig Zeit zum Lesen«, sagte Diana. »Früher hatten wir mehr. Liest du gern, Lyddie?«

Lyddie mußte an die Vorschriften denken, die sie immer noch mühsam zu entziffern versuchte, wenn gerade keiner hersah. »Ich hab nicht viel Schulbildung.«

»Nun, dagegen kannst du etwas tun«, sagte das ältere Mädchen. »Wenn du magst, kann ich dir abends mal helfen.«

Lyddie sah dankbar auf. Bei Diana hatte sie nicht das Gefühl, sie müsse sich entschuldigen oder schämen, weil sie so unwissend war. »Ich bräucht' bißchen Hilfe bei diesem Merkblatt mit'n Vorschriften . . .«

»Wundert mich nicht. Die machen uns allen zu schaffen«, antwortete Diana. »Komm doch heute abend einfach damit ins Wohnheim Nummer drei herüber, dann kämpfen wir uns gemeinsam durch dieses verflixte Ding.«

Amelia war nicht gerade begeistert, als sie an diesem Abend nach dem Essen sah, daß sich Lyddie zum Ausgehen fertig machte. »An deinem ersten Tag! Du müßtest dich ausruhen!«

»Mir geht's gut«, gab Lyddie zurück. Und tatsächlich – sobald sie den Lärm des Websaals nicht mehr hören mußte, ging es ihr ganz ordentlich. Ein wenig müde war sie, aber gewiß nicht übermäßig erschöpft. »Ich hab vor, bißchen was zu lernen«, sagte sie. Es machte sie stolz, so etwas zu sagen.

»Lernen? Mit wem?«
»Mit dem Mädchen, die wo im Websaal mit mir schafft. Diana heißt es –« Dabei wurde ihr klar, daß sie Dianas Nachnamen gar nicht wußte.
Amelia, Prudence und Betsy arbeiteten im Spinnsaal im dritten Stock, also nahm Lyddie an, daß sie Diana nicht kannten. Betsy sah auf. Wie immer war sie damit beschäftigt, einen Roman zu lesen. »Diana Goss?« fragte sie.
»Ich weiß bloß, daß sie Diana heißt. Sie war arg nett zu mir heut.«
»Diana Goss?« plapperte Amelia Betsy nach. »O Lyddie, fall nur nicht auf die herein!«
Lyddie traute kaum ihren Ohren. »Wie bitte?«
»Falls es sich tatsächlich um Diana Goss handelt«, erklärte Prudence, »dann ist das eine bekannte Radikale, und Amelia macht sich Sorgen –«
»Wie bitte?«
Betsy lachte. »Ich glaube nicht, daß unser kleines Landmädchen irgendwelche Radikale kennt, seien sie nun bekannt oder unbekannt.«
»Ich kenn Quäker«, sagte Lyddie. »Sind die Radikale?«
»Herzlichen Glückwunsch!« Betsy legte ihr Buch weg und klatschte übertrieben in die Hände.
Amelia war gerade dabei, neue Bänder an ihren Sonntagshut zu nähen, und bei dem Lärm, den Betsy verursachte, landete die Nadel in ihrem Finger statt in der Hutkrempe. Sie steckte ihn in den Mund und sah ärgerlich auf. »Ich wollte, du würdest nicht laufend Dinge wie ›Heiliger Bimbam‹ und ›die wo‹ sagen, Lyddie. Das ist so – so –«
»So reden nur die Mädchen, die gerade erst aus Vermont gekommen sind«, sagte Prudence, die ihren Dialekt weitgehend gebändigt hatte.
Lyddie wußte nicht so recht, was tun. Sie wollte ihre Zimmergenossinnen nicht ärgern, aber sie war fest entschlossen, Diana zu besuchen, was nicht nur an diesen blöden Vorschriften lag. Sie

wollte *alles* lernen, wollte wie diese hochgewachsenen Mädchen auf eine ruhige Art tüchtig werden. Soviel hatte sie schon gelernt, was das Fabrikleben anging – wenn man sich im Websaal geschickt anstellte, wurde man gut bezahlt. Es war nicht wie bei einer Dienstmagd, deren einzige Entlohnung für die harte Arbeit darin bestand, daß sie noch erschöpfter war als sowieso schon.
»Nu«, sagte sie, während sie ihren Hut band, »ich bin ja bald wieder da.«
»Mir wäre es lieber, du gingst gleich gar nicht weg«, erwiderte Amelia kühl.
Lyddie lächelte. Sie wollte nicht unfreundlich oder undankbar erscheinen, obwohl es lästig war, Amelia unentwegt zu Dank verpflichtet zu sein. »Ich will nicht, daß du dir Sorgen machst um mich. Ich kann schon auf mich aufpassen.«
»Ha!« Betsys kurzes Auflachen klang wie ein Schnauben.
»Es ist nur«, sagte Prudence, »es ist nur, weil du noch nicht lange genug da bist, um gewisse Dinge zu wissen. Amelia will nicht – nun, wir alle wollen nicht, daß du dich in eine peinliche Lage bringst.«
Einen Augenblick lang fürchtete Lyddie, Amelia oder sogar Prudence könnten sich daranmachen, ihr eine Standpauke zu halten, also schnappte sie sich ihr Umschlagtuch und sagte beim Hinausgehen: »Ich werde mich in acht nehmen.« Dabei hatte sie allerdings keine Ahnung, wovor sie sich in acht nehmen sollte.
Dianas Wohnheim war gleich zwei Häuser weiter. Es sah genauso aus wie ihr eigenes – ein vierstöckiges Backsteingebäude mit Fensterreihen, die wie schläfrige Augen blinzelten, während im Dämmerlicht des Aprilabends Lampen und Kerzen angezündet wurden.
Die Haustür war nicht abgeschlossen, also ging sie in den großen Aufenthaltsraum, der wie bei Mrs. Bedlow fast ausgefüllt war von zwei großen Eßtischen, nur hatte man hier den Raum so aufgeteilt, daß auf einer Seite ein kleiner, wohnzimmerartiger Bereich entstand. Und genau wie bei Mrs. Bedlow hatten die

Mädchen Stühle von den Tischen weggerückt, auf denen sie nun im Wohnteil schwatzend, nähend oder lesend saßen. Es herrschte ein Lärm und ein Getriebe wie auf einem Hühnerhof. Hausierer waren von der Straße hereingekommen, um die Mädchen mit Bändern und billigem Schmuck in Versuchung zu führen. In einer Ecke maß ein Mann den Schädel einer jungen Frau aus, um ihr anhand der Ergebnisse Auskunft über ihren Charakter zu geben. Mehrere Mädchen sahen wie gebannt zu.

Lyddie stieß die Tür hinter sich zu, doch dann blieb sie stehen, denn ihr war nicht so ganz klar, wie sie nun vorgehen sollte. Wie konnte sie nach Diana fragen, wo sie doch nicht mal deren Nachnamen kannte?

Aber sie hätte sich keine Sorgen zu machen brauchen. Aus der schnatternden Mädchenmenge erhob sich Diana von ihrem Stuhl und kam auf sie zu. Als sie lächelte, erschienen Grübchen auf ihrem langen, ernsten Gesicht. »Ich freue mich so, daß du gekommen bist. Komm, wir gehen nach oben, wo wir uns unterhalten können, ohne schreien zu müssen.«

Was für eine Erleichterung war es doch, die Treppe hochzuklettern und den Lärm zwei Stockwerke unter sich zurückzulassen. Keiner war in Dianas Zimmer. »Der reinste Genuß!« meinte Diana, als könne sie Lyddies Gedanken lesen. »Manchmal wäre ich durchaus bereit, für einen Augenblick der Stille meine Seele zu verkaufen. Du nicht auch?«

Lyddie nickte. Sie fühlte sich plötzlich gehemmt in der Gegenwart Dianas, die sie nun noch beeindruckender fand. Jetzt, wo sie nicht mehr gegen die Webstühle anschreien mußte, war ihre wunderschöne Stimme volltönend und tief.

»Zuerst müssen wir uns mal ordentlich vorstellen«, sagte sie. »Ich heiße Diana Goss.« Sie mußte irgendeine Regung in Lyddies Gesicht gesehen haben, denn sie fügte hinzu: »Die *berüchtigte* Diana Goss«, und ihr schönes Lächeln zauberte wieder Grübchen auf ihre Wangen.

Lyddie wurde rot.

»Also hat man dich gewarnt.«
»Nicht richtig –«
»Nun, dann wird man es noch tun. Ich bin mit Sarah Bagley befreundet.« Sie beobachtete Lyddie und wartete auf eine Reaktion. Als keine kam, probierte sie weitere Namen. »Amelia Sargeant? Mary Emerson? Huldah Stone? Nein? Nun, du wirst diese Namen noch früh genug hören. Unser Verbrechen war es, uns für bessere Arbeitsbedingungen einzusetzen.« Sie sah Lyddie wieder an. »Was meinst du, warum uns ausgerechnet die Arbeiterinnen selbst fürchten? Es liegt in der Natur der Sklaverei, den Sklaven dazu zu kriegen, daß er sich vor der Freiheit fürchtet.«
»Ich bin keine Sklavin nicht«, sagte Lyddie heftiger, als sie beabsichtigt hatte.
»Aber du bist nicht hergekommen, damit ich dir einen Vortrag halte. Tut mir leid. Erzähl mir was von dir.«
Es war schwierig für Lyddie, von sich selbst zu sprechen. Sie hatte keine Übung darin. Mit Amelia, Prudence und Betsy war es nicht nötig. Ihre Zimmergenossinnen – vor allem Amelia – gaben sich dauernd den Anschein, als wüßten sie genau Bescheid über Lyddie. Oder sie versuchten, Lyddie dazu zu bringen, so zu werden wie sie selbst. Außerdem, was war schon Interessantes an ihr? Was würde jemand wie Diana von ihr wissen wollen?
»Da is' Charlie«, begann sie. Und bevor sie sich versah, erklärte sie, daß sie hier sei, um Geld zu verdienen, damit sie die Schulden ihres Vaters bezahlen und mit Charlie zusammen wieder heimgehen konnte.
Diana lächelte nicht ironisch, und sie lachte auch nicht, wie es Betsy sicher getan hätte. Sie gab ihr auch keinerlei Belehrungen, als wäre Lyddie ein begriffsstutziges Kind, wie es Amelia häufig tat – und sie gab auch keine weitschweifigen Erklärungen ab, zu denen sich Prudence bemüßigt gefühlt hätte. Nein, das hochgewachsene Mädchen saß auf dem Bettrand und hörte schweigend und konzentriert zu, bis Lyddie nichts mehr zu erzählen wußte. Lyddie war ein bißchen außer Atem, da sie in ihrem ganzen Le-

ben noch nie in so kurzer Zeit soviel gesprochen hatte. Und dann fragte sie verlegen, weil sie so lange über sich selbst geredet hatte: »Aber ich denk mir, daß du weißt, wie's so is' mit 'ner Familie, oder nicht?«

»Eigentlich nicht. An meine kann ich mich kaum erinnern, abgesehen von einer Tante, die mich aufzog, bis ich zehn war. Und die lebt inzwischen auch nicht mehr.«

Lyddie machte Anstalten, Diana ihr Beileid auszusprechen, doch Diana tat es mit einem Schulterzucken ab. »Jetzt ist die Fabrik meine Familie. Dort habe ich massenhaft Schwestern, um die ich mir Sorgen machen kann. Aber«, sagte sie, »um dich brauche ich mir, glaube ich, keine zu machen. Du weißt gar nicht, wie es ist, *nicht* hart zu arbeiten. Oder?«

»Gegen 's Arbeiten hab ich nix. Aber der Krach –«

Diana lachte. »Ja, der Krach ist schrecklich am Anfang, aber irgendwie gewöhnt man sich daran.«

Das konnte Lyddie kaum glauben, aber wenn Diana es sagte . . .

»Und vermutlich findest du einen Dreizehnstundentag auch nicht übermäßig lang.«

Lyddies Tage waren noch nie nach der Uhr bemessen gewesen. »Ich schaff halt, bis die Arbeit getan is'«, sagte sie. »Aber bis jetzt hab ich noch nie Zeit gehabt, abends 'nen Besuch zu machen.«

»Und der Lohn scheint dir angemessen?«

»Ich hab noch nix gekriegt, aber nach dem, was ich so hör –«

»Was bekamst du denn im Gasthof?«

»Weiß nicht. Fünfzig Cent die Woche, glaub ich. Die haben sie meiner Mutter geschickt. Triphena hat gesagt, die Herrin hätt's die halbe Zeit vergessen. Ich nehm an, Charlie –« Lyddie brach ab. Weder Charlie noch ihre Mutter wußten, wo sie sich aufhielt!

»Ist was, Lyddie?«

»Ich hab ihnen gar nicht geschrieben! Weder Charlie noch meiner Mutter! Die wissen gar nicht, wo ich bin.« Angenommen, sie wurde gebraucht? Wie sollte man sie finden? Lyddie spürte, wie

Panik in ihr aufstieg. Sie war von allen abgeschnitten. Genausogut hätte sie auf die andere Seite der Welt reisen können. Sie war nicht mehr erreichbar für sie. »Wann werd' ich meinen ersten Lohn kriegen?«

»Wenn es darum geht, daß du Briefpapier brauchst –«

»Nicht nur Papier, sondern auch Porto. Das müßt' ich im voraus zahlen. Weder Charlie noch Mama haben Geld, um's bei Empfang zu begleichen.«

»Das könnte ja *ich* übernehmen.«

»Ich darf mir nix mehr pumpen. Ich habe mir schon zuviel gepumpt.«

Diana blieb ganz ruhig, ließ aber nicht locker. Lyddie sei es ihrer Familie schuldig, ihr auf der Stelle Bescheid zu geben, sagte sie. Dann holte sie Papier, Federhalter, Tinte und ein stabiles Brett, um darauf zu schreiben. Lyddie hätte sich geschämt, vor Dianas Augen mühsam Buchstaben zu malen, aber Diana nahm sich ein Buch und sorgte so dafür, daß Lyddie sich ganz unbeobachtet fühlte.

Libe Mutter!
Du wirst dich wunnern aber ich schaf jetzt in Lowell inner Wäberei vonner Firma Concord. Ich won im Wonhaim Nummer 5 falls du mir schreiben wilst. Ale sin net und giebt vil un guht zu esen. Mein Geld spahr ich zum Schulden zalen.
Mir gets guht. Ich hof das es auch dir un den Bäbis guht get.
Deine träue Tochter
Lydia Worthen

Es kam ihr wie eine Verschwendung vor, als sie ein weiteres Blatt und einen weiteren Umschlag nahm, um Charlie zu schreiben. Aber Diana hatte gesagt, der müsse ebenfalls einen Brief kriegen.

Liber Bruhder!
Wunner dich nit. Ich bin jezt ein Fabrickmädchen in Lowell. Ale sind net. Die Arbait is nicht schlächt, aber die Maschienen

machn sonen Grach das es unglaublig is. Die Bezalung is guht. Ich wärd spahren und die Schuldn zalen. Also giebts noch ne Schangse (Ha ha).
Deine dich libende
Schwester
Lydia Worthen
P. S. Ich won im Wonhaim Numer 5 vonner Firma Concord fals du schreibn kanst. Sei nit bös wägen den filen Fählern. Ich habs ser eilich.

Sie faltete die Briefe zusammen, versiegelte sie mit Dianas Wachs und adressierte sie.
Bevor sie sich erkundigen konnte, wo man sie aufgab, nahm Diana sie ihr aus der Hand. »Ich muß morgen sowieso hin. Ich schick sie für dich ab.«
»Ich werd' dir das Porto wiedergeben, sobald ich meinen Lohn krieg.« Lyddie seufzte. »Und sobald ich meine Schulden bei Triphena bezahlt hab –«
»Nein«, sagte Diana. »Das ist mein Willkommensgeschenk. Ein Geschenk darf man nicht zurückzahlen.«
Da läutete die Glocke, um anzuzeigen, daß der Abendausgang der Mädchen zu Ende ging. »Jetzt haben wir uns diese idiotischen Vorschriften gar nicht angesehen«, sagte Diana. »Ein anderes Mal also –«
Diana begleitete Lyddie zum Wohnheim Nummer fünf. Es war eine klare, kühle Nacht, obwohl die Sterne in der Stadt trüb und fern schienen. »Bis morgen«, sagte Diana an der Tür.
»Ich bin dir zu Dank verpflichtet mit'n Briefen und so«, sagte Lyddie.
Diana schüttelte den Kopf. »Deine Familie muß doch Bescheid wissen. Sonst machen sie sich Sorgen.«

Lyddies Zimmergenossinnen waren gerade im Begriff, ins Bett zu gehen. »Du kommst zu spät«, sagte Amelia.

»Ich hab mich sofort auf'n Weg gemacht, als die Glocke gebimmelt hat –«
»In Wirklichkeit stimmt es gar nicht, daß du zu spät kommst«, sagte Betsy. »Amelia ist lediglich nicht damit einverstanden, wo du warst.«
»Es *war* Diana Goss, hab ich recht?« erkundigte sich Amelia.
»Ja.«
»Und?«
Lyddie nahm ihren Hut ab, dann legte sie das Umschlagtuch weg. Was hatte dieses »Und?« zu bedeuten? Was wollte Amelia damit sagen? Amelia beantwortete ihre eigene Frage. »Hat sie versucht, dich zu überreden, ebenfalls mitzumachen?«
Lyddie faltete ihr Umschlagtuch zusammen. Sie begriff immer noch nicht.
»Amelia will wissen«, erklärte Betsy, »ob dich Diana gefesselt und gefoltert hat, bis du bereit warst, dem ›Frauenverein zur Verbesserung der Arbeitsbedingungen‹ beizutreten.«
»Betsy!« mahnte Prudence.
»Davon hat sie kein Wörtchen verlauten lassen«, antwortete Lyddie. Sie bahnte sich einen Weg um Amelias und Prudences Bett herum und zwischen den Koffern hindurch bis zu dem Bett, das sie mit Betsy teilte. Dort setzte sie sich auf den Bettrand und begann, Schuhe und Strümpfe auszuziehen.
»Was habt ihr dann die ganze Zeit getrieben?«
Betsy klappte laut ihr Buch zu. »Was geht denn dich das an, Amelia?«
»Laß nur, Betsy«, sagte Lyddie. Ihr lag nichts daran, daß sich ihre Zimmergenossinnen unnötig aufregten. »Sie hat mir bloß Papier gegeben, damit ich meiner Familie schreiben kann, wo ich jetzt bin.«
»Oh, Lyddie«, rief Prudence. »Das haben wir dir nie angeboten. Wie gedankenlos von uns!«
»Macht nix«, antwortete Lyddie. »Jetzt hab ich's ja erledigt.«
»Diana ist hinterhältig«, erklärte Amelia. »Du solltest sie im Au-

ge behalten. Ich will nur dein Bestes, Lyddie. Das mußt du mir glauben.«
Betsy schnaubte, beugte sich zur Seite und blies die Kerze aus, als die Abendglocke zum letzten Mal läutete, um anzuzeigen, daß es nun Zeit war, die Lichter zu löschen und zu schlafen.

Oliver

Um halb fünf in der Früh läutete die Morgenglocke und riß alle aus dem Schlaf. Lyddie hörte von allen Seiten die schrillen Stimmen der Mädchen. Manche sangen sogar. Auf einem anderen Stockwerk machte irgend jemand das Krähen eines Hahns nach. Betsy, ihre Bettgenossin, stöhnte und drehte sich auf die andere Seite. Aber Lyddie stand auf und zog sich rasch im Dunkeln an, wie sie es auch in dem fensterlosen Verschlag des Gasthofs immer getan hatte.
Ihr Magen knurrte, doch sie ignorierte ihn. Es gab erst um sieben Uhr Frühstück, und bis dahin waren es noch zweieinhalb Stunden. Um fünf Uhr hatten sich die Mädchenscharen schon durch den Haupteingang gedrängt, waren schubsend die Außentreppe des am anderen Ende vom Fabrikhof liegenden Gebäudes hochgeklettert, hatten ihre Webstühle gereinigt und warteten auf den Beginn des Arbeitstages.
»Hoffentlich bist du nicht allzu müde heute früh?« sagte Diana zur Begrüßung.
Lyddie schüttelte den Kopf. Ihre Füße taten weh, aber nach einem Tag hinter dem Pflug war sie erschöpfter gewesen.
»Gut. Heute wird es ein bißchen anstrengender werden für dich, fürchte ich. Wir übernehmen die drei Webstühle gemeinsam, einverstanden? Bis du dich ganz sicher fühlst mit allem.«
Lyddie kam es so vor, als befänden sie sich in der Kirche, und Diana flüsterte ihr etwas zu. In dem großen Websaal war es fast

ebenso still wie in einem Gotteshaus. Das einzige Geräusch war das Quietschen der ledernen Keilriemen an der Decke, mit deren Hilfe die Kraftübertragung von dem mächtigen Wasserrad im Kellergeschoß auf die Antriebsräder im Websaal vonstatten ging. Der Aufseher kam herein, nickte ein »guten Morgen« und schob einen hölzernen Schemel unter ein Seil, das von den diversen Treibrädern und -riemen über seinem Kopf baumelte. Er schürzte seinen kleinen roten Mund, dann trat er auf den Schemel und zog seine Taschenuhr hervor. Im gleichen Augenblick begann in dem Turm über dem Dach die Glocke zu läuten. Als der Aufseher an dem Seil zog, straffte sich der breite Treibriemen über ihm, und die rund hundert Webstühle, die bis jetzt geschwiegen hatten, erwachten in einem furchterregenden Konzert bebend und stöhnend zum Leben. Lyddies erster voller Tag als Fabrikmädchen war angebrochen.

Innerhalb von fünf Minuten fühlte sich ihr Kopf an wie ein Baumstamm, der zu Spänen zerhackt wird. Sie schüttelte ihn immer wieder, als könnte sie ihn so von dem Krach erlösen oder zumindest von den Schmerzen, aber beides schien sich nur noch zu steigern. Und als ob das nicht schon schlimm genug gewesen wäre – bereits nach zwei Stunden in ihren prächtigen neuen Stiefeln waren ihre Füße so angeschwollen, daß ihr die Schnürsenkel ins Fleisch schnitten. Rasch bückte sie sich, um sie zu lockern. Als die feststellen mußte, daß der rechte verknotet war, wäre sie fast in Tränen ausgebrochen. Vielleicht waren es aber auch der wirbelnde Staub und die Textilfasern, die ihr das Wasser in die Augen trieben.

Jetzt, wo sie darauf aufmerksam geworden war, konnte sie kaum mehr atmen in dieser übermäßig feuchten und schmutzigen Luft. Sie rannte schnell ans Fenster. Sie brauchte frische Luft! Aber es war fest zugenagelt und sperrte den Aprilmorgen aus. Lyddie lehnte die Stirn dagegen. Sogar das Glas schien heiß zu sein. Ihre Schürze streifte die Blumentöpfe mit den roten Geranien, die dichtgedrängt auf dem Fenstersims standen. Sie gediehen präch-

tig in dieser Hitze. Lyddie versuchte hustend, Hals und Lunge freizukriegen, um atmen zu können.
Als Diana herüberkam, spürte Lyddie sie mehr, als daß sie sie sah. »Mr. Marsden beobachtet dich«, sagte das ältere Mädchen freundlich und legte Lyddie den Arm um die Schultern, um sie zu den Webstühlen zurückzuführen. Dort deutete sie auf den, der abgestellt war, und auf den gerissenen Kettfaden, der geknotet werden mußte. Zwar war es Diana gewesen, die die Maschine abgestellt hatte, aber nun war Lyddie an der Reihe, sich Talk auf die Fingerspitzen zu reiben. Als sie zögerte, bevor sie mit den Händen in die Eingeweide des Webstuhls griff, ermunterte Diana sie mit einer leichten Berührung.
Ich hab 'nen Schwarzbären niedergestarrt, rief sich Lyddie ins Gedächtnis zurück. Dann holte sie tief Luft, fischte die Fadenenden hervor und machte sich an den Weberknoten, den ihr Diana am Nachmittag zuvor immer wieder und wieder gezeigt hatte. Schließlich brachte sie einen ungeschickten Knoten zuwege, Diana legte den Hebel wieder um, und der Webstuhl erwachte erneut bebend zum Leben.
Wie sollte sie sich jemals an dieses Inferno gewöhnen? Und als die Arbeit um sieben Uhr unterbrochen wurde, mußte man sich schubsend und rempelnd über die Brücke hinweg und die Straße hinunter bis zum Wohnheim einen Weg bahnen, eilends das kräftige Frühstück hinunterschlingen und mit immer noch rumpelndem Magen zurückhetzen, damit man wieder am Arbeitsplatz stand, wenn um fünf nach halb acht die Glocke zum Pausenende läutete. Fast die Hälfte der Pause verbrachte man damit, die Treppe hinunter, über den Fabrikhof, die Häuserreihe entlang zu laufen – und dann das Ganze noch einmal, diesmal in umgekehrter Reihenfolge. Der Lärm, der im Speisesaal herrschte, war fast ebenso schlimm wie der in der Fabrik – dreißig junge Frauen, die gleichzeitig kauten und herumschrien, die nach den mit Pfannkuchen beladenen Platten und den mit Ahornsirup gefüllten Krügen griffen, ohne darauf zu achten, daß die Mädchen am anderen

Ende des Tisches riefen, man sollte dieses oder jenes weiterreichen.

Die stillen, in einer Küchenecke mit Triphena eingenommenen Mahlzeiten, ja sogar die dürftige Rindensuppe im Blockhaus mit dem nur selten gesprächigen Charlie, kamen ihr vor wie Festessen, verglichen mit den üppigen, hastigen, lärmenden Mahlzeiten in Mrs. Bedlows Wohnheim. Das halbstündige Mittagessen, bei dem mehr Speisen vor Lyddie standen als jemals zuvor, war noch schlimmer als das Frühstück.

Endlich erklang die Abendglocke. Mr. Marsden zog an dem Strick und beendete somit den Arbeitstag. Diana ging mit ihr zur Tür, neben der die Mädchen ihre Hüte und Umschlagtücher aufgehängt hatten. Sie reichte Lyddie ihre Sachen. »Das mit dem Lesen der Firmenvorschriften lassen wir heute sein«, sagte sie. »Der Tag war auch so schon mehr als lang genug für dich.«

Lyddie nickte. Der gestrige Tag schien weit in der Vergangenheit zu liegen. Sie wußte nicht einmal mehr, warum sie diese Vorschriften für wichtig genug gehalten hatte, um sich damit abzugeben.

Sie hatte überhaupt keinen Appetit. Schon alleim beim Geruch des Abendessens wurde ihr übel – es gab gebackene Bohnen, die buchstäblich im Schweinefett schwammen, dunkles Maismehlbrot mit orangefarbenem Käse, natürlich Bratkartoffeln und zum Nachtisch Pfannkuchen mit Apfelmus, überbackenen Maismehlpudding mit Sahne und Pflaumenkuchen. Lyddie knabberte an dem dunklen Brot und spülte es mit ein paar Schlucken kochendheißem Tee hinunter. Wie konnten die anderen so herzhaft und mit einem derartigen Geschirrgeklappere und Herumgekreische essen? Sie sehnte sich nur nach einem – in ihr Zimmer zu gehen, die Stiefel auszuziehen, ihre wehen Füße zu massieren und den schmerzhaften Kopf niederzulegen. Während die anderen Mädchen ihre Stühle scharrend vom Tisch wegzogen, um sie im Wohnbereich in kleinen Kreisen aufzustellen, schleppte sich Lyddie die Treppe hinauf.

Betsy war schon vor ihr oben angelangt und hatte den Roman in der Hand, den sie gerade las. Als sie Lyddie sah, lachte sie. »Der erste ganze Tag! Und bis heute hieltest du dich für ein strammes Bauernmädchen vom Land, dem nichts zuviel wird. Hab ich recht?«

Lyddie versuchte es erst gar nicht, Betsy zu antworten. Sie ließ sich einfach auf ihre Seite des Doppelbetts sinken, zog die quälenden Stiefel aus und begann sich die geschwollenen Füße zu reiben.

»Falls du ältere Schuhe hast, die ausgeweitet und weicher sind . . .« Betsys Stimme war fast sanft.

Lyddie nickte. Morgen würde sie Triphenas Stiefel anziehen, ohne sie auszustopfen. Zwar waren sie immer noch steif von der Reise, und bei dem hastigen Marsch zu den Mahlzeiten und zurück würden sie eher hinderlich sein, aber wenigstens war Platz darin, damit ihre Füße anschwellen konnten.

Sie zog sie aus, streifte ihr schäbiges Nachthemd über und glitt unter die Steppdecke. Betsy sah herüber. »Gehst du schon so früh zu Bett?«

Wieder konnte Lyddie nur nicken. Es war, als wäre es ihr unmöglich, auch nur ein einziges Wort zwischen den Lippen hervorzuquetschen. Betsy lächelte wieder. Sie lacht mich nicht aus, sagte sich Lyddie. Sie denkt dran zurück, wie's ihr damals zumute war.

»Soll ich dir vorlesen?« erkundigte sich Betsy.

Lyddie nickte dankbar, schloß die Augen und drehte dem Kerzenlicht den Rücken zu.

Betsy gab keine Erklärungen ab, was den Roman betraf, den sie gerade las. Sie begann einfach dort, wo sie aufgehört hatte, laut weiterzulesen. Und obwohl Lyddies Kopf noch von Textilfasern verstopft und vom Lärm mißhandelt war, mühte sie sich zu verstehen, worum es in der Geschichte ging.

Das Kind, von dem sie handelte, war, wie es schien, im Armenhaus, und es war hungrig. Lyddie wußte Bescheid, was hungrige Kinder anging. Rachel, Agnes, Charlie – sie alle waren hungrig

gewesen im Winter des Bären. Der hungrige kleine Junge in der Geschichte hatte seine Schale zum Armenhausaufseher hochgehoben und gesagt:
»Bitte, Herr, kann ich noch etwas mehr haben?«
Und dafür hatte ihn der Aufseher – sie sah seinen kleinen rosigen Mund vor Entsetzen rund werden –, dafür hatte ihn der Aufseher angebrüllt und mit der Schöpfkelle geschlagen. Vor ihrem inneren Auge sah der kleine Oliver Twist genauso aus wie ein jüngerer Charlie. Der grausame Aufseher hatte herumgebrüllt und den Jungen geschlagen und ins Verlies gesperrt. Und weswegen? Weil er das ungeheuerliche Verbrechen begangen hatte, noch mehr Suppe zu wollen.
»Der Junge wird am Galgen enden!« hatte der Verwalter prophezeit. »Ich weiß, daß dieser Junge am Galgen enden wird.«
Heißhungrig auf jedes Wort kämpfte Lyddie gegen den Schlaf an. Auf das reichhaltige Mahl unten hatte sie keinen Appetit gehabt, doch jetzt verspürte sie einen ihr gänzlich unbekannten Hunger. Sie mußte wissen, was dem kleinen Oliver widerfahren würde. Ob er tatsächlich am Galgen endete, nur weil er mehr Suppe haben wollte?
Sie öffnete die Augen und drehte sich auf die andere Seite, um die ins Vorlesen vertiefte Betsy zu beobachten. Nach einer Weile spürte Betsy ihren Blick und hob den Kopf vom Buch. »Eine phantastische Geschichte, nicht wahr? Ich habe den Autor mal gesehen – Mr. Charles Dickens. Er hat unsere Fabrik besichtigt. Laß mich nachdenken – ich war schon im Spinnsaal –, es muß im Jahre –«
Aber Lyddie hatte kein Interesse an Autoren und Jahreszahlen. »Bitte hör nicht auf zu lesen!« krächzte sie.
»Keine Angst, kleine Lyddie. Keine Unterbrechungen mehr«, versprach Betsy und las weiter, bis die Abendglocke läutete. Dann legte sie ein Haarband zwischen die Seiten. »Morgen abend wieder«, flüsterte sie, während Hunderte von Füßen die Treppen heraufgedonnert kamen.

Eine vortreffliche Wahl

Am nächsten Tag war der Krach in der Fabrik noch ebenso grauenhaft, und Lyddies Füße schwollen in Triphenas Stiefeln ebenso an, aber hie und da ertappte sie sich dabei, wie sie summte. Wieso bin ich plötzlich glücklich? Was steht mir Wunderbares bevor? Und dann fiel es ihr ein. Heute abend, nach dem Essen, würde ihr Betsy wieder vorlesen. Natürlich hatte sie Angst um Oliver, der sich in ihrem Kopf ganz und gar mit Charlie vermischte. Doch köstliche Vorfreude lag wie Zucker auf ihrer Zunge. Sie mußte wissen, was ihm widerfahren, wie sich seine Geschichte entwickeln würde.

Diana bemerkte die Veränderung. »Du gewöhnst dich schneller ein, als ich dachte«, sagte sie. Aber Lyddie sagte nichts. Sie wußte nicht, wie sie erklären sollte, daß es nicht so sehr daran lag, daß sie sich an die Fabrik gewöhnt hatte. Nein, es war eher so, daß sie einen Weg gefunden hatte, zu vermeiden, daß die Fabrik sie ganz und gar verschluckte. Die an die Fensterrahmen geklebten Gedichte und Bibelstellen, die Geranien auf der Fensterbank mußte der Ausweg eines anderen Mädchens sein, sagte sie sich. Aber ihrer war ein Roman.

Während die Tage zu Wochen wurden, versuchte sie, nicht daran zu denken, wie ausgesprochen lieb es von Betsy war, ihr vorzulesen. Natürlich gab es Abende, wo es nicht ging, weil eingekauft oder gewaschen werden mußte. Samstag abends hatten sie zwei Stunden früher frei, und Amelia zwang Lyddie und Prudence, lange Spaziergänge am Fluß mit ihr zu machen, bevor es zu dunkel wurde. Betsy ließ sich von Amelia natürlich nichts vorschreiben und tat, was sie wollte. Sonntags schleifte Amelia die widerstrebende Lyddie mit in die Kirche. Zuerst hatte Lyddie befürchtet, Betsy könnte ohne sie weiterlesen, aber Betsy wartete bis Sonntag nachmittag, wo Amelia und Prudence unten im Speisezimmer ihre allwöchentlichen Briefe nach Hause schrieben. Erst dann las sie dort weiter, wo sie Freitag abend aufgehört hatte.

Es dauerte mehrere Wochen, bis Lyddie begriff, daß der Roman aus der Leihbücherei stammte und Betsy somit fünf Cent pro Woche kostete. Für sich allein hätte Betsy viel schneller lesen können, davon war Lyddie überzeugt. Sosehr es ihr auch widerstrebte, Geld auszugeben, bestand sie darauf, Betsy an ihrem ersten Zahltag volle zehn Cent zu geben, um sich an Olivers Leihgebühr zu beteiligen. Betsy lachte, aber sie nahm das Geld. Auch sie sparte, um damit, wie sie Lyddie leise berichtete, wobei sie um Geheimhaltung bat, ihre Ausbildung zu finanzieren. In Ohio gäbe es ein College, wo auch Mädchen aufgenommen würden – und zwar ein richtiges College, kein Seminar für junge Damen. »Aber sag es Amelia nicht«, bat sie, jetzt wieder ironisch wie üblich. »Sie fände, daß sich so etwas für eine Dame nicht schickt.«

Lyddie fand es seltsam, daß es Betsy kümmerte, was Amelia von ihr dachte. Aber auch sie selbst, die nie den Ehrgeiz gehabt hatte, für eine Dame gehalten zu werden, ertappte sich dabei, wie sie sich immer wieder mal fragte, was wohl Amelia von diesem oder jenem halten würde, und wie sie von Zeit zu Zeit ihr Verhalten danach ausrichtete.

Dann, viel zu schnell, war das Buch ausgelesen, und es gab so viel, vor allem am Anfang, als Lyddie noch zu müde gewesen war und sich trotz großer Mühe nicht richtig hatte konzentrieren können, was sie noch einmal hören mußte. Eigentlich hätte sie das ganze Buch noch einmal hören wollen, sogar die schrecklichen Stellen, wo Nancy umgebracht wurde und Sikes den Tod fand.

Sie wünschte sich, sie hätte es gewagt, Betsy zu bitten, ihr noch mehr vorzulesen, aber das war unmöglich. Betsy hatte ihr viele, viele Stunden lang ihre Zeit und ihre Stimme geschenkt. Außerdem war es schon fast Juli, und ihre drei Zimmergenossinnen schmiedeten Pläne, um heimzufahren. Schon allein das Wort »heim« war wie ein Schlag vor Lyddies Brust. Wenn sie bloß auch hätte nach Hause fahren können! Nur hatte sie ja einen Jahresvertrag abgeschlossen. Wenn sie jetzt wegging, und sei es auch nur, um nach dem Blockhaus zu sehen und ein Stündchen oder so bei Charlie zu verbringen, würde sie ihre Stelle verlieren. »Und wenn Sie ohne ehrenhafte Kündigung von hier weggehen«, hatte der Büroangestellte gesagt, »dann werden Sie nicht nur nie mehr bei der Firma Concord arbeiten, sondern es wird Sie auch in ganz Lowell keine andere Textilfabrik einstellen.« Sie käme auf die schwarze Liste! Wenn Lyddie daran dachte, lief es ihr kalt den Rücken hinunter.

Also sah sie zu, wie ihre Zimmergenossinnen die Koffer packten, hörte zu, wie sie darüber schwatzten, wen sie besuchen und was sie alles unternehmen würden, und gab sich Mühe, nicht neidisch zu werden. Amelia wollte nach New Hampshire fahren, wo ihr Vater, ein Geistlicher, einer Dorfkirche vorstand. Ihre Mutter würde froh sein, wenn sie im Pfarrhaus und beim Unterrichten der Bauernkinder in der Sonntagsschule Hilfe bekam. Prudence wollte zur Farm ihrer Familie in der Nähe von Rutland reisen, wo, wie Amelia andeutete, ein Freier vom Nachbarhof schon darauf wartete, sie dem Fabrikleben für immer zu entreißen. Betsys Eltern lebten nicht mehr, aber es gab einen Onkel in Maine, der sich immer freute, wenn sie kam und beim Kochen half. Bald würde es Zeit zum Heuen sein, und dann gab es viele Münder zu stopfen. Vielleicht würde sie auch ihren Bruder sehen, sagte Betsy. Aber es war auch durchaus möglich, daß er so beschäftigt war, den Einladungen seiner Kommilitonen von der Universität zu folgen, daß er keine Zeit finden würde, eine Schwester zu besuchen, die nur eine alte Jungfer war und ein Fabrikmädchen obendrein.

Wenn sie alle weg sind, werd ich Geld verdienen und sparen, sagte sich Lyddie, um sich zu trösten. Vielleicht verdien ich dann sogar mehr als bisher. Wenn das Personal knapp wird im Websaal, gibt mir Mr. Marsden unter Umständen einen weiteren Webstuhl. Dann kann ich pro Woche viel mehr produzieren. Denn inzwischen war sie geübt in ihrer Arbeit. Schon seit Wochen bediente sie ihren Webstuhl ohne Dianas Hilfe.

Sie hatte gar nicht damit gerechnet, auch Diana könnte Urlaub machen, aber als diese ihr erzählte, sie ginge für eine Weile weg, stieg ein bißchen Aufregung in ihr hoch. Bestimmt würde ihr Mr. Marsden mindestens zwei Webstühle zuteilen, vielleicht sogar drei. Sie wollte nicht, daß Diana dachte, sie freue sich über ihr Weggehen, aber es fehlte ihr an Übung, sich zu verstellen. »Ich werd dich vermissen«, sagte sie.

Diana lachte sie aus. »Oh, du wirst froh sein, wenn ich verschwinde«, sagte sie. »Man wird dir drei Webstühle geben, was bedeutet, daß du einige Wochen lang einen ordentlichen Mehrverdienst haben wirst.« Lyddie wurde rot. »Du brauchst dich nicht zu schämen. Freu dich über das zusätzliche Geld. Du wirst feststellen, daß du jeden Penny sauer verdienen mußt, glaub mir. Im Juli ist es hier oben so heiß wie in der Hölle.«

»Wo willst du denn hin?« fragte Lyddie, die von sich ablenken wollte. Gleich darauf bereute sie ihre Frage, denn zu spät fiel ihr ein, daß Diana ja keine Familie hatte, die auf sie wartete.

»Mach dir nichts daraus«, meinte Diana als Antwort auf Lyddies gequälte Miene. »Ich hab schon früh meine Eltern verloren und bin daran gewöhnt. Vermutlich ist mein Zuhause noch am ehesten die Fabrik. Ich hab hier mit zehn als Spulmädchen angefangen. Also hab ich schon fünfzehn Jahre hinter mir. Aber die Jahre, wo ich den Juli hier verbrachte, kann ich an einer Hand abzählen.«

Lyddie hätte gern gefragt, wo Diana denn nun hinwolle, aber eigentlich ging es sie ja nichts an, und freiwillig rückte Diana nicht damit heraus. Nur eines sagte sie, während der Lärm der Maschinen sicherstellte, daß niemand mithörte: »Am Unabhängigkeitstag ist eine große Versammlung in Woburn.« Als Lyddie ein verwirrtes Gesicht zog, fuhr Diana fort: »Von unserer Aktionsgemeinschaft für den Zehnstundentag. Miß Bagley wird eine Rede halten, ebenso wie einige der Männer.« Als Lyddie immer noch nicht reagierte, fuhr sie fort: »Mittags findet ein Picknick statt, es ist also eine richtige 4.-Juli-Feier. Na, wie steht's?

Ich verspreche dir, daß dich niemand dazu zwingen wird, irgend etwas zu unterschreiben.«
Lyddie machte schmale Lippen und schüttelte den Kopf. »Nein«, sagte sie. »Tur mir leid, aber ich hab was andres vor.«

Der Juli war genauso heiß, wie es Diana wenig vornehm vorausgesagt hatte. Widerstrebend gab Lyddie einen Dollar für ein leichtes, sommerliches Arbeitskleid aus, da sie es in ihrem Frühlingskleid aus Kattun nicht aushielt. Weitere Kosten hatte sie, als sie sich in der Leihbücherei *Oliver Twist* holte. Diesmal würde sie das Buch selber lesen. Es kam ihr nicht in den Sinn, daß sie sich etwas beibrachte, während sie die Wörter, die so leicht von Betsys Zunge geflossen waren, mühsam in ihre Einzelteile zerlegte. Sie war so hungrig darauf, Olivers Geschichte noch einmal mitzuerleben, daß sie, so erschöpft sie auch sein mochte nach dreizehn Stunden im Websaal, schwitzend auf ihrem Bett lag und Mr. Dickens Roman vor sich hin flüsterte.
Sie war dankbar, daß sie das Zimmer für sich alleine hatte. Keiner war da, um sich über ihre Anstrengungen lustig zu machen oder ihr zu helfen. Sie wollte keine Hilfe. Sie wollte das, was sie las, mit keinem teilen. Sie war entschlossen, sich so intensiv mit dem Buch zu befassen, daß sie eines Tages in der Lage sein würde, es Charlie laut vorzulesen. Der würde gucken! So gebildet war seine Lyddie? Er würde fast platzen vor Stolz.
Tagsüber, an den Webstühlen, dachte sie noch einmal über die Stellen nach, die ihr am Abend zuvor nicht klargeworden waren. Dann kam ihr die Idee, daß sie Seiten abschreiben, sie irgendwo befestigen und lesen konnte, wann immer sie eine Pause hatte. Da es jetzt, wo sie drei Maschinen versorgen mußte, nur selten mal eine Pause gab, klebte sie die jeweilige Seite auf den Rahmen eines Webstuhls, wo sie immer mal wieder einen Blick darauf werfen konnte, während sie arbeitete.
Der Juli war schon halb verstrichen, als sie einen bedeutsamen Entschluß faßte. An einem schönen Abend zog sie gleich nach

dem Essen ihr Kattunkleid an, das hübscher war als ihr leichtes, baumwollenes Sommerkleid, setzte ihren Hut auf, schlüpfte in die guten Stiefel und ging hinaus auf die Straße. Sie zitterte, als sie an der Ladentür ankam, stieß sie aber trotzdem auf. Dabei erklang ein kleines Glöckchen, und ein Herr, der hinter einem Schreibpult auf einem hohen Hocker saß, sah über die Brillengläser hinweg zu ihr hoch. »Was kann ich für Sie tun, Miß?« erkundigte er sich höflich.

Sie versuchte das Zittern in ihrer Stimme zu unterdrücken, doch gelang es ihr nicht. »Ich – ich wollt' das Buch kaufen«, sagte sie.

Der Herr rutschte von seinem Hocker und wartete darauf, daß sie weitersprach. Aber das, was Lyddie einstudiert hatte, war schon gesagt. Mehr hatte sie nicht vorbereitet. Schließlich beugte er sich zu ihr vor und sagte freundlich: »Was für ein Buch möchten Sie denn haben, meine Liebe?«

Wie dumm sie ihm vorkommen mußte! Der Laden bestand aus unzähligen Regalen, auf denen Hunderte, vielleicht Tausende Bücher standen. »Äh . . . äh . . . *Oliver Twist*, wenn's recht wär', Sir«, gelang es ihr zu stammeln.

»Ah«, sagte er. »Mr. Dickens. Eine vortreffliche Wahl.«

Er zeigte ihr mehrere Ausgaben, manche grob auf billiges Papier gedruckt und mit Pappeinband, doch nur eine einzige kam in Frage. Wunderschön in Leder gebunden war sie und auf dem Buchrücken mit goldenen Lettern bedruckt. Sie würde ihr ganzes Geld dafür ausgeben müssen, das war klar. Vielleicht kostete es sogar mehr, als sie bei sich hatte. Sie warf dem freundlichen Angestellten einen furchtsamen Blick zu.

»Macht zwei Dollar«, sagte er. »Soll ich es einpacken?«

Lyddie nahm zwei Silberdollar aus ihrer Börse. »Ja«, antwortete sie mit einem erleichterten Seufzer. »Ja, danke, Sir.« Dann umklammerte sie ihren Schatz und rannte aus dem Laden. Sie wäre die ganze Strecke bis zum Wohnheim gerannt, doch da fiel ihr auf, daß sich die Leute umdrehten, um ihr nachzustarren.

Die Julisonntage waren zu kostbar, um in die Kirche zu gehen. Nicht einmal zu dem Picknick ging sie, das die Sonntagsschule am 4., dem Unabhängigkeitstag, veranstaltete. Aber als sie das Feuerwerk hörte, sauste sie erschrocken die Treppe hinunter in die Küche. Keiner war zu Hause, der ihr hätte erklären können, was dieser entsetzliche Krach zu bedeuten hatte. Doch nachdem sie sich überzeugt hatte, daß der eiserne Kochherd nicht explodiert war, kehrte sie in ihr glutheißes Zimmer zurück, um weiterhin in ihrem *Oliver Twist* zu lesen und eine Seite daraus abzuschreiben. Am dritten Sonntag hielt Mrs. Bedlow beim Frühstück eine Strafpredigt. Viele der Mädchen würden den Gottesdienst vernachlässigen, und die Firma wäre sehr verärgert, wenn unter den Bewohnerinnen des Wohnheims Nummer fünf in allernächster Zukunft keine bessere Teilnahme zu verzeichnen wäre.
Lyddie steckte eine aus ihrem Buch abgeschriebene Seite in ihre Tasche und las sie während der Methodistenpredigt. Auf diese Weise ging ihr durch den zweistündigen Gottesdienst nur ein bißchen von der Zeit verloren, die sie sonst aufs Lernen verwendet hätte. Aber bei der Bibelstelle »Wie, du bittest mich um etwas zu trinken, der du ein Jude bist und ich eine samaritische Frau?« schreckte sie hoch. Jesus war also ein Jude? Wie der böse Fagin? Keiner hatte Lyddie jemals gesagt, daß Jesus ein Jude war. Genau wie Fagin, und doch ganz und gar nicht wie er.
Darüber grübelte sie auf dem Heimweg nach. »Können Sie denn nicht aufpassen, wo Sie hinlaufen?« Lyddie war geradewegs mit einer stämmigen Frau im Sonntagsstaat zusammengestoßen. Sie murmelte eine Entschuldigung, doch die Frau knurrte nur ärgerlich, rückte ihren Hut zurecht und murmelte etwas vor sich hin, das mit »Fabrikmädchen« aufhörte.
Der Gehsteig war zu bevölkert, um Tagträumen nachzuhängen. Lyddie packte das mit Jesus, dem Juden, in den Hinterkopf, um ein anderes Mal darüber nachzudenken, und paßte auf, wo sie hinlief.
Und da sah sie Diana, zumindest war ihr, als müsse sie es sein.

Jedenfalls sah sie auf der anderen Seite der Merrymack Street ein Paar auf sich zukommen – einen gutaussehenden, bärtigen Herrn mit einer gutgekleideten Dame am Arm. Es war Diana, da war Lyddie sicher. Ohne zu überlegen, rief sie ihren Namen.
Doch die junge Frau dreht den Kopf weg. Vielleicht war es ihr peinlich, daß jemand, der offensichtlich nicht wußte, was sich gehörte, quer über eine öffentliche Straße hinweg nach ihr schrie. Dann rollten mehrere Kutschen und ein Karren vorüber, und als Lyddie wieder freie Sicht hatte, waren die beiden zwischen den vielen sonntäglichen Spaziergängern verschwunden. Sie mußte sich geirrt haben. Bestimmt hätte Diana sie erkannt und wäre herübergekommen, um einen Schwatz mit ihr zu halten.

Ich werde keine Sklavin sein

Lyddie stellte sich geschickt an bei ihrer Arbeit. Sie war schnell, fingerfertig, sorgfältig und schien sogar in der fast unerträglichen Hitze des Websaals unermüdlich zu sein. Das bemerkte auch der Aufseher, der auf seinem hohen Hocker in der Ecke saß. Lyddie sah, daß er sie beobachtete, und an dem Lächeln, das auf seinem kleinen, runden Mund lag, konnte sie ablesen, daß er mehr als zufrieden mit ihr war. Als eines Nachmittags zwei ausländische Würdenträger einen Besichtigungsgang durch die Firma machten, brachte Mr. Marsden sie zu Lyddie herüber, damit sie ihr bei der Arbeit zusehen konnten. Sie versuchte höflich zu lächeln, aber sie kam sich vor wie ein preisgekröntes Schwein, das auf dem Viehmarkt im Dorf versteigert wird.
Die Herren blieben nicht lange. Einer von ihnen wischte sich unentwegt Gesicht und Hals, während er in einer fremden Sprache Bemerkungen vor sich hin murmelte, die, davon war Lyddie überzeugt, eher von der Temperatur im Websaal handelten als von den Wunderdingen, die es bei der Firma Concord zu bestau-

nen gab. Der andere stand daneben, blinzelte den Schweiß aus den Augen und sah aus, als müsse er im nächsten Moment ohnmächtig werden. »Eines unserer besten Mädchen«, sagte Mr. Marsden und strahlte. »Eines unserer allerbesten Mädchen.«

Lyddies gute Arbeit schlug sich auch in ihrem Lohn nieder. Wenn Unterkunft und Verpflegung in Höhe von einem Dollar und fünfundsiebzig Cent bezahlt waren, blieben ihr noch annähernd zweieinhalb Dollar.

Während die anderen Mädchen klagten, es hätte sich kaum gelohnt, in der Sommerhitze zu schuften, weil der Stücklohn gefallen sei, blieb Lyddie stumm. Jetzt, wo Diana weg war, hatte sie im Websaal keine Freundin mehr. Sie arbeitete zu hart, um kostbare Zeit darauf zu verschwenden, am Wassereimer zu trinken oder zur Treppe hinauszurennen, um dort in aller Eile frische Luft zu schnappen. Außerdem hing ihr *Oliver* am Webstuhl, und in jeder freien Sekunde wanderten ihre Augen zu der täglichen Seite, die sie wieder und wieder las, bis sie den Text fast auswendig konnte.

Auf diese Weise stellte sie fest, daß sogar die Wörter, die ihr beim ersten Lesen unmöglich zu entziffern schienen, langsam einen Sinn ergaben, wenn sie erst einmal den Zusammenhang begriffen hatte. Obwohl die Namen seltsam waren, fand Lyddie sie am leichtesten von allem, weil sie sich noch von Betsys Vorlesen her gut an sie erinnerte. Sie gefielen ihr – Mr. Bumble, ein Bösewicht, aber ein unbeholfener, wie ihr Bär. Man mußte lachen über seine Versuche, in einer Welt, die ihn offensichtlich verachtete, jemand zu sein.

Bill Sikes – ein Name wie ein Degen –, ein wirklicher Schurke, bei dem das Böse, das er in sich trug, durch nichts gemildert wurde, nicht einmal durch Nancys Liebe. Lyddie fragte sich nicht, warum eine Frau bei einem Mann blieb, der so war wie Sikes. So jung sie auch sein mochte, von Frauen, die an der Seite furchterregender Ehemänner ausharrten, hatte sie schon gehört.

Fagin konnte sie ein bißchen verstehen. Wenn man von allen derart verachtet wurde, kam man in Versuchung, sich an ihnen rächen zu wollen.

Die jugendlichen Diebe – hatten sie eine andere Wahl, so ganz ohne Zuhause und ohne Familie? Ihnen wären ja sonst nur die Armenhäuser geblieben, die christliche Nächstenliebe vorgaben und doch nur Verzweiflung schenkten.

Lyddie schauderte, als ihr klar wurde, wie nah auch ihre Familie in jenem Winter des Bären daran gewesen war, vom Erbarmen des Dorfes abhängig zu werden. War Mama mit den Babys zu ihrer Schwester geflohen, damit sie nicht ins Armenhaus mußten? So hatte es Lyddie bisher nie betrachtet. Vielleicht war ihrer Mutter ja klargewesen, daß Lyddie und Charlie zäh genug waren, um zurechtzukommen, solange sie nicht noch für die Mutter und die Kleinen sorgen mußten. Hatte ihre Mutter den Bären wirklich für den auf Erden wandelnden Teufel gehalten? Hatte sie tatsächlich gedacht, der Weltuntergang stünde bevor? Lyddie fragte sich, ob sie jemals erfahren würde, was in ihrer Mutter damals vorgegangen und was aus ihrem Vater geworden war.

Dann kam im Wohnheim Nummer fünf ein Brief für Lyddie an. Sie erkannte die Handschrift ihrer Mutter. Von Gewissensbissen geplagt, rannte sie die Münzen holen, um Mrs. Bedlow das Porto zu geben, das sie ausgelegt hatte. Bis jetzt hatte Lyddie ihrer Mutter noch keinen einzigen Cent geschickt. Dabei hatte sie es tun wollen, hatte sogar ein paar Dollar dafür beiseite gelegt. Aber sie war mit anderen Dingen beschäftigt gewesen – mit ihrer Arbeit, dem Wohnheim, der Traumwelt eines Buches – und hatte dadurch die Armen vernachlässigt, die ihr eigen Fleisch und Blut waren.

Am liebsten wäre es ihr gewesen, wenn sie den Brief gar nicht hätte aufmachen müssen, wenn er gar nicht gekommen wäre. Aber er war da, und sie mußte sich ihm stellen.

Libe Tochter!
Ich war sär überaschd von deim Brief das du jezt in Lowell schafst. Ich hab nix gegen. Wen du Gäld schiken könst wärs ne Hilfe für Judah un Clarissa den wir sin ne grose Laßt führ si. Bäbi Agnes is beim liben Got. Rachel gets schlächt. Fil sin tod, aber Gotes Wile geschähe.
Daine dich libende Mutter,
Matti M. Worthen

Lyddie versuchte, sich Agnes' kleines Gesicht ins Gedächtnis zurückzurufen. Sie gab sich große Mühe, kniff die Augen zu, um ein Bild ihrer nun für immer fortgegangenen Schwester vor sich auferstehen zu lassen. Sie konnte höchstens vier gewesen sein im Winter des Bären, doch der lag nun schon fast zwei Jahre zurück. Inzwischen mußte sie sich verändert haben. Vielleicht hatte sie gar keine Erinnerung mehr an mich? dachte Lyddie. War es möglich, daß sie mich und Charlie vergessen hatte? Mich, die ich sie gewaschen und gefüttert habe, und Charlie, der sie zum Lachen brachte? Lyddie wollte weinen, doch keine Tränen kamen. Nur ein harter, trockener Knoten saß dort, wo ihr Herz hätte sein sollen.

Sie mußte härter arbeiten. Sie mußte das Geld verdienen, um ihre Schulden zu bezahlen, damit sie ihre Familie wieder auf die Farm holen konnte, solange sie noch eine Farm hatte. Die Vorstellung, allein zu leben, verwaist und ohne Bruder oder Schwester – ein Leben ohne Land und ohne Familie, wie Diana . . .

Somit war Lyddie so ziemlich die einzige, die sich nicht beklagte, als die Firma Concord die Maschinen noch schneller laufen ließ. Sie mußte nur zwei Webstühle versorgen, nicht mehr vier wie im Sommer. Sie brauchte das Geld. Unbedingt. Einige von den Mädchen waren kaum von ihrem Sommerurlaub zurück, als sie auch schon wieder heimfuhren, weil sie mit dem Arbeitstempo nicht mehr zurechtkamen. Also übertrug man Lyddie einen weiteren Webstuhl. Trotz der höheren Geschwindigkeit schaffte sie es, alle

drei zu versorgen. Für jene, die es nicht schafften, verspürte sie Verachtung, gepaart mit Selbstzufriedenheit.
Prudence war die erste aus ihrem Zimmer, die endgültig nach Hause zurückkehrte. Der Freier aus Rutland drängte sie, das Fabrikleben aufzugeben, doch gab es für ihre Abreise einen weiteren, zwingenderen Grund. Sie hatte angefangen zu husten. Es war ein trockener, schmerzhafter Husten, der sowohl Betsy als auch Amelia wach hielt, nicht jedoch Lyddie. Sie schlief wie eine Raupe im Winter. In der Tat hatte sie sich eingesponnen und nahm nichts mehr um sich herum wahr. Betsy bot Lyddie nicht an, ihr einen weiteren Roman vorzulesen. Sie hatte mit einigen anderen Fabrikmädchen Studiergruppen gebildet, eine in Latein, eine zweite in Botanik. Dienstag- und Donnerstagabend nahmen sie im Wohnheim Nummer fünf die Hälfte des Aufenthaltsraums in Beschlag und stellten einen eigenen Lehrer ein. Wenn Betsy nicht mit ihrer Gruppe unten war, hielt sie sich in ihrem Zimmer auf und bereitete sich auf den nächsten Lernabend vor. »Soll ich dir den Text vorlesen?« fragte sie Lyddie einmal und tauchte aus ihrem Botanikbuch auf.
Lyddie lächelte und schüttelte den Kopf. Über Blumen und sonstige Pflanzen wußte sie Bescheid, jedenfalls soviel, wie sie unbedingt wissen wollte. Aber über Oliver Twist gab es noch vieles, was sie nicht wußte.
Jetzt, wo Prudence fort und der Aufenthaltsraum unten überfüllt war, hielt sich Amelia oft im Zimmer auf. Dann bestand sie darauf, mit den anderen zu reden, obwohl Betsy sie ignorierte, wenn sie da war, und Lyddie ihr Bestes tat, es ebenfalls zu tun.
»Ihr beiden solltet euch körperlich betätigen, statt euch hier in diesem stickigen Zimmer zu verkriechen und zu lesen«, sagte Amelia.
Keine Antwort.
»Oder zumindest könntet ihr was für eure Seele tun.«
Keine Antwort, obwohl Lyddie und Betsy wußten, daß Amelia

darauf anspielte, daß Sonntag war und keine der beiden am Gottesdienst teilgenommen hatte.

»Was liest du, Lyddie?«

Vielleicht läßt sie mich in Ruhe, wenn ich so tue, als würde ich sie nicht hören.

»Lyddie!« Diesmal war ihre Stimme so scharf, daß Lyddie erschrocken aufsah. »Leg jetzt dieses Buch weg und geh mit mir spazieren! So einen schönen Sonntagnachmittag werden wir nicht mehr oft erleben. Bald wird es kalt.«

»Ich hab zu tun«, murmelte Lyddie.

Amelia kam näher. »Du liest schon seit Monaten dasselbe Buch.« Sie griff herüber und nahm Lyddie ihren *Oliver Twist* weg.

»He! Das gehört mir!«

»Na, komm schon, Lyddie. Nur einen kleinen Flußspaziergang vor dem Abendessen. Wird dir guttun.«

»Sei so gut und schaff sie hier raus, bevor ich sie mit meinen Hutbändern kneble und an den Bettpfosten feßle!« sagte Betsy verkniffen, ohne die Augen von ihrem eigenen Buch zu heben.

»Sie kann allein spazierengehen. Ich muß lesen.« Lyddie streckte die Hand aus, um ihr Buch wieder zu nehmen, aber Amelia hielt es so, daß sie nicht drankam.

»Ach, komm«, sagte Amelia. »Du hast es doch schon mal gelesen. Habe ich gesehen. Und außerdem ist es nur so ein dämlicher Roman – er lohnt gar nicht gelesen zu werden, und am Sonntag ist es eine Sünde –«

Lyddie kam die Galle hoch. Ein dämlicher Roman? Es ging darin um Leben und Tod. »Du hast 'n doch gar nicht gelesen!« rief sie. In ihrer Wut verfiel sie wieder in ihren ausgeprägten Dialekt zurück, den sie sich inzwischen schon ein bißchen abgewöhnt hatte. »Woher willst 'n du wissen, ob er dämlich is' oder nicht?«

Amelia wurde rot und begann mit den Augen zu zwinkern. Jetzt war Ernst geworden aus ihrer Neckerei. »Mit Romanen weiß ich Bescheid«, sagte sie mit hoher, etwas zittriger Stimme. »Es sind

Machwerke des Teufels, um junge, leicht zu beeindruckende Geschöpfe ins Verderben zu stürzen!«
Lyddie starrte ihre Zimmergenossin mit weit offenem Mund an.
Es war Betsy, die nun sprach. »Um Himmels willen, Amelia, wo hast du denn einen derartig schwülstigen Unsinn aufgeschnappt?«
Amelias Gesicht wurde noch röter. »Ihr seid Ungläubige und Spötter! Ich weiß nicht, wie ich weiterhin das Zimmer mit euch teilen soll!«
»Ach, halt den Mund!« Betsys Stimme war sanfter als ihre Worte. »Wir tun dir doch nichts. Können wir nicht einfach leben und leben lassen?«
Amelia begann zu weinen. Es war, als zerbröckelten ihre scharfgeschnittenen Züge, und darunter kamen die eines Kindes zum Vorschein, das nicht mehr ein noch aus wußte vor Wut und Verzweiflung. Während Lyddie zusah, spürte sie, daß auch ihre eigene Unnachgiebigkeit zu schwinden begann.
Sie holte ein frisches Taschentuch aus ihrer Kiste und reichte es dem älteren Mädchen. »Da«, sagte sie.
Amelia warf einen raschen Blick darauf – um sich zu überzeugen, daß es auch sauber war, dachte Lyddie ironisch –, aber sie murmelte einen Dank und putzte sich die Nase. »Ich weiß nicht, was über mich gekommen ist«, sagte sie. Jetzt klang sie wieder eher wie die alte Amelia.
»Wir müssen alle schuften wie die Negersklaven, daran liegt's«, sagte Betsy. »Ich hätte gute Lust, meinen Namen auf diese verflixte Eingabe zu setzen.«
»Oh, Betsy! Das würdest du doch nicht tun?« Amelia hob die Nase aus dem Taschentuch. Sie hatte riesige Augen.
»Nein? Als ich im Spinnsaal anfing, konnte ich einen Dreizehnstundentag bewältigen und hätte sogar noch mehr geschafft. Aber damals war ich für hundertdreißig Spindeln verantwortlich. Inzwischen sind es doppelt so viele, und das bei einer Geschwin-

digkeit, die sogar den Teufel zum Fluchen brächte. Ich bin vollkommen am Ende, Amelia. Wir alle sind vollkommen am Ende.«

»Aber wenn wir nur zehn Stunden arbeiten, kriegen wir doch viel weniger Geld!« rief Lyddie. Kapierte Betsy das denn nicht?

»Zeit ist kostbarer als Geld, Lyddie«, wandte Betsy ein. »Was könnte ich alles tun, wenn ich pro Abend zwei Stunden länger Freizeit hätte!«

»Wenn du unterschreibst, dann entlassen sie dich, Betsy. Das weiß ich genau.« Amelia faltete das Taschentuch zusammen und gab es Lyddie mit einem Nicken zurück.

»Würdet du mich denn vermissen, Amelia? Ich dachte immer, du wärst froh, wenn du mich los wärst. Ich dachte, ich wäre in den letzten vier Jahren der Stachel in deinem Fleisch gewesen.«

»Ich denke dabei an *dich!* Was willst du denn tun ohne Arbeit? Du kämst auf die schwarze Liste. Keine andere Firma würde dich mehr nehmen.«

»Oh«, meinte Betsy, »vielleicht würde ich mich einfach auf den Weg nach Westen machen. Das nötige Geld habe ich fast beisammen.« Sie lächelte Lyddie listig an. »Ich habe vor, nach Ohio zu gehen.«

»Nach Ohio?«

»Hurra!« rief Betsy. »Jetzt hab ich's! Ich warte, bis ich soviel Geld zusammen habe, wie ich brauche, dann setze ich meinen Namen auf die Liste und lasse diese Stadt der Spindeln mit einem wahren Feuerwerk des Trotzes hinter mir.«

»Nein!« Lyddie erschrak selbst über ihren scharfen Ton. Beide Mädchen sahen sie an. »Bitte unterschreib nicht! Ich kann nicht unterschreiben. Ich brauche das Geld. Ich muß die Schulden bezahlen, bevor –«

»Oh, Lyddie! Hat es dir denn deine Freundin Diana nicht erklärt? Wir arbeiten länger und sind für mehr Maschinen verantwortlich, die inzwischen alle mit einer teuflischen Geschwindigkeit laufen, und alles nur, damit sich die Firma eine goldene Nase verdient. Unser Lohn wurde häufiger gesenkt als erhöht. Herr im

Himmel! Wieso sollen wir eigentlich unsere Zeit auf eine Unterschriftensammlung verschwenden? Warum treten wir nicht lieber auf die schöne alte Art in den Streik?« Betsy legte ihr offenes Botanikbuch mit dem Rücken nach oben auf die Tagesdecke, schlang die Arme um die hochgezogenen Knie und begann mit einer hohen, kindlichen Stimme zu singen.

Ist's nicht jammerschade, daß so'n hübsches Mädel wie ich
in der Fabrik versauern und sterben muß?
Ich kann keine Sklavin sein,
ich will keine Sklavin sein,
denn ich liebe so die Freiheit,
daß ich keine Sklavin sein kann!

»Ich bin keine Sklavin!« sagte Lyddie heftig. »Ich bin keine Sklavin!«
»Natürlich nicht.« Amelia hatte ihr Selbstvertrauen wiedergefunden und damit auch ihren schulmeisterhaften Ton.
»Im Gasthof muß ich manchmal fünfzehn oder sechzehn Stunden schaffen pro Tag, und dafür haben sie meiner Mutter fünfzig Cent pro Woche gezahlt, wenn sie's nicht vergaßen. Hier –«
»Ach, sei still, Lyddie. Keiner nennt dich eine Sklavin. Ich habe lediglich ein altbekanntes Lied gesungen.«
»Woher kennst du dieses radikale Lied denn überhaupt?« wollte Amelia wissen.
»Damals, im Jahre 1836, war ich Spulenabnehmerin. Mit zehn lernt man alle Lieder.«
»Hast du dich auch an dem Streik beteiligt, der in diesem Jahr stattfand?« Jetzt sah Amelia aus wie eine Schulmeisterin, die ein Kind bei einem Unfug ertappt.
Betsys Augen leuchteten. »Was glaubst denn du? Ich habe alle, die mit mir auf dem Stockwerk arbeiteten, nach draußen getrieben – wir rannten die ganze Strecke. Es war der aufregendste Tag meines Lebens!«

»Es ist nicht gut, sich gegen die Obrigkeit aufzulehnen.«
»Nun, *mir* tut es gut. Ich habe die Nase voll davon, ein ständig herumjammernder bezahlter Sklave zu sein.« Betsy nahm wieder ihr Botanikbuch in die Hand, als wollte sie die Unterhaltung damit abschließen.
»Aber es ist . . . es gehört sich nicht für eine Dame . . . und gegen die Bibel ist es auch.« Amelias Stimme zitterte.
»Es soll gegen die Bibel sein, Ungerechtigkeit zu bekämpfen? Jetzt halt mal die Luft an, Amelia. Mir scheint, ihr habt das falsche Buch in eurer Kirche.«
Lyddie sah von einem wütenden Gesicht zum anderen. Ihr lag nichts daran, sich damenhaft oder wie eine gute Christin aufzuführen. Sie verdiente viel mehr Geld, als sie zu Hause in Vermont jemals verdient hatte und vermutlich jemals verdienen würde. Warum konnten die Leute nicht einfach leben und leben lassen? Das Läuten der Abendglocke brachte den Streit zum Verstummen, doch Lyddies Ängste dauerten an.

Erschöpfung und Unfälle

Lyddie ging dieses alberne Lied nicht mehr aus dem Sinn. Es ratterte und pfiff im Takt mit den Maschinen in ihrem Kopf.
Ich kann keine Sklavin sein,
ich will keine Sklavin sein . . .
Sie *war* keine Sklavin. Sie war eine freie Bürgerin des Staates Vermont, die sich ihren Lebensunterhalt verdiente. Was Diana und Betsy auch immer denken mochten, sie, Lyddie, war weit weniger eine Sklavin als die meisten anderen Mädchen, die sie kannte. Diese Radikalen durften ihr nicht mit ihren Eingaben und Streiks in die Quere kommen, sie durften sich nicht mit der Obrigkeit auf einen Kampf einlassen, der möglicherweise dazu führte, daß alles krachend zusammenstürzte.

Sie mochte Diana wirklich, doch sie ertappte sich dabei, daß sie ihr aus dem Weg ging, als wären ihre radikalen Ideen ansteckend wie Diphterie. Daß Mr. Marsden angefangen hatte, darauf zu achten, wer von den Mädchen an Dianas Webstuhl stehenblieb, wußte sie. Sie sah, daß er sie musterte und sich die Namen merkte.

Sobald Diana in ihre Richtung kam, spürte Lyddie, wie sie sich versteifte. Und als Diana sie zu einer ihrer Dienstagabend-Sitzungen einlud, war Lyddies *»Nein!«* so heftig, daß sie selber erschrak. Diana fragte nie wieder. Es hat nichts mit dir zu tun, hätte Lyddie ihr gern gesagt. Es ist nur, weil ich nach Hause will. Bitte versteh mich, Diana. Mit dir hat es nichts zu tun.

Die Zehn-Stunden-Radikalen gaben eine wöchentlich erscheinende Zeitung heraus, aber Lyddie gab sich Mühe, nicht zu den Exemplaren hinzusehen, die irgend jemand bewußt nachlässig auf den Tisch im Aufenthaltsraum warf. Doch als sie eines Abends nach dem Essen mit Amelia nach oben kam, fand sie dort Betsy vor, die *Die Stimme der Industrie* las und dabei stillvergnügt vor sich hin lachte.

»Da!« sagte Betsy und hielt Lyddie die Zeitung hin. »Lies mal! Jetzt nehmen sie die Gesetzgeber aufs Korn. Diese Frauen haben wirklich Mut!«

Lyddie wich zurück, als wollte ihr jemand das heiße Ende eines Schürhakens reichen.

»Oh, Lyddie«, sagte Betsy. »Hab keine Angst davor, etwas zu lesen, womit du vielleicht nicht einverstanden bist.«

»Laß Lyddie in Ruhe, Betsy. Du bringst sie bloß noch dazu, daß sie sich Ärger einhandelt.«

»Mach dir keine Sorgen, Amelia. Unsere Lyddie ist so scharf aufs Geld, daß sie es nicht riskieren wird, sich Ärger einzuhandeln.«

Lyddie wurde über und über rot. Natürlich war sie hinter dem Geld her, aber Betsy hatte keinen Grund, es *so* auszudrücken. Sie hätte es ihnen gern erklärt, hätte sich gern gerechtfertigt. Vielleicht sollte sie ihnen von dem Bären erzählen – und davon, wie nah ihre Familie daran gewesen war, im Armenhaus zu landen. Vielleicht sollte sie ihnen von Charlie erzählen – wie klug er war, und daß er ebensogut auf der Universität zurechtgekommen wäre wie Betsys hochnäsiger Bruder. Nur war Charlie nicht in Harvard, sondern fegte in einer Mühle die Spreu vom Boden auf. Und die kleine Agnes war beim lieben Gott. Lyddie schauderte und schwieg. Möglicherweise würde sich das Ganze nach einer fadenscheinigen Ausrede anhören, wenn sie es in Worte faßte. Es war ja auch egal, ob die anderen sie verstanden oder nicht. Sosehr sie Diana bewunderte – sie würde sich nicht dazu überlisten lassen, an irgendwelchen Protesten teilzunehmen. Nicht mal von Betsy. Nur noch ein Jahr oder zwei, dann konnte sie heimgehen und war frei. Ich muß Mama schreiben, dachte sie. Ich muß ihr schreiben, wie hart ich arbeite, um unsere Schulden zu bezahlen.

Liebe Mutter!
Ich war sehr traurig über Deine Miteilung, daß meine Schwester Agnes tot ist. Ich mache mir Sorgen ob Du auch auf Deine Gesundheit achtest. Ich habe einen Dollar beigelegt. Bitte kaufe Dir und der kleinen Rachel was gutes zu essen und wenn möglich ein warmes Umschlagtuch für den Winter. Am nächsten Zaltag schicke ich mehr. Ich versuche zu sparen für die Schulden, aber Du mußt mir schreiben wieviel es ist. Und ob ich es direkt an Mr. Wescott schicken soll oder an eine Bank. Mir geht es gut. Ich arbeite hart.
Deine Dich liebende Tochter,
Lydia Worthen

Ihre Rechtschreibung überprüfte sie anhand von *Oliver Twist*, ebenso wie die Grammatik. Ein bißchen Stolz stieg in ihr hoch. Sie schrieb jetzt viel besser, das wußte sie. Nicht daß es ihrer Mutter auffallen würde, aber Charlie schon. Sie nahm ein zweites Blatt, um auch ihm zu schreiben, doch dann zögerte sie. Es war so lange her. Sie wußte kaum, was sie schreiben sollte. Ich muß ihn besuchen gehen, sobald mein Jahr vorbei ist, dachte sie. Sonst verliere ich den Kontakt. Oder – oder er vergißt mich. Sie machte eine ruckartige Bewegung mit dem Kopf, um diesen Gedanken zu verscheuchen. Charlie würde sie ebensowenig vergessen, wie der Schnee vergessen würde, zu Hause auf ihren Berg zu fallen. Aber sie mußte schreiben. Sonst dachte er vielleicht, sie hätte ihn vergessen.

Lieber Charlie!

Nein, er war ja nun fast ein Mann und hatte vielleicht etwas dagegen, daß man ihn mit seinem Kosenamen ansprach.

Lieber Charles!

Sie hielt den Federhalter so fest, daß sich ihre Finger verkrampften.

Ich habe von Mutter erfahren, daß die kleine Agnes gestorben ist. Hat sie Dir diese traurige Neuichkeiten ebenfalls mitgeteilt? Wir müssen dafür sorgen, daß Mutter und Rachel bald nach Hause können. Ich spare fast meinen ganzen Lohn für die Schulden. Ich arbeite hart und verdiene gut. Bald können wir heim, es gibt noch 'ne Schangse (haha). Hoffentlich geht es Dir gut.
Deine Dich liebende Schwester,
Lydia Worthen

Ein riesiger Tintenklecks fiel auf ihren Namen. Sie nahm ein Löschpapier, aber der Klecks breitete sich aus und kroch in den eigentlichen Brief hinein. Sie versuchte sich zu sagen, es spiele ja keine Rolle – Charlie würde sich nicht daran stören. Aber *sie* störte sich daran. Der Brief hätte ihm zeigen sollen, wie gut sie vorwärtskam – daß sie nicht nur hart arbeitete, sondern auch fest lernte. Aber der schwarze Klecks hatte alles verdorben. Sie warf den Brief weg, und es wollte ihr nicht gelingen, ihn noch einmal zu schreiben.

Sosehr die Geschwindigkeit der Webstühle auch gesteigert werden mochte, irgendwie gelang es Lyddie mitzuhalten. Nie verschwendete sie ihre Energie darauf, sich Sorgen zu machen oder sich zu beklagen. Fast war es, als wäre sie selbst zur Maschine geworden, so perfekt war sie eingestimmt auf die brüllenden, rasselnden Kreaturen, die sie betreute. Tu so, als wären es Bären, pflegte sie sich zu sagen. Bären kannst du niederstarren.

Fast konnte sie spüren, wie die Augen des Aufsehers auf ihr lagen, der auf seinem hohen Hocker in der hinteren Ecke des riesigen Saals saß. Wenn Mr. Marsden sich erhob, um durch den Raum zu schlendern, blieb er immer bei ihren Webstühlen stehen. Oft fuhr sie zusammen, weil er seine aufgedunsene weiße Hand auf ihren Ärmel legte, und wenn sie sich dann umdrehte, formte sein kleiner Mund etwas, was, wie sie annahm, ein Lob sein mußte.

Zum Dank pflegte sie zu nicken, bevor sie sich wieder ihren Maschinen zuwandte, die zumindest den Vorteil hatten, daß sie einen nicht tätschelten, wenn man gerade nicht achtgab.

Er war ein seltsamer kleiner Mann. Einmal versuchte sich Lyddie auszumalen, wie er sich morgens ankleidete. Wie seine untadelige Frau die untadelige Krawatte knüpfte, die schwarze Jacke abbürstete, die schon um sechs Uhr morgens von den Textilfasern, die durch den riesigen Raum wirbelten, weiß geworden war. Ob sie ihm wohl auch den Schädel polierte? Und womit? Schuhwichse konnte man dafür natürlich nicht nehmen. Gab es vielleicht eine Schädelwichse, die man auftrug und dann blank polierte! Sie sah die untadelige Frau des Aufsehers vor sich, wie sie in der rechten und linken Hand die beiden Zipfel eines Frotteehandtuchs hielt und damit energisch die Glatze ihres Mannes bis hinunter zu den Ohren wienerte, bevor sie die wenigen grauen Haarsträhnen über dem Nacken kämmte. Es war schwer, seiner Gattin ein Gesicht zu geben. War es eine sanfte, unterwürfige kleine Frau? Oder war sie wie Mrs. Cutler und regierte über ihn, so wie er über die Mädchen regierte, die er nicht aus den Augen

ließ? Eine glückliche Frau konnte es nicht sein, denn Mr. Marsden schien nicht zu denen zu gehören, die Glück um sich verbreiteten.
Schon bald war kaum mehr Zeit, um nachzudenken oder Tagträumen nachzuhängen. Lyddie hatte sich mit ihren zwei, dann drei Webstühlen so geschickt angestellt, daß ihr Mr. Marsden einen vierten gab. Jetzt nahm sie die Menschen um sich herum kaum mehr wahr. Der Lärm, das Gejammere und die Neckereien der anderen Mädchen bei den Mahlzeiten waren wie ein Tumult für sie, der von einer in der Ferne stattfindenden Parade herüberschallte. Es fiel ihr nicht auf, daß es nicht mehr so reichlich zu essen gab wie früher. Immer noch wurde mehr serviert, als sie essen konnte. Genausowenig merkte sie, daß das Fleisch schon ein bißchen roch und daß die Kartoffeln schimmelig waren. Mit gleichbleibender Geschwindigkeit verzehrte sie, was vor ihr stand, ohne zu versuchen, in der kurzen Zeit, die dafür vorgesehen war, so viel wie möglich in sich hineinzustopfen. Wenn die Glocke läutete, war es ihr egal, ob es Dinge gab, die sie noch nicht probiert hatte – sie stieß einfach den Stuhl nach hinten, erhob sich und kehrte zu ihren Bären zurück.
Jetzt war sie abends zu müde, um noch eine Seite aus ihrem *Oliver Twist* abzuschreiben. Es machte ihr kaum etwas aus. Sie hätte ja sowieso keine Zeit gehabt, sich bei der Arbeit mit dem Text zu beschäftigen. Nach dem Abendessen stolperte sie nach oben, nahm sich kaum Zeit zum Waschen, zog ihr Nachthemd über und fiel ins Bett.
Obwohl ihr Amelia gut zuredete und Mrs. Bedlow beim Essen Strafpredigten hielt, machte Lyddie keinen Versuch mehr, zur Kirche zu gehen. Selbst wenn sie es gewollt hätte, so hätte ihr Körper nicht mitgemacht. Sonntag vormittag schlief sie aus, zwang sich, zum Essen aufzustehen, das sie so aß, wie sie nun immer aß – nämlich automatisch und ohne sich zu unterhalten. Es konnte durchaus passieren, daß sie auch den Nachmittag verschlief.

»Es ist, als wären wir Rennpferde«, sagte Betsy. »Je härter wir arbeiten, desto höher ist der Siegespreis, den sie kriegen.«
Amelia murmelte eine Antwort, die Lyddie nicht verstand, weil sie schon am Einschlafen war.
»Ich habe mich entschlossen, die nächste Eingabe zu unterschreiben.«
»Nein!«
»Warum denn nicht?« Betsy lachte. »Mein kluges Bruderherz wird dieses Frühjahr in Harvard fertig. Seine Universitätsgebühren sind bezahlt, und inzwischen habe ich das Geld, das ich brauche, fast zusammen. Meinen Lateinkurs habe ich gemacht, und sobald der Botanikkurs fertig ist, bin ich bereit, dieses Irrenhaus hinter mir zu lassen.«
Das versetzte sogar der vor Müdigkeit ganz benommenen Lyddie einen Stich. Sie wollte nicht, daß Betsy wegging.
»Das wäre phantastisch – mit einem ordentlichen Paukenschlag, nämlich mit einer schimpflichen Entlassung, zu verschwinden«, fuhr Betsy fort.
»Aber wo würdest du hingehen? Du hast oft gesagt, in Maine könntest du nie heimisch werden.«
»Ich würde nicht nach Maine gehen, Amelia, sondern nach Ohio. Ich habe vor, ein College zu besuchen.«
»Ein College?«
»Überrascht dich das, Amelia? Daß diese Betsy, die man ständig nur Romane verschlingen sieht, insgeheim eine Frau mit hohen Zielen ist?«
»Aufs College? Ich hätte nicht gedacht –«
»Wenn sie mich entlassen, dann muß ich aufhören, Ausflüchte zu machen und immer nur blöde daherzureden. Dann mache ich mich auf den Weg ins College und damit in ein neues Leben.«
Lyddie hatte sich inzwischen auf den Ellbogen gestützt und hörte hin und her gerissen zu. Einerseits war sie stolz auf Betsy, andererseits war sie entsetzt von deren Plänen.
»Also ist die schlafende Schönheit doch noch wachgeworden.«

»Lyddie, sag ihr, sie solle nicht so töricht sein.«
»Ich fänd's gar nicht schön, wenn du weggingst«, sagte Lyddie leise.
Betsy schnaubte. »Du wirst sechs Wochen brauchen, bis du überhaupt merkst, daß ich nicht mehr da bin.«

Man hatte den Aufsehern Prämien versprochen. Diejenigen, deren Mädchen am meisten produzierten, bekamen eine Leistungszulage. Das war der Grund dafür, daß die Maschinen so schnell liefen und daß es die Mädchen kaum mehr wagten, der Arbeit fernzubleiben, selbst wenn sie Fieber hatten.
»Wenn Sie die Arbeit nicht schaffen«, hörte Lyddie Mr. Marsden in der Frühstückspause zu einer ihrer Mitarbeiterinnen sagen, »dann gibt es genug andere, die sie schaffen und willig sind. Wir haben hier keinen Platz für Leute, die nicht gesund sind.«
Viele der jungen Frauen – jene, die eine Familie hatten, die für sie aufkommen konnte, oder einen Liebsten, der bereit war, sie zu heiraten – gingen nach Hause. Neue Mädchen kamen an ihrer Stelle. Sie redeten einen fremdartigen Dialekt, und ihre Kleidung war ziemlich sonderbar. Sie wohnten nicht in den firmeneigenen Wohnheimen, sondern in einem Teil der Stadt, der unter dem Namen »Acker« bekannt war.
Der »Acker« gehörte nicht zu der Besichtigungstour, die man mit den ausländischen Würdenträgern unternahm, die kamen, um das prachtvolle Lowell zu sehen – die vorbildliche Industriestadt der Neuen Welt. In der Nähe des nördlichen Kanals schossen gedrungene Hütten aus groben Brettern und Grassoden aus dem Erdboden wie Pilze. Jedes hatte nur ein winziges Fenster und einige Löcher, um Licht einzulassen, und jede war gedrängt voll mit irischen Katholiken, die sich, wie man sagte, wie die Karnickel vermehrten.
Weiterhin ging das Gerücht um, diese Papisten, wie sie abfällig genannt wurden, seien bereit, für weniger Lohn zu arbeiten, und

da die Firmen keinen Zuschuß für Unterkunft und Verpflegung aufbringen mußten, sparten sie weiteres Geld ein, wenn sie junge Irinnen nahmen.
Diana lernte die neuen Mädchen an, so wie im Frühjahr Lyddie. Lyddie selbst war viel zu beschäftigt, um jemandem beizustehen. Sie durfte nicht zurückfallen in ihrer Produktion, sonst fiel auch ihr Lohn, und bevor sie sich versah, würde sie eine dieser verflixten Papistinnen von ihrer Arbeitsstelle verdrängen.
Jetzt kam ihr oft ganz ungewollt das Lied in den Kopf:
Ich kann keine Sklavin sein,
ich will keine Sklavin sein –
Es war ein trostloser Dezember ohne die Schneemassen, nach denen sich Lyddie so sehnte. Der Schnee, der fiel, verwandelte sich unter den Füßen zu vieler Menschen und dem Ruß der Asche zu vieler Kamine schon bald in einen schmutzigen Matsch. Lyddies Körper juckte diesmal sogar noch mehr als gewöhnlich im Winter. Das heiße Bad, das ihr Mrs. Bedlow am ersten Abend in ihrem eigenen Schlafzimmer hatte richten lassen, sollte während ihres ganzen Aufenthalts in der Stadt das einzige bleiben. Denn wie die meisten Firmen hatte es auch die Concord nicht für nötig erachtet, ihren Angestellten Badehäuser zur Verfügung zu stellen. Also wuschen sich die Mädchen gezwungenermaßen in Waschschüsseln in ihren Zimmern, in die Tim einmal pro Tag einen Krug kaltes Wasser schleppte.
Trotz der winterlichen Temperaturen war es übermäßig warm in der Fabrik, was an der von den Maschinen herrührenden Hitze lag, dazu an den Hunderten von Walöllampen, die angezündet wurden, weil die Tage kurz und trübe waren. Außerdem leitete man in Rohren Dampf in die Säle, um die Luft feucht zu halten, damit die Kettfäden nicht rissen und kostbare Zeit und teures Material verschwendet wurden.
Lyddie ging in der eisigen Dunkelheit zur Arbeit und kehrte bei Nacht zurück. Die Sonne bekam sie nie zu Gesicht. Die kurze Mittagspause war auch keine Hilfe. Der Himmel war immer grau

und drückte aufs Gemüt, der Rauch aus Tausenden von Kaminen hing tief und bedrohlich in der Luft.
In der Firma Lawrence, die ein Stück weiter flußabwärts lag, war ein Mädchen, während es mit den anderen zum Mittagessen hetzte, auf der vereisten Treppe ausgerutscht und hatte sich bei dem Sturz das Genick gebrochen. Und am selben Tag war ein Mann, der am Fabrikhof fertige Stoffballen auf die Eisenbahnwaggons lud, unter den Rädern zermalmt worden. Bei der Firma Concord gab es keine Toten, aber eines der kleinen irischen Mädchen im Spinnsaal war mit den Haaren in eine Maschine gekommen und schwer verletzt worden.
Diana sammelte Geld für die Krankenhausrechnung, aber Lyddie gab keine Münze her. Wie konnte sie für irgendeine Ausländerin Geld spenden, wo sie doch an ihre arme kleine Schwester denken mußte? Sie gelobte insgeheim, daß sie ihrer Mutter am nächsten Zahltag etwas schicken würde. Das Bankkonto, das sie eröffnet hatte, wuchs. Sie behielt es im Auge, wie man eine Färse im Auge behält und es kaum erwarten kann, bis sie das erste Mal Milch gibt. Sie versuchte sich nicht zu ärgern, wenn sie Geld abhob, um es ihrer Mutter zu schicken. Eigentlich hatte sie ja keine Ahnung, ob Mama auch wirklich etwas brauchte, denn immerhin war es schon zwei Jahre her seit ihrer Trennung. So geizig Judah und so verrückt Clarissa auch sein mochten, bestimmt ließen sie ihre eigene Schwester und deren Kind nicht hungern.
Weihnachten wurde nicht gefeiert, und es kam und ging fast unbemerkt. Zum neuen Jahr erhielt Amelia ein Geschenk von ihrer Mutter – ein Paar wollene Handschuhe, die sie wieder in das Papier wickelte, in dem sie angekommen waren, und in ihrer Truhe versteckte. Nur diejenigen, die gerade frisch von der Farm eintrafen, oder die irischen Mädchen, trugen in Lowell selbstgestrickte Handschuhe. Betsy bekam von ihrem Bruder einen Band mit Essays »für Deine Bildung«. Sie lachte über dieses Geschenk, denn sie wußte wohl, daß es mit dem Geld gekauft wor-

den war, das sie ihm jeden Monat schickte, damit er sein Studium finanzieren konnte. »Nun ja«, sagte sie. »Noch wenige Monate, dann ist mein kluges Bruderherz auf sich allein gestellt. Ach, wenn nur er das Mädchen und ich der Junge wäre! Stellt euch mal vor, *er* müßte arbeiten, um *mein* Studium zu finanzieren!«

Lyddie bekam keine Geschenke, erwartete auch keine, doch von Triphena kam ein kurzer Brief, in dem sie sich bedankte, weil ihr Lyddie das geliehene Geld zurückerstattet hatte. Von den Cutlers gab es nicht viel Neues zu berichten. Triphena erkundigte sich nach Lyddies Gesundheit und beklagte sich, die Herrin sei so streng wie eh und je. Willie sei schließlich und endlich davongelaufen, und der neue Junge und das neue Mädchen seien keinen Pfifferling wert. Lyddie mußte lächeln. Arme Triphena.

Dachte sie an Triphena, als es passierte? Oder war sie übermüdet? Es war am Freitag gegen Abend – dem schlimmsten Zeitpunkt der ganzen Woche. War sie unachtsam, als sie den Schützen wieder rechts in die Schützenbahn einlegte? Oder war ein Knoten im Schußfaden gewesen? Sie würde es nie erfahren. Anschließend erinnerte sie sich, daß sie das Schiffchen mit einer neuen Spule versehen, es in die Schützenbahn gegeben und den Webstuhl wieder angeworfen hatte . . . und im nächsten Augenblick lag sie am Boden, und aus ihrer rechten Schläfe floß Blut . . . der Schütze, der verdammte Schütze. Sie versuchte aufzustehen, sie mußte doch den Webstuhl abstellen, aber im nächsten Augenblick kam auch schon Diana angerannt, legte unterwegs mit beiden Händen die Hebel ihrer eigenen Webstühle und der von Lyddie um. Dann kniete sie sich neben Lyddie auf den Boden.

»Ach du lieber Gott!« sagte sie und legte Lyddies Kopf in ihren Schoß. Sie zog ihr Taschentuch hervor und drückte es fest gegen Lyddies Schläfe. Schon einen Augenblick später war es blutgetränkt. Behutsam zog sie ihre Schürze unter Lyddies Kopf hervor, riß sie von den Schultern und preßte sie gegen das durchweichte Taschentuch.

Weitere Mädchen hatten sich um sie versammelt. »Hol mir kaltes Wasser, Delia!« befahl Diana und rief dem Mädchen hinterher: »Aber sauberes!« Zu den anderen Mädchen gewandt, fügte sie hinzu: »Und Taschentücher brauche ich! Gebt mir alle, die ihr habt!«
In dem Kreis, den die Köpfe über ihnen bildeten, tauchte auch der von Mr. Marsden auf. Die Mädchen traten beiseite, um Platz zu machen. »Was ist denn hier los?« Seine Stimme war streng, aber sein Gesicht wurde aschgrau, als er auf die beiden Mädchen heruntersah.
»Sie wurde vom Schützen getroffen«, erklärte Diana.
»Was?« schrie der Aufseher über den Lärm hinweg.
»Schütze – Schütze – Schütze.« Das Wort flog hin und her wie ein Schütze in der Schützenbahn.
»Äh – äh – schafft sie weg hier.« Mr. Marsden hielt sich ein großes, blaues Taschentuch vor Nase und Mund und eilte zu seinem hohen Hocker zurück.
»Mir scheint, der kann kein Blut sehen«, sagte ein Mädchen, das neben Diana auf dem Boden kniete und ihr die Tüchlein reichte, die es bei den anderen eingesammelt hatte.
Endlich kam das kalte Wasser. Diana nahm ihre Schürze von Lyddies Schläfe. Die anfänglich starke Blutung hatte sich beruhigt und floß nur noch spärlich. Diana tauchte ein Taschentuch ins Wasser, dann wusch sie so sanft wie eine Kuh, die ihr Neugeborenes abschleckt, die Wunde aus. »Sind deine Augen in Ordnung?« fragte sie.
»Ich glaube schon.« In Lyddies Kopf hämmerte es, doch als sie die Augen öffnete, konnte sie ebenso gut wie sonst in dem staubigen, von Lampen erhellten Raum sehen. Fast sofort schloß sie die Augen wieder vor Schmerz.
»Was ist mit deinem Magen? Ist dir übel?« Lyddie schüttelte den Kopf, hörte aber gleich wieder damit auf, denn sobald sie sich bewegte, schienen die Schmerzen schlimmer zu werden.
Lyddie konnte hören, wie neben ihrem Ohr Stoff zerrissen wurde.

Sie öffnete die Augen. »Deine Schürze«, sagte sie. »Nicht –« Schürzen kosteten Geld.
Diana schien nicht zu hören und fuhr fort, bis sie die ganze Schürze in Streifen gerissen hatte. Sie band die am wenigsten mit Blut getränkten um Lyddies Kopf und befestigte sie mit einem schmäleren Stück. »Meinst du, du kannst aufstehen?« fragte sie.
Als Antwort machte sich Lyddie daran, sich zu erheben. Diana und Delia halfen ihr auf. »Bleib einen Augenblick stehen!« befahl Diana. »Versuch noch nicht, dich zu bewegen.«
Um Lyddie drehte sich alles. Sie griff zum Warenbaum des Webstuhls nach Halt. Diana legte ihr den Arm um die Schultern. »Stütz dich auf mich«, sagte sie. »Ich bringe dich heim.«
»Die Glocke hat doch noch gar nicht geläutet«, protestierte Lyddie schwach.
»O Lyddie, Lyddie«, gab Diana zurück. »Was machen wir denn nur mit dir?« Sie seufzte und zog Lyddie an sich. »Delia, hilf uns bitte die Treppe hinunter. Den restlichen Weg schaffe ich schon alleine.«

Sie gingen langsam, Schritt für Schritt, und blieben immer wieder stehen, um auszuruhen. »Wir dürfen nicht zulassen, daß sich die Wunde wieder öffnet«, sagte Diana. »Vorsichtig, ganz vorsichtig.« Mrs. Bedlow half Diana dabei, Lyddie die Treppe hinaufzubringen, und zwar ins Krankenzimmer im zweiten Stock, nicht in Lyddies Zimmer, wie diese es gern gewollt hätte. Aber in Lyddies Kopf trommelte es so, daß sie nicht darauf bestand, noch eine weitere Treppe hinaufzusteigen.
»Ich werde Tim losschicken, damit er Dr. Morris holt«, hörte sie Mrs. Bedlow sagen. Nein, nein, wollte Lyddie einwenden. Ärzte kosten Geld.
»Nein«, widersprach Diana. »Nicht Dr. Morris. Er soll zu Dr. Craven in der Fletcher Street gehen.«
Lyddie schlief, als der Arzt kam, aber als sie Gemurmel über sich vernahm, öffnete sie die Augen.

»Lyddie«, sagte Diana leise. »Dr. Craven will sich die Wunde ansehen.«
Die beiden standen neben ihrem Bett. Dianas Gesicht war gerrötet, während sie besorgt auf Lyddie hinuntersah. Der Arzt war ein gutaussehender, junger Herr mit Bart. Seine dunkelbraunen Augen musterten prüfend die ihren, seine langen, schmalen Hände waren schon ausgestreckt, um Dianas provisorischen Verband zu lösen. »Nun wollen wir uns die Wunde mal ansehen«, sagte er mit einer Stimme, die gleichzeitig besorgt und beruhigend klang.
Lyddie schnappte nach Luft.
Er zog die Hände zurück. »Tut es weh?« fragte er.
Lyddie schüttelte den Kopf. Es war nicht Schmerz, der sie hatte zusammenzucken lassen. Es war der Anblick dieses Mannes. Sie hatte ihn schon mal gesehen – und zwar mit Diana zusammen –, letzten Sommer auf der Merrimack Street.

Ein Besuch und ein Brief

Samstag nachmittag kehrte sie in ihr eigenes Zimmer zurück, und bis Sonntag hatte der Schmerz nachgelassen. Dr. Craven hatte rings um die Wunde die Haare abgeschnitten und einen ordentlichen Verband angelegt, den Lyddie jetzt aber abnahm. Sie wollte am nächsten Tag wieder zur Arbeit gehen, trotz kahler Stelle und allem. Eitel war sie noch nie gewesen – sie hatte auch noch nie Grund dazu gehabt, um ehrlich zu sein. Also brauchte sie jetzt nicht damit anfangen, sich zu sorgen, wie sie aussah.
Zuerst machten Amelia und Mrs. Bedlow Einwände, weil sie schon so rasch wieder arbeiten gehen wollte, aber sie gaben schnell auf. Lyddie wollte in den Websaal zurück, komme, was wolle. »Wenn Sie die Arbeit nicht schaffen . . .« hatte Mr. Marsden gesagt. Außerdem kam Diana Sonntag abend vorbei und sag-

te, sie sähe wieder ganz gesund aus. Die mußte es ja schließlich wissen.
Lyddie ging früh zu Bett, doch sie konnte nicht schlafen. Sobald sie sich hinlegte, schien das Klopfen in ihrem Kopf schlimmer zu werden. Sie dachte an ihre Familie – was wäre gewesen, wenn dieser verflixte Schütze sie umgebracht oder ihr das Auge ausgeschlagen hätte? Was hätte sie dann getan? Und Diana. Was sollte Lyddie davon halten? Sie hatte es nicht gewagt, Diana wegen Dr. Craven auszufragen, und ihre Freundin hatte nicht erklärt, warum sie ihn hatte holen lassen und nicht Dr. Morris, der die Mädchen von Wohnheim Nummer fünf sonst betreute. Dr. Craven schien ein ebenso guter Arzt zu sein wie alle anderen – nein, besser. Er hatte keine Rechnung hinterlassen.
Die Abendglocke läutete. Amelia kam zu Bett, ebenso wie Betsy, doch die ließ ihre Kerze brennen und lernte bis in die Nacht hinein, wie sie es häufig tat. Endlich pustete auch sie ihr Licht aus und schlüpfte unter die Decke. Dann fing es an, dieses schreckliche, quälende Geräusch, vor dem sich Lyddie mit der Zeit so fürchtete, daß sich jede einzelne Nervenfaser ihres Körpers zusammenkrampfte. Schließlich hörte es auf.
»Betsy, ich wollte, du würdest Dr. Morris wegen deines Hustens konsultieren«, erklang Amelias Stimme aus dem anderen Bett.
»Ich bin ein großes Mädchen, Amelia. Sei so gut und hör auf, an mir herumzumeckern.«
»Ich meckere nicht. Wenn du nicht so stur wärst . . .«
»Was würde er mir sagen, Amelia? Ich solle mich ausruhen? Wie auch? Ich habe nur noch einige wenige Monate vor mir. Wenn ich jetzt aufhöre –«
»*Ich* werde aufhören.«
»Wie bitte?«
Ein Seufzer erklang in der Dunkelheit. »Ich gehe weg – ich kehre nach Hause zurück.«
»Nach Hause?«
»Ich – ich bin soweit, daß ich das Fabrikleben hasse. Oh, Betsy,

ich hasse, was es mir antut. Ich kenne mich selbst nicht wieder. Diese Fabrik macht eine alte mürrische Jungfer aus mir.«
»Das ist nur der Winter.« Betsys Stimme war freundlicher als gewöhnlich. »Es ist schwierig, guter Dinge zu bleiben, wenn es unentwegt so düster ist. Bis zum Frühling bist du wieder unsere Hausheilige geworden.«
Amelia ging nicht auf Betsys Neckerei ein. »Ich habe schon andere Winter durchgemacht«, sagte sie. »Es liegt nicht an der Jahreszeit.« Sie seufzte noch einmal, tiefer als zuvor. »Ich bin müde, Betsy. Ich kann bei dieser Geschwindigkeit nicht mithalten.«
»Wer kann das schon? Abgesehen von Lyddie, unserer Amazone?« Betsys Gelächter verwandelte sich abrupt in einen Husten, der das ganz Bett schüttelte.
Lyddie kugelte sich fest zusammen und versuchte sich vor dem Geräusch zu verschließen. Hustete Betsy schon lange so? Warum war ihr das bisher nicht aufgefallen? Bestimmt gab es einen Sirup oder einen kräftigenden Trank – vielleicht sogar Opium . . .
»Du *mußt* zum Arzt mit diesem Husten«, sagte Amelia. »Versprich es mir.«
»Ich werde einen Pakt mit dir schließen, Amelia. Wenn du mir versprichst, bis zum Sommer zu bleiben, dann gehe ich zum Arzt. Ich kann mir unser Wohnheim ohne dich nicht vorstellen.« Betsy brach ab, um wieder zu husten, dann räusperte sie sich und sagte mit immer noch heiserer Stimme: »Wie soll ich es denn aushalten ohne dich? Du bist doch meine allgegenwärtige Geißel, du bist mein – mein Schutzengel.«
Nach diesem Abend war eine seltsame Nähe zwischen Lyddies Zimmergenossinnen, aber trotzdem fuhr Amelia in der letzten Januarwoche auf einen Besuch nach Hause und kam nicht mehr wieder. Sie schrieb, ihr Vater hätte für sie eine Stelle als Lehrerin im nächsten Dorf gefunden. »Vergib mir, Betsy«, schrieb sie. »Und sei bitte so gut und geh zum Arzt.«

Jetzt, wo Lyddie das Bett für sich allein hatte, machte ihr Betsys

Husten weniger zu schaffen. Und obwohl sich Betsy nie dazu entschließen konnte, zu Dr. Morris zu gehen, ging es ihr besser, wie sich Lyddie sagte. Gewiß hustete sie weniger heftig als zuvor. Lyddie vermißte Amelia. Eigentlich hatte sie erwartet, sie würde erleichtert sein, wenn sie nicht mehr da wäre, aber Betsy hatte recht. Auf eine merkwürdige Art brauchten sie Amelia – ihren lästigen Schutzengel – alle beide.

Lyddies Wunde war gut verheilt. Das Haar wuchs nach und verdeckte die Narbe. Sie arbeitete so gut und so hart wie zuvor. Ihr Januarlohn belief sich auf elf Dollar und zwanzig Cent, nach Abzug der Kosten für Unterkunft und Verpflegung. Alles lief prächtig, als Mr. Marsden sie eines Abends aufhielt, gerade als sie gehen wollte. Die Maschinen waren verstummt, also konnte sie nicht so tun, als hörte sie nicht, was er sagte.

»Geht es Ihnen wieder gut? Kein Problem mit dem – dem Kopf?«

Sie nickte und machte Anstalten, sich auf den Heimweg zu machen. »Sie müssen gut auf sich aufpassen. Sie sind doch mein bestes Mädchen hier.« Er legte die Hand auf ihren Arm. Lyddie warf einen Blick darauf, bis er sie wieder wegnahm. Er errötete ein wenig, und sein kleiner rosiger Mund kam in Bewegung, noch bevor er den nächsten Satz in Angriff nahm.

»Morgen kommen neue Mädchen – längst nicht so geschickt wie Sie, aber vielversprechend. Ob Sie wohl eines unter Ihre Obhut nehmen und zum Anlernen an einen Ihrer Webstühle stellen könnten?«

Verdammt. Es war unmöglich, abzulehnen. Wie konnte sie ihm erklären, daß sie es sich nicht leisten konnte, bei ihrer Arbeit aufgehalten zu werden? Daß sie keines dieser Dummchen brauchen konnte, das an ihren Webstühlen herumfummelte? »Ich muß meine Stückzahl schaffen«, murmelte sie.

»Ja«, sagte er. »Natürlich müssen Sie das. Es wäre ja nur für einen Tag oder zwei. Ich würde doch nicht zulassen, daß jemand Sie aufhält.« Er lächelte mit dem Mund, aber nicht mit den Augen. »Sie sind doch hier mein Parademädchen.«

Ich bin nicht Ihr Mädchen. Ich bin niemandes Mädchen. Ich gehöre nur mir selbst!
»Also, abgemacht«, sagte er und streckte die Hand aus, um sie noch einmal zu tätscheln. Aber Lyddie nahm schnell den Arm weg, um der Berührung auszuweichen.

Brigid, das neue Mädchen, kam vom »Acker«. Es war durch und durch eine irische Katholikin, trug mehrere Lagen seltsamer Umhänge und hatte einen Körpergeruch, der noch schlimmer war als der von Lyddie. Nicht nur Armut und Winterschweiß zogen Lyddie in die Nase, sondern Elend. Der einzige Vorzug der Neuen war, daß sie das Amerikanisch, so wie man es hier in Neuengland sprach, besser beherrschte als die meisten ihrer Landsmänninen. Nicht daß sie viel gesagt hätte. Sie schien ganz betäubt zu sein vom Lärm der Maschinen und zu eingeschüchtert, um Fragen zu stellen, selbst wenn es nötig gewesen wäre.
Was das Knüpfen eines Weberknotens betraf, so schaffte sie es einfach nicht. Lyddie machte es vor – ihre mit Talk überpuderten Finger ergriffen die Fäden, legten sie zu einer Schlinge, ließen die Enden durchgleiten, zogen fest an – alles in einer einzigen, flüssigen Bewegung, die wie durch ein Wunder einen heilen Kettfaden erzeugte, wo auch nicht die kleinste Verdickung erkennen ließ, daß er gerissen war.
»Du siehst ja nicht mal hin!« rief das Mädchen entsetzt. Und natürlich tat Lyddie das nicht. Es war unnötig. Ihre Finger hätten den Knoten auch um Mitternacht auf dem Abort geschafft. Und er hätte gehalten. Und wäre unsichtbar gewesen.
»Sieh her!« befahl Lyddie. Sie hatte große Mühe, nicht die Geduld zu verlieren. »Diesmal werd ich ihn langsamer knüpfen.« Mit raschen Handbewegungen stellte sie die vier Webstühle ab. Dann schnitt sie mit einer Schere zwei Fäden von einer Spule, nahm das Mädchen mit zum Fenster, wo es heller war, und verschwendete mindestens fünf kostbare Minuten darauf, den nutz-

losen Knoten immer wieder zu knüpfen, bis die junge Irin schließlich ein klumpiges Gebilde zuwege brachte.

Lyddie nickte ruckartig und sagte unwirsch: »Übung macht den Meister.« Ihr war sehr daran gelegen, die schweigenden Webstühle wieder zum Leben zu erwecken.

Beim Einfädeln des Schützen stellte sich die Neue fast noch tolpatschiger an. Lyddie ließ die volle Spule einschnappen, legte den Mund ans Fadenende, saugte den Faden an und zog ein gutes Stück davon heraus. Das wickelte sie rasch um einen Tempelhaken, ließ den Schützen wieder in die Schützenbahn fallen und setzte den Webstuhl in Gang. Als die leere Schußspule wieder gegen eine volle ausgetauscht werden mußte, ließ sie die Irin das Einfädeln besorgen. Während Lyddie zusah, wie sie den Mund an das kleine Loch legte und den Faden ansaugte, kam ihr das Wort »Todeskuß« in den Sinn. Sie hatte es immer für einen spaßigen Ausdruck gehalten, den die Weberinnen untereinander benutzten. Aber nun war da diese schlecht riechende Ausländerin, die an Lyddies Weberschiffchen saugte und um das Fadenauge herum ihren Speichel hinterließ. Lyddie wischte die Spitze rasch an ihrer Schürze ab, bevor sie den Schützen am rechten Ende in die Ladenbahn knallte. »Wir wollen vermeiden, daß Schützen hier herumfliegen!« rief sie. Sie war fast ebenso rot geworden wie die junge Irin.

Am Ende des ersten Tages war das Mädchen noch lange nicht bereit, einen eigenen Webstuhl zu übernehmen. Aber Lyddie war die Geduld ausgegangen. Sie sagte Mr. Marsden, er solle der Irin eine Maschine neben ihren eigenen zuteilen. »Dann werd ich ein Auge auf sie haben, während ich mich um meine Arbeit kümmere.«

Noch vor der Mittagspause am nächsten Tag hatte ein fliegender Schütze die junge Irin an der Schulter gestreift. Dazuhin hatte sie eine leere Spule nicht rechtzeitig ausgetauscht und ein gutes Stück Stoff verdorben. Und anstatt auf der Stelle den Webstuhl abzustellen, als ein Kettfaden riß, schlug sie die Schürze vors Gesicht und brach in Tränen aus.

»Stell deine Maschine ab!« schrie Lyddie zu ihr hinüber. »Diesmal kannst *du* den Knoten knüpfen. Inzwischen müßtest du's ja kapiert haben, oder nicht?« Wieder kamen dem Mädchen die Tränen. Bevor sich Lyddie entschließen konnte, was sie mit ihr anfangen sollte, war Diana da und legte heftig den Hebel um. Lyddie bekam vor Scham ein heißes Gesicht. Sie sah zu, wie Diana kein bißchen ungeduldig dem Mädchen half, die zerrissenen Enden hervorzufischen und einen Weberknoten zu knüpfen. Als das ältere Mädchen schließlich zurücktrat und dem jüngeren befahl, den Webstuhl wieder anzuwerfen, berührte Lyddie Dianas Arm und formte die Worte »tut mir leid« mit den Lippen.

Diana nickte und kehrte an ihre Arbeit zurück. Am Abend, als sich die Mädchen auf den Heimweg machten, fand sich Lyddie auf der Treppe neben Diana wieder.

»Die wird gut zurechtkommen, deine Brigid«, sagte Diana.

»Oh, ich weiß nicht«, entgegnete Lyddie und fragte sich, woher Diana den Namen des Mädchens kannte, wo sie selbst doch keine Ahnung hatte, wie es hieß. Auch daß Diana diese Ausländerin »deine Brigid« nannte, ärgerte sie. Gewollt hatte Lyddie sie ganz sicher nicht. »Sie scheint nur aus linken Händen und Tränen zu bestehen. Komplette Närrinnen, diese Mädchen aus Irland.«

Diana lächelte ironisch. »Eine Woche lang oder zwei haben wir am Anfang alle das Recht, uns wie Närrinnen aufzuführen, meinst du nicht?«

Lyddie wurde blutrot. »Ich hab mich nie ordentlich bei dir bedankt, daß du mich damals unter deine Fittiche genommen hast«, sagte sie. »Und dein Doktor hat nie 'ne Rechnung geschickt. Ich will mich ja nicht drüber beklagen, aber –«

Auf das Thema »Arzt« ging Diana nicht ein. »Dein Kopf scheint wieder in Ordnung zu sein. Wie fühlst du dich? Keine Schmerzen mehr, hoffe ich.«

»Oh, mir geht's gut«, antwortete Lyddie. »Bloß bin ich so reizbar wie ein altes Mutterschwein.«

»Reizbar genug, um unsere Eingabe zu unterschreiben?« flüsterte Diana.
Diana wollte sie necken, da war Lyddie sicher. »Ich glaub, ich hab nicht vor, jemals so reizbar zu werden«, gab sie zurück.

Betsy unterschrieb. Eines der Mädchen vom Frauenverein zur Verbesserung der Arbeitsbedingungen schnappte sie sich eines Abends in einer Apotheke und brachte sie dazu, ihren Namen auf die Liste zu setzen.
Lyddie war wütend. »Sie haben dich erwischt, als es dir grad nicht so gutging«, sagte sie. »Sie schleichen in der Stadt rum und machen sich's zunutze, wenn man mal krank ist oder erschöpft. Jetzt kommst du auf die schwarze Liste. Was soll aus mir werden ohne dich?«
»Besser ich verschwinde mit Schwung als mit Jammern und Klagen, findest du nicht?« Aber Betsy kam nie in den Genuß ihres Abgangs, so wie sie ihn sich vorstellte. Man setzte sie weder auf die schwarze Liste, noch wurde sie entlassen.
Ihr Husten wurde nicht besser. Sie bat um eine Versetzung in den Einziehsaal. Das Einziehen der Kettfäden in die Litzenaugen des Kettgeschirrs und durch die Stäbe des Webriets mußte sorgfältig von Hand erledigt werden. Die Luft im Einziehsaal war sauberer, und es war auch viel weniger laut dort. Zwar erforderte das Einziehen Geschick, doch brauchte man nicht die körperliche Kraft, die in den Maschinensälen gefordert war. Außerdem saßen die Mädchen bei ihrer Arbeit auf hohen Hockern. Es war eine willkommene Abwechslung für Betsy, aber die Versetzung kam zu spät. Der Husten blieb. Sie begann, einzelne Tage in ihrem Zimmer und später im Krankenzimmer zu verbringen. Als sie anfing, Blut zu husten, forderte Mrs. Bedlow schließlich eine Verlegung ins Hospital.
Am Sonntag ging Lyddie sie besuchen. Sie nahm Betsys Botaniktext und ein paar Romane mit, die sie in der Leihbücherei zwanzig Cent kosteten.

»Du mußt mich rausholen hier«, sagte Betsy zwischen zwei Hustenanfällen. »Sie werden mir jeden Penny abnehmen, den ich gespart habe.« Aber wo sollte Betsy hin? Mrs. Bedlow scheute die Verantwortung und wollte sie nicht im Wohnheim haben, und Dr. Morris sagte, um nach Maine zu ihrem Onkel zu reisen, sei sie zu schwach.

Lyddie schrieb an Betsys Bruder. Er war in Cambridge – mit der Kutsche oder dem Zug nur eine knappe Tagesreise entfernt –, aber es dauerte drei Wochen, bevor er antwortete, er müsse für seine Abschlußexamen lernen und könnte es vielleicht ermöglichen, nach Semesterschluß einen Besuch bei seiner Schwester zu machen.

Betsy lachte nur. »Tja«, sagte sie, »unser kleines, süßes Jungchen.« Als sie husten mußte, war wieder ein roter Fleck auf ihrem Taschentuch.

»Du hast ihm doch sein ganzes Studium finanziert!«

»Würdest du für deinen Charlie nicht genau dasselbe tun?«

»Aber Charlie –« Lyddie hatte »würde sich auch um mich kümmern« sagen wollen, hielt sich aber noch rechtzeitig zurück.

»Unsere Eltern sind tot, und er ist der Sohn und der Erbe«, sagte Betsy, als erklärte das alles.

Nachdem es wärmer wurde, ging es Betsy ein wenig besser, und im April kam ihr Onkel, um sie nach Maine mitzunehmen. Aber bis dahin war ihr ganzes Erspartes aufgebraucht, ebenso wie ihre Schönheit. »Halt mir mein Bett frei, Lyddie. Nächstes Jahr komme ich wieder und fange noch mal von vorne an. Und irgendwann werde ich genug Geld beisammen haben, um ins College zu gehen, egal, wie weit die Stücklöhne bis dahin sinken mögen. Vielleicht werde ich das älteste Mädchen von der ganzen Firma sein, bis ich die nötige Summe wieder habe. Aber wenn sie in diesem College schon bereit sind, weibliche Wesen aufzunehmen, dann werden sie wegen ein paar grauen Haaren und Falten keine Geschichten machen.«

Sie wird nie mehr wiederkommen, dachte Lyddie traurig, als sie zusah, wie der leichte, vierrädrige Wagen um die Ecke bog, um Betsy und ihren Onkel zum Bahnhof zu bringen, wo sie den Zug nach Norden nehmen würden. Sie wird nie wieder stark genug sein, um dreizehn oder vierzehn Stunden pro Tag in einer Textilfabrik zu arbeiten. Wenn ich selbst mal soweit bin, um hier wegzugehen, kann ich diese verflixte Eingabe vielleicht ebenfalls unterschreiben. Nicht für mich selbst. Ich brauche keinen Zehnstundentag. Sondern für Betsy und die anderen. Es ist nicht richtig, daß diese Firmen ihnen erst all ihre jugendliche Energie stehlen und sie dann in den Wind blasen wie Spreu.

Er stand an der Haustür ihres Wohnheims, als sie mit den anderen zum Mittagessen angehetzt kam. »Lydia Worthen . . .« Er sagte ihren Namen so leise, daß sie fast an ihm vorbeigegangen wäre, ohne ihn zu hören. »Lyddie . . .«
Sie drehte sich der unbekannten Stimme zu. Da stand ein großer, fremder Mann. Später wurde ihr klar, daß er seinen ausladenden schwarzen Quäkerhut nicht aufgehabt hatte. In der Sonne waren seine Haare so rostrot wie die Brust eines Rotkehlchens. Mehrere Mädchen stießen Lyddie an und kicherten, während sie sich an ihr vorbei und die Stufen empordrängten.
»Ich hatte gehofft, daß du kommen würdest«, sagte er. Er war so groß, daß er sich vornüberbeugen mußte, um mit ihr zu reden. »Ich bin Luke Stevens.« Seine ernsten braunen Augen wanderten prüfend über ihr Gesicht. »Hast du mich vergessen?«
»Nein«, sagte sie. »Vergessen hab ich dich nicht. Ich hätt' nur niemals erwartet –«
»Ich fragte mich schon, ob du mich in dieser seltsamen Kleidung erkennen würdest.« Er trug Hemd und Hose aus grobem, geköpertem Baumwollstoff – die Art von Stoff, wie ihn die Textilfabriken von Lowell in Massen produzierten. In seinem Quäkerhut und der braunen, von seiner Mutter handgesponnenen Kleidung hätte sie ihn sofort erkannt. »Ich bringe eine Fracht nach Nor-

den«, sagte er fast flüsternd und schaute über die Schulter, während er sprach. »Sie können Freunde brauchen, wenn sie unterwegs sind.«
»Oh«, sagte sie, ohne wirklich zu verstehen.
»Das da schickt dir mein Pa«, sagte er und übergab ihr ein dickes, braunes Päckchen, etwa in der Größe eines kleinen Buches. »Er wollte es nicht riskieren, es mit der Post zu schicken, und da ich auf dem Weg nach Boston bin . . .«
Sie nahm den Umschlag aus seiner großen, rauhen Farmerhand entgegen. »Danke für die Mühe«, sagte sie.
»Es war keine Mühe.« Wurde er rot unter dieser von Sonne und Wind gegerbten Haut? Wie sonderbar er war.
Sie hatte das Bedürfnis, höflich zu ihm zu sein. »Vielleicht könnte dir Mrs. Bedlow was zu essen geben«, sagte sie. »Wir kommen grad für unsere Mittagsmahlzeit.«
»Ich kann mich nicht länger aufhalten. Ich werde in – in Boston erwartet. Aber – aber, ich danke dir.«
»Nun –«
»Also werd ich mich jetzt auf den Weg machen –«
»Nun . . .« Sogar durch die geschlossene Haustür konnte sie das Geklappere und das Geschnattere der Mädchen hören. Wenn er jetzt nicht ging, würde ihr nicht mal mehr eine Minute für ihr Essen bleiben.
»Hat mich sehr gefreut, dich zu sehen, Lyddie Worthen«, sagte er. »Du fehlst uns da oben auf dem Berg.«
Sie versuchte ihn anzulächeln. »Danke für das Päckchen –« Was immer darin stecken mochte. »– es war sehr freundlich von dir, es mir zu bringen.« Wann ging er denn endlich, um alles in der Welt?
»Deinem Charlie geht es gut«, sagte er. »Erst letzte Woche hab ich in der Mühle vorbeigeschaut.«
Charlie. »Es geht ihm gut? Ist er gesund und – und zufrieden?«
»So vergnügt wie eh und je. Ein guter Junge, Lyddie.«

»Ja. Weiß ich. Sag ihm – sag ihm schöne Grüße von mir, wenn du ihn mal wieder siehst, ja?«
Er nickte. »Dein Haus hat den Winter gut überstanden.« Er sah, daß sie einen Blick zur Tür warf. »Ich darf dich nicht länger von deinem Mittagessen abhalten«, sagte er. »Gott sei mit dir.«
»Und mit dir auch«, antwortete sie.
Er grinste zum Abschied und war verschwunden.
Erst nach dem Abendessen kam sie dazu, das Päckchen zu öffnen. Es enthielt, in mehrere Lagen Packpapier eingewickelt, ein seltsames, offiziell wirkendes Schriftstück, aus dem sie zuerst nicht schlau wurde, dazu einen Brief in einer ihr unbekannten Handschrift.

Liebe Miß Lydia!
Sicher haben Sie inzwischen alle Hoffnung aufgegeben und sind zu der Überzeugung gelangt, daß ich ein Mann bin, der sein Wort nicht hält. Bitte vergeben Sie die Verspätung. Dank der guten Dienste, die mir unsere Freunde, die Stevens' – wahre Freunde, in der Tat –, erwiesen haben, und dank Ihrer barmherzigen Leihgabe ist es mir gelungen, mich nach Montreal durchzuschlagen. Zu meiner großen Freude ist nun auch meine Familie hier angelangt. Ich habe deshalb eine Zahlungsanweisung beigelegt, und zwar auf eine Summe, die nie begleichen kann, was ich Ihnen schulde.
In immerwährender Dankbarkeit, Ihr Freund,
Ezekial Freeman

Sie konnte es nicht glauben. Fünfzig Dollar. Am nächsten Tag ließ sie das Mittagessen ausfallen und rannte statt dessen zur Bank. Ja, es war tatsächlich eine Zahlungsanweisung von einer zahlungskräftigen Bank in Montreal. Fünfzig Dollar. Mit einem einzigen Stück Papier war ihr Konto angeschwollen wie eine Kuh, die kurz vor dem Kalben steht. Sie mußte auf der Stelle erfahren, wie hoch ihre Schulden waren. Möglicherweise war sie schon reich genug, um sie zu bezahlen. Warum hatte Mutter ihren Brief nicht beantwortet? Wußte sie überhaupt, wie hoch die Schulden waren? Oder war es ihr egal? Hatte sie die Farm vielleicht schon immer gehaßt? War sie froh, daß sie alles vom Hals hatte?

Noch am selben Abend schrieb Lyddie noch einmal.

Liebe Mutter!

Du hast mir nicht auf den Brief geantwortet, den ich vor einigen Monaten geschrieben habe. Ich muß wißen, wie hoch unsere Schulden genau sind. Schreib schnel.

Deine Dich liebende Tochter,

Lydia Worthen

Sie nahm sich nicht die Zeit, die Rechtschreibung zu überprüfen, sondern klebte den Brief auf der Stelle zu. Dann öffnete sie ihn widerstrebend noch einmal, um einen Dollar hineinzustecken.

Nachts wachte sie auf und grübelte darüber nach, wie sie einmal gewesen und was inzwischen aus ihr geworden war. Fragte sich verwundert, warum sie damals fast freudig einem vollkommen Fremden alles gegeben hatte, was sie besaß, und jetzt Mühe hatte, ihrer eigenen Mutter einen einzigen Dollar zu schicken.

Rachel

Lyddie sagte keinem etwas von dem Geld. Diana hätte sie es gern erzählt. Die hätte sich mit ihr gefreut, das wußte sie, aber sie entschloß sich zu warten. Jetzt würde es nicht mehr lange dauern, bis sie soviel beisammen hatte, wie sie brauchte, und wenn es soweit war, würde sie Diana überraschen und die Eingabe unterschreiben. Dann, nur eine Woche, nachdem ihr Luke das Geld gebracht hatte, kam ein zweiter Besucher, der ihr Leben veränderte.

In dem Versuch, ein schwaches Lüftchen in ihr stickiges Zimmer zu locken, während sie in der Waschschüssel ihre Strümpfe und ihre Unterwäsche wusch, hatte sie die Tür aufgelassen. Plötzlich wurde sie gewahr, daß Tim draußen stand. Sie hob den Kopf.

»Meine Ma schickt mich. Ich soll Ihnen sagen, daß unten im Aufenthaltsraum Besuch ist für Sie. Ein Herr.«

Charlie! Er mußte es ein, zu einem Mann herangewachsen. Denn wer sonst sollte sie besuchen? Luke Stevens konnte man nicht richtig mitrechnen. Sie drückte ihre Wäsche aus und wischte sich hastig die Hände an der Schürze ab, während sie die Treppe hinunterrannte.

Aber es war nicht Charlie, der da in der Ecke des Speisesaals, von Mrs. Bedlow Salon genannt, auf sie wartete. Es war auch nicht Luke. Sie fragte sich, warum ihn Tim als Herrn bezeichnet hatte. Zuerst war sie sicher, daß sie ihn nicht kannte. Er schien so fehl am Platz zwischen den gutgekleideten, schnatternden Fabrikmädchen, der kleine, magere Mann mit dem wettergegerbten Gesicht und der handgesponnenen Kleidung eines Bergfarmers.

»Kennst du denn deinen Onkel nicht mehr?« fragte der Mann im selben Augenblick, als sie ihn erkannte. Es war Judah, Tante Clarissas Ehemann, den sie nicht mehr gesehen hatte, seit sie ein kleines Kind gewesen war.

»Hab's in zwei Tagen geschafft«, prahlte er. »Hab im Wagen geschlafen.«

Sie versuchte zu lächeln, aber ihr Herz schlug wie ein Hammer in ihrer Brust. Was hatte ihn hergebracht? Alles, was mit Clarissa zu tun hatte, hatte nichts Gutes zu bedeuten. »Was ist passiert?« Lyddie redete so leise wie möglich. Sie spürte, daß alle hersahen. »Warum bist du hier?«

Sofort wurde er ernst, als wäre ihm soeben eingefallen, daß ihm eine feierliche Pflicht oblag. »Deine Tante Clarissa hat gedacht, man müßt's dich wissen lassen –«

»Was?« Lyddie fröstelte.

»Stabil war sie ja nie, deine Ma –«

»Ist es das Fieber? Hat sie das Fieber gekriegt?«

Er ließ den Blick über die Mädchen wandern, die herumsaßen und so taten, als hörten sie nicht zu, die aber wachsam die Ohren spitzten wie in der Wildnis lebende Tiere auf einer freien Fläche. Er senkte die Stimme und klopfte sich an den Kopf. »Stabil da oben, hab ich gemeint.«

Lyddie starrte ihn an. Was hatten sie mit ihrer Mutter gemacht? Judah wurde es unbehaglich zumute unter ihrem Blick, und er senkte die Augen. »Also war'n wir gezwungen –«

»Was habt ihr mit meiner Mutter gemacht?« flüsterte sie heftig.

»Wir war'n gezwungen, sie in – in die Anstalt von Brattleboro einzuweisen.«

»Aber das ist doch eine Irrenanstalt!«

Judah machte ein Gesicht wie ein geprügelter Hund und seufzte schwer. »Die Pflege is' der armen Clarissa einfach zu viel geworden, wo sie doch selber so zart is'.«

»Warum habt ihr nicht erst mal mit mir gesprochen? Ich war auch früher für meine Mutter verantwortlich. Ich komm zurecht mit ihr.«

Er legte den Kopf schief. »Du warst ja nicht da.«

»Wo ist Rachel? Was habt ihr mit der Kleinen gemacht?«

Judah war erleichtert über den Themenwechsel. »Der geht's prächtig. Sie hockt vorm Haus im Wagen. Ich hab sie dir gebracht.«

Lyddie drängte sich an ihm vorbei und zur Tür hinaus. Draußen stand der Karren von Judahs Farm. Ohne zu wissen, wie komisch und deplaziert sie auf einer städtischen Straße wirkten, käuten die geduldigen Ochsen zufrieden wieder. So stickig es oben im Haus auch sein mochte, hier draußen auf der Straße war es feucht und kühl. Rachel saß zitternd auf der Wagenbank. Sie war in ein abgetragenes Umschlagtuch gewickelt, das Lyddie als das ihrer Mutter erkannte.

Sie trat auf das Trittbrett und hob das Kind herunter. Rachel war zu leicht. Sie fühlte sich an wie eine Lumpenpuppe, ganz ohne Knochen. Während Lyddie die Stufen zur Haustür hochging, spürte sie, wie das winzige Bündel unter dem Umschlagtuch zitterte. »Alles in Ordnung, Rachie. Ich bin's, Lyddie«, sagte sie und hoffte, das Kind möge sich noch an sie erinnern.

Sie trug Rachel nach drinnen, wo Judah immer noch stand und nervös in den Rand seines schweißfleckigen Huts kniff. »Das is' deine Schwester, Rachie!« sagte er dröhnend und mit gekünstelter Munterkeit. Lyddies Mitbewohnerinnen schnappten nach Luft. »Wir haben dich zu Lyddie gebracht, so wie's dir deine Tante Clarissa versprochen hat.«

»Hast du ihre Sachen?«

Als Antwort ging er zum Karren hinaus und brachte einen Sack, der ganz unten eine kleine Ausbuchtung hatte.

»Und was ist mit den Sachen meiner Mutter?« fragte Lyddie kalt. Jetzt scherte sie sich nicht mehr um ihr Publikum und darum, was es hörte.

»Sie hatte ja so gut wie nix«, sagte Judah. Lyddie hakte nicht nach. Vermutlich war er nicht weit von der Wahrheit entfernt.

»Nu'«, sagte er wieder und sah von einer Schwester zur anderen. »Dann mach ich mich also wieder auf'n Weg.«

»Ich komm unsere Mutter sobald wie möglich holen. Gleich wenn ich die Schulden bezahlt hab. Dann nehm ich sie mit heim und pfleg sie selber.«

An der Tür drehte er sich noch einmal um. Er hatte die Hutkrempe fest aufgerollt in seiner großen Hand. »Heim?«

»Heim«, wiederholte sie. »Auf unsere Farm.«

»Die wird verkauft«, sagte er. »Wir brauchen Geld – um – um die Anstalt zu bezahlen.«

»Nein!« Lyddies Stimme war so scharf, daß sämtliche Mädchen ihre Beschäftigungen sein ließen und herüberstarrten. Sogar die kleine Rachel begann auf ihrem Arm zu zappeln und sah sie erschrocken an. Lyddie ging nah zu Judah hin. Wieder senkte sie

die Stimme zu einem wütenden Flüstern. »Keiner kann unser Land verkaufen, außer meinem Vater.«
»Er hat's erlaubt.«
»Wie?« Wilde Hoffnung stieg in ihr auf. Ihr Vater! Sie hatten von ihm gehört! »Wann?«
»Bevor er wegging. Er hat's aufschreiben lassen und sein Kreuz druntergesetzt. Für'n Fall eines Falles –«
Lyddie hätte ihn am liebsten angeschrien, aber das durfte sie nicht. Sie hatte ihre kleine Schwester schon einmal erschreckt. »Dazu hast du nicht das Recht!« sagte sie mit zusammengepreßten Zähnen.
»Wir haben keine andre Wahl nicht«, gab Judah störrisch zurück. »Wir sind ja schließlich verantwortlich für sie.« Und damit war er weg.
Jetzt war sich Lyddie wieder der Mädchen bewußt, die sie und das schmutzige kleine Bündel auf ihrem Arm mit offenem Mund anstarrten. Sie vergrub das Gesicht in Rachels Tuch. »Komm, Rachie«, sagte sie ebenso zu den anderen wie zu der Kleinen. »Wir müssen dich Mrs. Bedlows vorstellen.« Sie reckte sich, damit sie größer wirkte, dann bahnte sie sich zwischen Stühlen und Knien einen Weg in die Küche.
»Mrs. Bedlow?« Die Heimverwalterin saß auf einem Schaukelstuhl und schälte Kartoffeln für das Haschee vom nächsten Tag. »Was, um Himmels willen, ist denn das?«
Auf Mrs. Bedlows scharfe Frage hin tauchte Rachels kleiner Kopf aus den Tiefen des Umschlagtuchs auf wie eine Schildkröte unter ihrem Panzer.
»Das ist Rachel, Mrs. Bedlow«, sagte Lyddie so liebenswürdig wie möglich. »Meine Schwester.«
Sie konnte die Warnung in Mrs. Bedlows Augen lesen. In den Firmenwohnheimen waren weder Männer noch Kinder (außer denen der Heimverwalterin) zugelassen. Aber so grausam würde die Frau doch bestimmt nicht sein?
»Ich erbitte ein Bad für die Kleine. Sie hat eine lange, anstren-

gende Fahrt in einem Ochsenkarren hinter sich und ist durchgefroren bis ins Mark, stimmt's, Rachie?«

Rachel versteifte sich in ihren Armen. Mrs. Bedlow ließ ihr Schälmesser in die Schüssel mit den geschälten Kartoffeln fallen, wischte die Hände an die Schürze und setzte einen Wasserkessel auf.

Erst als Rachel wohlbehalten in Lyddies Bett schlief, sagte Mrs. Bedlow das, was sie, wie Lyddie wußte, schon die ganze Zeit auf dem Herzen hatte. »Es wird nicht gehen. Hier kann sie nicht bleiben.«

»Ich besorg ihr eine Arbeit. Sie kann Spulenabnehmerin werden.«

»Du weißt doch, daß die Kleine weder alt genug noch kräftig genug ist. Die kann doch nicht als Spulenabnehmerin arbeiten.«

»Wenn sie nur bleiben könnt', bis ich die Dinge geregelt hab«, flehte Lyddie. »Bitte. Ich brauch bloß ein paar Tage.«

Mrs. Bedlow seufzte und war schon im Begriff, den Kopf zu schütteln.

»Ich werd' natürlich bezahlen. Volle Unterkunft und Verpflegung. Und Sie sehn ja, wie klein sie ist. Sie wird keine volle Ration essen, das wissen Sie.«

Mrs. Bedlow setzte sich und nahm ihr Schälmesser wieder in die Hand. Dann, während Lyddie den Atem anhielt, sagte sie: »Eine Woche. Und selbst dann –«

»Es wär' für höchstens zwei Wochen. Ich schwör's. Ich muß bloß meinem Bruder schreiben.«

Mrs. Bedlow machte eine skeptische Miene, doch sie sagte nicht nein. Sie seufzte nur und fing wieder an zu schälen. Die lange Spirale war so dünn, daß man fast hindurchsehen konnte.

»Ich bin Ihnen sehr dankbar, Mrs. Bedlow. Ich hab ja sonst keinen, an den ich mich wenden könnt'.«

»Nach draußen gehen kann sie aber nicht. Sie darf hier nicht gesehen werden.«

»Nein, nein. Ich werd dafür sorgen, daß sie in meinem Zimmer bleibt, das versprech ich Ihnen. Die anderen Mädchen werden gar nix merken –«

Mrs. Bedlow warf Lyddie einen gequälten Blick zu. »Die wissen doch schon Bescheid. Und es ist gar nicht so sicher, daß sie den Mund halten werden.«

»Ich werd sie drum bitten –«

»Aber es ist unnötig, die Kleine mehr als nötig da oben einzusperren. Tagsüber kann sie zu mir herunterkommen. Ich werde Tim sagen, er solle ihr nachmittags mit dem Alphabet und dem Einmaleins helfen. Eigentlich müßte sie auch in die Schule gehen.«

»Wird sie, Mrs. Bedlow. Wird sie. Sobald ich die Dinge geregelt hab. Das schwör ich bei meinem Leben –«

»Schwören soll man nicht, mein Mädchen. Geh der Kleinen mit gutem Beispiel voran!«

»Ich dank Ihnen, Mrs. Bedlow. Sie werden's nicht bereuen, bestimmt nicht.«

An diesem Abend nach dem letzten Läuten schrieb sie Charlie im flackernden Licht eines verbotenen Kerzenstummels einen Brief.

Lieber Bruder Charles!

Hoffentlich geht es Dir gut. Tut mir leid, daß ich Dich mit traurigen Neuigkeiten belästigen muß, aber heut abend war Onkel Judah hier in Lowell und hat mir Rachel gebracht. Sie haben unsere Mutter in die Irrenanstalt von Brattleboro gesteckt, und jetzt wollen sie unsere Farm verkaufen. Du mußt sie dran hindern. Du bist der Mann in unserer Familie. Auf mich gibt Judah nichts. Auf Dich müssen sie hören. Ich habe über hundert Dollar, um die Schulden zu bezahlen. Laß es nicht zu, daß sie verkaufen, Charlie, ich flehe Dich an. Ich weiß nicht, was ich mit Rachel anstellen soll. In den Firmenwohnheimen sind keine Kinder erlaubt. Wenn möglich, nehme ich sie mit nach Hause, aber das geht nur, wenn

wir noch ein Zuhause haben. Alles hängt jetzt von Dir ab, Charlie. Bitte halt Onkel Judah auf. Ich flehe Dich an.
Deine Dich liebende Schwester
Lydia Worthen

Lyddie schaffte es kaum, sich auf ihre Arbeit zu konzentrieren. Was sollte denn das Ganze, wenn die Farm verkauft wurde? Aber dazu würde es nicht kommen. Nicht, nachdem sie sich dermaßen die Finger wund gearbeitet und gespart hatte. Und was sollte sie mit Rachel anfangen? Das Kind hatte seit seiner Ankunft kein einziges Wort gesagt. Nicht mal geweint hatte es. Es schien eher tot als lebendig. Und sie, Lyddie, mußte kostbare Zeit darauf verwenden, einen Platz zu finden, wo die Kleine bleiben konnte. Dazu kostbares Geld für Kost und Logis – und, falls sie in die Schule ging, sogar noch mehr. Aber eigentlich konnte das Kind ja auch im Spinnsaal arbeiten. Da unten gab es kleine Irinnen, die aussahen, als wären sie höchstens sieben oder acht. Trotzdem verdienten sie sich ihren Lebensunterhalt. Hatte sie, Lyddie, nicht auch geschuftet, schon seit sie ein winziger Knirps gewesen war? Die Arbeit als Spulenabnehmerin war längst nicht so hart wie die auf der Farm. Kaum daß die Kinder fünfzehn Minuten pro Stunde arbeiteten. Sie nahmen lediglich die vollen Spulen ab und ersetzten sie durch leere. Dann saßen sie wieder in der Ecke und spielten oder schwatzten. Manchmal, an klaren Tagen, konnte Lyddie vom Websaal aus sehen, wie sie im Fabrikhof herumrannten und Fangen oder mit Murmeln spielten. Es war ein leichtes Leben, verglichen mit dem auf der Farm. Da wäre Rachel auch gut aufgehoben und könnte sich ihren Lebensunterhalt verdienen.

Als hätte Lyddie nicht so schon Probleme genug, war Brigid wieder in Tränen ausgebrochen. Lyddie warf einen Blick auf ihren Webstuhl. Alles schien in Ordnung zu sein, aber das irische Mädchen stand da und starrte die bebende Maschine an, während ihm die Tränen über die Backen liefen. Lyddie überprüfte rasch, ob mit ihren eigenen Webstühlen alles in Ordnung war, dann ging sie hinüber und sagte Brigid ins Ohr: »Was ist denn los mit dir?«

Brigid drehte sich erschrocken zu ihr um. Sie biß sich auf die Lippen und schüttelte den Kopf.

Lyddie zuckte die Achseln. Es war gar nicht schlecht, wenn das Mädchen lernte, mit seinen Schwierigkeiten selber fertig zu werden.

Auf dem Weg zum Frühstück hielt Mr. Marsden Lyddie auf der Treppe an. Lyddies Magen wurde zu einem harten Klumpen. Wie war es möglich, daß er bereits von Rachel erfahren hatte? Hatte eines der anderen Mädchen schon geklatscht? Sie waren eifersüchtig auf sie, das wußte Lyddie wohl. Sie war nämlich die beste Arbeiterin im ganzen Saal. Aber Mr. Marsden wollte nicht über Rachel sprechen, sondern über diese Jammergestalt, die Irin. »Sie müssen ihr sagen«, meinte er, »daß sie schneller werden muß. Ich kann sie nicht behalten, nicht mal als Aushilfskraft, wenn sie kein angemessenes Tempo schafft.«

Warum sagte er ihr das nicht selber? Er war doch der Aufseher. Brigid war ihr nicht unterstellt. Sie, Lyddie, hatte keine Aushilfskraft verlangt – hatte keine gewollt. Und jetzt versuchte Mr. Marsden, die Verantwortung auf sie abzuschieben.

Nach der Pause sprach sie mit dem Mädchen. »Er sagt, du müßtest schneller werden, sonst könnt' er dich nicht behalten.«

Brigid bekam große, verängstigte Augen, was Lyddie, verdammt noch mal, an Rachels stilles Gesichtchen erinnerte, wenn sie in sich zusammengekauert bei Mrs. Bedlow in der Küchenecke saß.

»Zum Kuckuck! Ich werd dir halt helfen!« schrie sie Brigid ins Ohr. »Wir übernehmen die fünf Webstühle für ein paar Tage lang gemeinsam – nur bis es dir besser geht, ja?«

Das Mädchen lächelte ein wenig, aber es hatte immer noch Angst.

»Und konzentrier dich auf deine Arbeit, verflixt noch mal! Hörst du? Es geht nicht an, daß du mit den Haaren in die Maschine kommst oder dir ein Schütze an den Kopf fliegt, bloß weil du so blö – weil du an was anderes denkst.«

Brigids Augen füllten sich abermals mit Tränen, aber sie biß sich wieder auf die Lippen und nickte. Lyddie sah, daß Diana anerkennend lächelte. Gut, daß sie mich nicht hören konnte, dachte Lyddie sarkastisch. Sonst würde sie nicht denken, ich wäre grad eben freundlich gewesen.

Als die Sieben-Uhr-Glocke läutete, sah Brigid ein bißchen weniger bekümmert drein, und Mr. Marsden kam vorbei, um die beiden Mädchen stolz zu tätscheln. Lyddie seufzte, gab sich aber kaum Mühe, ihm auszuweichen. Seit sie vier Webstühle betreute, hatte sie noch nie so wenig Stoff produziert wie heute. Und daheim wartete eine weitere Sorge auf sie – die schweigende kleine Rachel.

»So geht das nicht«, sagte Mrs. Bedlow. »Sie redet weder mit Tim noch mit mir. Kein einziges Wort. Sie sitzt nur zitternd in der Ecke wie eine frierende Maus.«

»Hat sie was runtergekriegt von ihrem Essen?«

»Hat sie was runtergekriegt? Sie ißt, als hätte sie seit einem heiligen Monat nichts mehr gekriegt. Sie hat mehr gegessen als mein Tim, dabei ist er ein Junge und steckt gerade mitten im Wachstum! Aber auch da hat sie kein einziges Wort gesagt – hat nur in sich reingeschaufelt, als wäre es ihre allerletzte Mahlzeit auf der Welt!«

Lyddie warf einen Blick auf Mrs. Bedlows zornig verkniffenes Gesicht, dann sah sie auf Rachel hinunter. Das Kind zitterte – wie Oliver, dachte sie. Genau wie Oliver.

Weil er ein bißchen mehr hatte haben wollen. *Der Junge wird am Galgen enden! Ich weiß, daß dieser Junge am Galgen enden wird.*

O Rachie, Rachie. Ich will nicht denken müssen, daß du Hunger hast. »Ich werd Ihnen mehr bezahlen«, versprach sie Mrs. Bedlow.

»Es ist nicht das Geld . . .« Aber für Lyddie war klar, daß es doch das Geld war, zusätzlich zu dem Risiko. Also versprach sie hoch und heilig, sie würde am nächsten Tag zur Bank gehen und welches holen. Sie mußte sich Zeit erkaufen – zumindest, bis sie von Charlie hörte.

Als auch sie gegessen hatte, holte sie Rachel aus der Küche, ging mit ihr hinaus auf den Abort und führte sie dann an der Hand die Treppe hinauf in ihr Zimmer. All das ging vonstatten, ohne daß eine von ihnen auch nur ein einziges Wort sagte, obwohl Lyddie insgeheim lange Gespräche mit ihrer kleinen Schwester führte. Während sie die Steppdecke um die Kleine feststopfte, versuchte sie, einige der geübten Sätze laut auszusprechen. »Was hast du denn heut gemacht, Rachie?« – »Hat Tim mit dir gelernt?« – »Ist Mrs. Bedlow nicht drollig?« – »Sie ist schon in Ordnung, sie hat bloß Angst, weil sie 'ne Vorschrift übertritt . . . Weißt du, wir müssen tun, was die Firma sagt, denn wenn nicht, dann verlieren wir unsre Arbeit, und was würden wir dann tun, hm?« Keine Antwort. Sie hatte auch keine erwartet, aber trotzdem . . . »Du mußt dir keine Sorgen machen, Rachie. Judah kann die Farm nicht verkaufen. Wir werden es nicht zulassen, Charlie und ich. Wir behalten sie für Papa –« Lag da plötzlich ein winziges bißchen Leben in Rachels Augen? »– und für Mama – und auch für Charlie, Rachie und Lyddie.« Bildete sie es sich nur ein, daß die Kleine jetzt ein bißchen entspannter auf ihrem Kissen lag? Oder war es das Flackern der Kerzenflamme?

Vielleicht sollte sie Rachel vorlesen, so wie Betsy ihr. Sie schlug ihren *Oliver Twist* auf und fing an. Lyddie merkte es nicht, als die Kleine einschlief. Sie war in den Trost eingetaucht, den ihr die vertrauten Worte schenkten. Als die Glocke läutete, blies sie die Kerze aus und lag im Dunkeln, während sie den kleinen Körper neben sich spürte. Was sollte sie tun? An wen konnte sie sich um Hilfe wenden? Hierbehalten konnte sie Rachel nicht. Andererseits mußte sie, Lyddie, im Wohnheim wohnen, um ihre Arbeit nicht zu verlieren. Und ohne Arbeit konnte sie weder für Mutter noch für Rachel oder Charlie etwas tun. Aber wie sollte sie es übers Herz bringen, dieses kleine, verwirrte Kind zu Fremden zu schicken? Sie verfluchte ihre Tante und ihren Onkel. Was hatten sie sich bloß dabei gedacht, die Kleine hierherzubringen? Und doch – war sie nicht besser aufgehoben bei der Schwester, die sie liebte, als bei diesen beiden, die ihr offensichtlich nicht mal genug zu essen gegeben hatten? Arme kleine Rachel. Arme alte Lyddie. Sie wälzte sich auf die andere Seite. Sie mußte schlafen. Bevor sie von Charlie hörte, konnte sie sowieso nichts unternehmen. Bestimmt konnte ihr Bruder Onkel Judah davon abbringen, die Farm zu verkaufen, und dann würde sie mit Rachel nach Hause gehen, Schulden oder nicht. Die sollten bloß mal versuchen, sie wieder von ihrem Land zu vertreiben. Die sollten nur kommen.

In ihrem unruhigen Schlaf sah sie wieder den Bären. Aber plötzlich, während er sich schwerfällig herumwarf, schüttelte er den Topf ab, war auf einmal verwandelt und sprang wie ein Springbock hinauf auf den Dachboden, wo sie zusammengekauert saßen. Und es gelang ihr nicht, ihn niederzustarren.

Fieber

Das Geld von der Bank zu holen war, als risse man ihr einen festsitzenden Zahn aus dem Kiefer. Dann, als der schmerzlichste Teil der Angelegenheit hinter ihr lag, drückte sie Mrs. Bedlow zwei volle Dollar in die Hand, bevor sie in die Stadt ging, um für Rachel Schuhe und ein Umschlagtuch zu kaufen und ein Kleid für sie nähen zu lassen. Nachdem sie schon so viel ausgegeben hatte, verschwendete sie weitere fünfzig Cent, um der kleinen ein Lesebuch für Anfänger und ein kleines Pappbändchen mit Reimen zu besorgen, das der Buchverkäufer empfahl. Insgesamt hatte sie mehr ausgegeben, als sie in zwei Wochen verdiente. Von der fürstlichen Summe, die sie von ihrem Konto abhob, blieb nicht einmal mehr ein Dollar übrig. Sie versuchte, nicht daran zu denken. Immerhin hatte sie das Geld ja für Rachel ausgegeben. Wie konnte sie es ihr mißgönnen?

Am nächsten Tag war Brigid noch langsamer als jemals zuvor, und Lyddie hatte Mühe, nicht laut herauszuschreien. Immer wieder nahm sie dem Mädchen den Schützen aus den ungeschickten Händen und warf ihn wieder in die Schützenbahn, nachdem sie den Faden angesaugt hatte. Dabei tobte sie insgeheim, weil die Maschine ein paar Sekunden stillstand. Brigid war den ganzen Tag kurz davor, in Tränen auszubrechen.

Schließlich, als Brigids Unachtsamkeit wieder dazu führte, daß sich die Fäden verwirrten und das Stück verdorben war, platzte Lyddie der Kragen. »Du mußt achtgeben, Mädchen!« schrie sie. »Außer dem Webstuhl mußt du alles vergessen!«

»Kann ich aber nicht!« rief Brigid. »Meine Mutter ist todsterbenskrank, und wir haben kein Geld für den Arzt.«

»Hier!« Lyddie holte sämtliche Münzen heraus, die sie in der Schürzentasche hatte, und drückte sie der Irin in die Hand. »Hier. Das ist für den Arzt. Und jetzt paß auf, ja?«

In den nächsten Tagen lief es besser. Lyddie schmeichelte Rachel einige wenige Worte und die Andeutung eines Lächelns ab, als sie laut aus dem Buch mit den Reimen vorlas.

Doktor Foster reiste nach Gloucester,
wo die Frühlingsstürme wehn.
Er trat in den Schlamm,
bis über den Kamm,
und ward nie mehr gesehn.

»Tja«, sagte Lyddie, »genauso sieht's in Vermont aus während der schlammigen Zeit, meinst du nicht?« Und Rachel lächelte. Davon ermutigt machte Lyddie den Versuch, selbst ein Gedicht für ihre Schwester zu verfassen.

Onkel Judah fuhr nach Bermuda,
mitten im Frühlingsregen.
Dort versank er im Matsch,
mit einem lauten Platsch.
War das nicht ein Segen?

Diesmal war es wirklich ein Lächeln, das stand fest.

Auch bei der Arbeit lief es besser. Brigid war übertrieben dankbar für das Geld, das sie ihr geschenkt hatte. Sie langte morgens noch vor Lyddie zu und hatte schon zwei der Maschinen geölt und poliert, wenn sie kam.

Mr. Marsden war begeistert. Er sah immer wieder zu ihnen herüber. Lyddie entschloß sich, nicht zu ihm hinzusehen, aber den kleinen, zu einem gekünstelten Lächeln verzogenen rosigen Mund sah sie auch, ohne hinzuschauen.

Wie heiß es ihr heute hier vorkam! Natürlich war es immer heiß und dampfig im Websaal, aber irgendwie . . . Wenn sie nicht das Gefühl gehabt hätte, sie müsse verbrennen, hätte sie vielleicht nicht den Kopf verloren. Aber ihr war so heiß, und sie war so erschöpft an diesem Donnerstag im Mai, daß sie nicht vorbereitet war, daß sie sich überhaupt nicht zur Wehr setzen konnte, als Mr. Marsden sie bei Arbeitsende aufhielt und sie warten ließ, bis alle anderen gegangen waren. Und gerade als sie dachte, sie müsse sich entweder hinlegen oder ohnmächtig werden, da kam er und legte seine fetten weißen Hände so schwer auf ihre Arme, daß sie richtiggehend ihr Gewicht spürte. Er sagte auch etwas, aber in ihrem Kopf hämmerte es so, daß sie ihn nicht verstand. Was wollte er von ihr? Sie mußte gehen. Sie mußte heim zu ihrer Schwester Rachel. Ihr ganzer Körper stand in Flammen. Sie brauchte ein kühles Tuch für ihren Kopf. Aber immer noch ließ er sie nicht los. Sie versuchte, ihn niederzustarren, aber ihre Augen brannten in den Höhlen. Laß mich gehen! wollte sie schreien. Sie versuchte zurückzuweichen, aber er packte fester zu. Jetzt kam sein seltsamer kleiner Mund näher und näher auf ihr glühendes Gesicht zu.

Sie murmelte etwas von »fühle mich nicht wohl«, was aber nur dazu führte, daß seine Augen weich wurden und daß sich sein Arm um ihre Schultern legte.
Was brachte sie dazu? War es, daß sie sich krank fühlte? War es Verzweiflung? Sie wußte es nicht, weder jetzt noch später. Aber sie hob den Fuß und stampfte ihm mit ihrem Stiefelabsatz auf den Fuß, so fest sie konnte. Er stieß einen Schrei aus, ließ die Arme fallen und krümmte sich. Das war ihre Chance. Sie stolperte die Treppe hinunter und über den Hof, und als sie endlich beim Wohnheim ankam, fiel sie fast zur Tür hinein. Er hatte nicht versucht, ihr zu folgen.

Sie ging nicht zur Arbeit am nächsten Tag, für lange Zeit nicht. Sie glühte derart vor Fieber, daß sie nicht mehr bei sich war. Einmal nahm sie wahr, daß ihr jemand ein kaltes Tuch auf die Stirn legte, und sie griff nach oben, um es auf die brennenden Augenlider herunterzuziehen. Winzige, kühle Finger streichelten zaghaft ihre heiße Hand. Irgendwo, in weiter Ferne, hörte sie ein Stimmchen: »Alles wird gut werden, alles wird gut werden.« Und dann wurde ihr schwerer Arm angehoben und sanft unter die Steppdecke zurückgesteckt.
Man holte Dr. Morris. Lyddie versuchte zu protestieren. Sie durfte kein Geld an Ärzte verschwenden, aber sofern sie überhaupt etwas herausbrachte, klang es so undeutlich, daß keiner sie verstand.
Die Glocke läutete, aber jetzt von ganz weit her. War nicht mehr für sie bestimmt. Leute kamen in den verdunkelten Raum und gingen wieder. Manchmal löffelte ihr Mrs. Bedlow, manchmal eines der anderen Mädchen Suppe in den Mund. Diana und Brigid waren da. Wer mochte sie wohl geholt haben?
Brigid hatte ein irisches Gebräu mitgebracht, das Mrs. Bedlow anscheinend abzuweisen versuchte, aber das Mädchen ging nicht weg, bevor man ihm gestattete, der Patientin einen Teil davon einzuflößen. Und jedesmal, wenn Lyddie aus der feurigen

Tiefe auftauchte und zu sich kam, wußte sie, daß Rachel bei ihr war.

Sie wird krank werden, versuchte Lyddie aufzubegehren. Macht, daß sie weggeht. Oder verlegt mich ins Krankenzimmer. Sie ist zu zart. Aber entweder bekam sie nie die Worte heraus, oder man konnte oder wollte sie nicht verstehen, denn jedesmal, wenn sie zu sich kam, war Rachel da.

Eines Morgens schreckte sie hoch. Die Glocke läutete, trommelte gegen ihren dumpf schmerzenden Kopf. Abrupt setzte sie sich aufrecht. Das Zimmer wankte und kippte. Langsamer schwang sie die Beine aus dem Bett, aber als sie zu stehen versuchte, fiel sie um wie ein neugeborenes Kalb. »Rachel!« rief sie. »Hilf mir! Ich muß zur Arbeit!«

Rachel erhob sich vom anderen Bett. »Du bist wach!« rief sie. »Du bist nicht gestorben, Lyddie!«

Lyddie fiel auf ihr Kissen zurück. »Nein«, sagte sie schwach. »Noch nicht. Wir haben noch 'ne Schangse.«

Noch ein Fabrikmädchen

Sie war nun schon seit zwei Wochen krank, und Doktor Morris ließ sie immer noch nicht zur Arbeit. Insgeheim lehnte sie sich dagegen auf, aber ihre Beine schafften es kaum, sie auf den Abort zu tragen. Noch nie hatte ihr Körper sie im Stich gelassen. Sie verachtete ihn für seine Kraftlosigkeit, und jeden Tag, wenn sie die erste Glocke hörte, zwang sie sich aufzustehen und sich anzuziehen. Aber kaum war sie einige Minuten auf, noch bevor sie sich an der Waschschüssel fertiggewaschen hatte, brach ihr von der Anstrengung auch schon der Schweiß aus, und sie war gezwungen, sich von Rachel wieder ins Bett helfen zu lassen.

Dort verbrachte sie viel zuviel Zeit. Sie schlief und schlief, aber trotzdem gab es noch viele wache Stunden, wo sie sich sorgte und sich die Gedanken in ihrem Kopf verwirrten wie die Webfäden bei einer Maschinenpanne. Warum hatte Charlie nicht geschrieben? Eigentlich hätte sie schon längst einen Brief von ihm erhalten müssen. Vielleicht war der ihre verlorengegangen. Das mußte es sein. Sie setzte sich aufrecht.

»Du mußt dich ausruhen, Lyddie.« Wie immer war Rachel da. »Hat der Doktor gesagt.«

»Hol mir Papier, Federhalter und Tinte aus dieser Schachtel dort – aus der kleinen, die auf der Hutschachtel steht. Ich muß Charlie noch mal schreiben.«

Rachel gehorchte, aber als sie Lyddie das Schreibzeug gab, protestierte sie noch einmal. »Du darfst dich nicht aufregen, Lyddie. Hat der Doktor gesagt.«

Lyddie legte die Hand auf Rachels Kopf. Ihr Haar war so weich wie Gänsedaunen. »Laß nur, Rachie. Mir geht's viel besser. Jetzt bin ich schon fast wieder gesund.«

Rachel runzelte die Stirn. Jetzt waren ihre Augen klar, nicht mehr tot und leer wie am Anfang. Lyddie streichelte ihr übers Haar. »So 'ne gute Krankenschwester hab ich gehabt. Fast konnt' ich's nicht glauben.«

Rachel lächelte und deutete mit dem Kopf auf die Schachtel mit dem Schreibzeug. »Mußt du Charlie schreiben«, sagte sie.

»Werd ich machen. Ganz bestimmt«, antwortete Lyddie. »Er wird stolz sein wie ein Gockel.«

In der darauffolgenden Woche fühlte sie sich wirklich wieder in der Lage, an die Arbeit zu gehen, und jetzt mußte sie unentwegt an den letzten Abend im Websaal denken. Gnädiger Himmel! Vermutlich hatte sie gar keinen Arbeitsplatz mehr. Hatte sie es wirklich getan? Hatte sie Mr. Marsden tatsächlich mit ihrem Stiefelabsatz auf den Fuß gestampft? Sie wußte nicht so recht, ob sie lachen sollte oder weinen. Sie schrieb Brigid ein paar Zeilen – die meisten Mädchen hüteten sich davor, Diana unter Mr. Marsdens

Augen anzusprechen – und bat sie, mit Diana zusammen nach dem Abendessen herüberzukommen.

Diana und Brigid kamen, wie sie es gehofft hatte. Brigid brachte wieder Suppe von ihrer inzwischen gesunden Mutter und ein halbes Fläschchen mit etwas, was sich *Dr. Rushs Unfehlbare Gesundheitspillen* nannte. »Meine Mutter schwört darauf«, sagte das irische Mädchen und wurde rot.

Diana reichte Lyddie ein in Pappe gebundenes Buch – *Aufzeichnungen aus Amerika* von Charles Dickens. »Da du diesen Herrn ja so bewunderst, dachte ich, es würde dich vielleicht interessieren, was er über das Fabrikleben in Lowell geschrieben hat«, meinte Diana. »Ich nehme an, er hat uns mit der Firma Satanid in England verglichen – wie auch immer, man sagt, es sei ein bißchen wirklichkeitsfremd.«

Ein Buch. Von Mr. Dickens. »Woher wußtest du –«

»Meine Liebe, wenn man ein Buch Seite um Seite abschreibt und an den Webstuhl klebt –«

Lyddie schickte Rachel und Brigid hinunter, um von Mrs. Bedlow eine Tasse Tee zu erbitten. »Diana, ich muß dir 'ne Frage stellen. Hat Mr. Marsden was über mich gesagt?«

»Ja. Er hat dich gleich vermißt. Du bist sein bestes Mädchen.«

Lyddie spürte, wie sie rot wurde.

»Ich habe ihm versprochen, ich würde mich nach dir erkundigen. Dabei erfuhr ich dann, wie krank du bist. Viele Mädchen bekamen dieses Fieber – vor allem die Irinnen. Auf dem ›Acker‹ gab es viele Tote.«

Lyddie wandte sich ab und sah zu dem winzigen Fenster ihres Zimmers hinaus. Danke, lieber Gott. Wie hätte ich meine kleine Schwester alleine zurücklassen können?

Diana, die auf dem Rand des anderen Bettes saß, griff herüber und legte die Hand leicht auf Lyddies Arm. »Ich bin froh, daß du verschont wurdest, Lyddie«, sagte sie leise.

Lyddie preßte die Lippen zusammen und nickte. »Vermutlich bin ich zu störrisch, um zu sterben.«

»Würde mich nicht wundern.«

»Weißt du noch, was Mr. Marsden genau gesagt hat, als er nach mir fragte?«

»Er hat mich gar nicht direkt angesprochen. Er will nicht wahrhaben, daß wir beide befreundet sein könnten, weißt du. Aber daß er sich Sorgen gemacht hat, weiß ich. Er wollte dich nicht verlieren.«

»Also hab ich immer noch einen Arbeitsplatz?«

Diana sah sie an, als wäre sie übergeschnappt. »Warum denn nicht, um alles in der Welt?«

»Ich hab ihn auf den Fuß getreten.«

»*Was* hast du gemacht?«

»Es war das Fieber, bloß wußt' ich das nicht, und er hat versucht, mich festzuhalten, als alle anderen weg waren. Er ließ mich nicht los, also – also hab ich ihn fest mit dem Stiefelabsatz getreten.«

Diana warf den Kopf zurück und lachte laut heraus.

»Das ist kein Witz. Es wird mich den Kopf kosten.«

»Nein, nein«, sagte Diana und versuchte, sich wieder zu beruhigen. »Nein«, wiederholte sie, holte ihr Taschentuch hervor und wischte sich die Augen. »Nein, glaube ich nicht. Er hat vermutlich mehr Angst als du. Hast du Mrs. Marsden schon mal gesehen, Lyddie? Wenn dieser hoheitsvollen Dame jemals etwas Derartiges zu Ohren käme . . .« Diana hörte auf zu lachen und senkte die Stimme. Dabei spitzte sie die Ohren in die Richtung der offenen Tür. »Dennoch würde ich es mir nicht zur Angewohnheit machen, den Aufseher tätlich anzugreifen, meine Liebe. Sei in Zukunft bitte vorsichtiger – das heißt, sofern du in der Firma bleiben willst. Der Tag mag kommen, wo Mr. Marsden froh ist über jeden Grund, der es ihm erlaubt, dich hinauszuwerfen.« Sie lächelte bitter. »Hört sich an, als gäbe ich dir den Rat, keine Eingabe zu unterschreiben und mit keiner der bekannten Radikalen etwas zu tun zu haben.«

»Vielleicht wollt' er ja gar nix von mir. Mir war glühend heiß vor lauter Fieber. Vielleicht wollt' er bloß freundlich sein, und ich

hab's falsch verstanden.« Lyddie zog eine Grimasse. »Du weißt ja, daß ich nicht zu den Mädchen gehör, die die Männer auf diese Art ansehen. Ich bin ja so unscheinbar wie ein Klumpen Lehm.«
Diana zog eine Augenbraue hoch, aber da tauchten Rachel und Brigid mit dem Tee in der Tür auf, also sagte sie nichts weiter.
Ich werd so tun als ob, dachte Lyddie, während sie versuchte, ihre Gedanken über der dampfenden Tasse zu entwirren. Ich werd so tun, als wär' ich mit meinem Fieber nicht ganz bei mir gewesen und hätt' nicht gewußt, was ich tu – als könnt' ich mich nicht mal mehr dran erinneren, was ich getan hab.

»Ich will Spulenabnehmerin werden, Lyddie«, sagte Rachel.
Lyddie hatte die Locken ihrer Schwester gebürstet und flocht sie nun zu Zöpfen. Rachel hätte das Haar gern hochgesteckt getragen wie die großen Mädchen im Haus, aber Lyddie bestand auf baumelnden Zöpfen. Sie hätte es nicht ertragen können, wenn Rachel wie ein als Frau herausgeputztes komisches kleines Mädchen ausgesehen hätte. »Brigid sagt, ihre kleine Schwester wär' auch Spulenabnehmerin, und die is' auch nicht größer als ich.«
»Oh, Rachel, du mußt doch in die Schule.« Lyddie liebte es, Rachels Haare zu flechten, aber ganz plötzlich schämte sie sich, daß sie nur eine Schnur hatte, um die Zöpfe zu binden. Sie hätte ruhig großzügiger sein und ein bißchen Haarband kaufen können. Rachel war so hübsch, auch wenn sie zu mager war. Sie hätte bunte Schleifen haben müssen, um die beiden seidigen Locken am Ende ihrer Zöpfe zu betonen. Dann hätte auch ihr langweiliges Kleidchen nach mehr ausgesehen. Aber Bänder kosteten Geld, und mit Schnur ließen sich Zöpfe ebensogut binden. Lyddie kringelte die beiden Zopfenden um den Zeigefinger und bürstete sie noch ein letztes Mal. »Wir müssen dafür sorgen, daß du in die Schule gehst. Du willst doch nicht so ungebildet bleiben wie deine Lyddie.«
»Du bist überhaupt nicht ungebildet. Ich hab dich lesen sehn.«
»Soll ich dir vorlesen, Rachie?«

»Nein. Ich will, daß du mich Spulenabnehmerin werden läßt.«
»Wir müssen abwarten, bis wir von Charlie hören.«
Aber sie hörten nicht von Charlie. Sie hörten von Quäker Stevens.

Liebe Schwester Worthen!
Dein Bruder hat mich gebeten, in Erfahrung zu bringen, was es mit dem Verkauf Eurer Farm auf sich hat. Aber alle meine Nachforschungen waren fruchtlos. Da ich nun am nächsten Mittwoch in der Gegend zu tun habe, wo Dein Onkel wohnt, werde ich mich direkt bei ihm erkundigen. Ich hoffe, daß Du bei guter Gesundheit bist, ebenso wie Deine kleine Schwester.
Von meinem Sohn Luke soll ich Dir Grüße ausrichten.
Dein Freund und Nachbar,
Jeremiah Stevens

Sie versuchte, nicht wütend zu sein auf Charlie, weil er nicht selber geschrieben hatte. Immerhin hatte er sich vernünftig verhalten. Vor dem Gesetz und für ihren Onkel waren sie ja alle beide noch Kinder. Auf Quäker Stevens mußte Judah hören, denn ihr ehemaliger Nachbar war ja ein vermögender Mann. Sie war froh, daß Luke wohlbehalten zu Hause angekommen war. Es war ihr nämlich klargeworden, daß es sich bei der »Fracht«, die er abgeholt hatte, um menschliche Fracht gehandelt hatte.
Aber eines ging aus dem Brief hervor. Sie konnte nicht länger warten. Mit Rachel mußte etwas geschehen. Die versprochenen zwei Wochen waren vorüber, und morgen mußte auch sie wieder an die Arbeit. Sie schickte Rachel nach oben in ihr Zimmer, stopfte den Brief in die Schürzentasche und ging in die Küche.
Sie brachte ihre Bitte nicht gleich vor, sondern bot erst mal an, bei den Abendessensvorbereitungen zu helfen. Mrs. Bedlow war immer dankbar, wenn man in der Küche mithalf, obwohl inzwischen nur noch zwanzig Mädchen im Wohnheim lebten.
»Sie haben mir mehr als zwei Wochen Zeit gelassen, Mrs. Bed-

low, und dafür bin ich Ihnen sehr verbunden«, sagte Lyddie, als der Kohl kleingehackt und das Brot geschnitten war.
»Du warst todkrank, Lyddie. Ich habe ja schließlich ein Herz.«
»Das haben Sie.« Lyddie lächelte so warm, wie es ihr möglich war. »Sie waren mehr als gut zu mir und meiner Schwester. Und deshalb wag ich es –«
»Du weißt doch, daß es nicht geht. Ich kann sie nicht ewig behalten.«
»Aber wenn sie als Spulenabnehmerin arbeiten würd' –«
»Sie ist ja noch ein halbes Baby.«
»Klein ist sie schon, aber arbeiten kann sie. Schließlich hat sie mich ja gepflegt, oder etwa nicht?«
»Sie hat dich gerettet. Alleine hätte ich das alles nicht geschafft –«
»Könnten Sie den Personalleiter für mich fragen? Nur für die Zeit, bis ich das Ganze mit meinem Bruder geklärt hab? Ich will mit ihr zurückgehen auf unsere Farm, sonst gar nichts. Es wär' nicht für lang, das schwör ich. Aber ich hab nicht das Herz, sie bei Fremden einzuquartieren, bis es soweit ist.«
Mrs. Bedlow wurde schwach. Lyddie sah es am Gesicht der Heimverwalterin, das vor ihren Augen weich wurde. Sie ließ nicht locker. »Es wär' nur für ein paar Wochen, und ich würd' extra bezahlen, ganz bestimmt. Ich weiß, daß Sie es schwer haben, wo ja nur noch zwanzig Mädchen hier wohnen –«
»Ich werde mit dem Personalleiter reden, aber versprechen kann ich –«
»Weiß ich. Weiß ich. Wenn Sie nur mal für mich fragen würden. Sie ist eine gute kleine Arbeiterin, und so eifrig darauf bedacht, sich nützlich zu machen.«
»Ich kann nichts versprechen –«
»Würden Sie gleich jetzt hingehn und fragen?«
»Jetzt? Ich stecke doch mitten in den Vorbereitungen fürs Abendessen –«
»Ich erledige alles. Bitte. Damit ich sie mitnehmen kann, wenn ich morgen zur Arbeit geh –«

Alles ging klar. Lyddie hegte den Verdacht, daß Mrs. Bedlow vor dem Personalleiter der Kleinen mehrere Jahre und mehrere Pfunde angedichtet hatte, denn als sie Rachel am nächsten Morgen zur Arbeit brachte, bedachte sie der Aufseher im Spinnsaal mit einem skeptischen Blick. Aber Rachel sah so munter und eifrig drein und lächelte so lieb, daß dieser mißtrauische Blick verschwand. Und dann wurde Rachel zu den anderen, einer freundlichen Spinnerin mittleren Alters unterstellten Spulenabnehmerinnen geschickt und hopste den Gang entlang davon.
Langsam kletterte Lyddie die Treppe zum Websaal hinauf. Ihre Sorge um Rachel hatte ihre Angst vor der Begegnung mit Mr. Marsden für ein Weilchen verdrängt. Sie wagte es nicht, in seine Richtung zu sehen, sondern ging geradewegs zu ihren Webstühlen, wo Brigid schon ölte und putzte.
»Du siehst viel besser aus«, sagte die Irin. Wie hübsch das Mädchen war mit seinem hellbraunen Haar und den Augen, die so klar und blau waren wie ein sonniger Februarhimmel nach einem Schneefall. Aber es war das Lächeln, das Brigid in eine wahre Schönheit verwandelte. Lyddie lächelte zurück. Sie empfand keinen Neid, wenn andere Mädchen gut aussahen. Und selbst wenn, dann hätte sie diesem Mädchen, das so arm war an allem anderen, nicht mißgönnt, daß es die Natur so großzügig ausgestattet hatte.
»Wir haben deine Maschinen mitversorgt, so gut wir konnten, während du weg warst, Diana und ich. Aber –« Brigid lächelte entschuldigend »– an deinem Lohn wirst du sehen, daß wir längst nicht so viel geschafft haben wie du normalerweise.«
Weiter konnten sie nicht miteinander sprechen, denn Mr. Marsden stieg auf seinen Schemel und zog an dem Seil, das den ganzen Saal zum Brüllen und Beben brachte. Lyddie fuhr zusammen. Dann lachte sie. Wie schnell sie diesen Lärm vergessen hatte! Schon wenige Minuten später hatte sie sich eingewöhnt und vergaß alles andere – Mr. Marsden, ihre körperliche Schwäche, die Farm, Charlie, sogar Rachel. Es war gut, wieder bei ihren wilden Tieren zu sein. Irgendwie gehörte sie hierher.

Als die Frühstücksglocke läutete, war sie fast zu müde, um zu essen. Wenn es nach ihr gegangen wäre, hätte sie sich in die Fensternische gesetzt und dort die Pause verbracht, aber dann wäre sie ganz alleine gewesen auf dem Stockwerk. Sie warf einen Blick zu Mr. Marsden hinüber und hastete auf die Treppe zu. Er sprach sie nicht an. Es war, als hätte sich nichts ereignet, nur daß er jetzt nicht mehr zu ihrem Webstuhl kam, um sie zu tätscheln und zu ermutigen. Kein einziges Mal.

Es gelang Lyddie, ihr Frühstück zu essen oder zumindest einen Teil davon. Rachel stopfte sich voll wie ein richtiges Fabrikmädchen, dabei plapperte sie aufgeregt. Nur einmal machte sie eine Pause, warf Lyddie einen Blick zu und sagte mit vollem Mund: »Iß, Lyddie. Du mußt essen, damit du wieder kräftig wirst.«

So brachte Lyddie das Frühstück und das Mittagessen hinter sich. Aber beim Abendessen schaffte sie nur ein paar Löffel Eintopf, bevor sie sich nach oben und ins Bett schleppte. Die Müdigkeit steckte ihr in allen Knochen.

Aber von Tag zu Tag wurde sie ein bißchen kräftiger. Zuerst spürte sie es nicht, ebensowenig wie man spürt, daß man wächst. Aber am Ende der Woche ertappte sich Lyddie dabei, daß sie abends einen ganzen Teller voll aufaß und mit Rachel noch unten im Salon blieb.

Wie nüchtern war doch mein Leben, bevor die Kleine kam, dachte sie, als sie später die Kerze ausblies. Sie hier zu haben ist wie eine Quelle in der Wüste.

Lyddie lag da, und während sie auf Rachels gleichmäßige Atemzüge horchte, hörte sie in ihrer Erinnerung den Gesang der Vögel in den Frühlingswäldern. Wenn sich bloß Charlie melden würde, dann wäre sie wunschlos glücklich. Ihr Bankkonto schwoll wieder an. Den Verdienst, den sie durch ihre Krankheit eingebüßt hatte, hatte sie schon fast wieder hereingebracht, und obwohl Rachel nur einen Hungerlohn bekam, reichte es immerhin für ihre Kost und Verpflegung. Lyddie war selten so glücklich gewesen wie jetzt.

Verwirrt erwachte sie mitten in der Nacht. Ihr war, als hätte sie Betsy gehört – diesen trockenen, stoßweisen Husten, der so entsetzlich war und ihr ins Herz schnitt. Und dann, als sie vollends wach wurde, begriff sie, daß es Rachel war.

Es war nur eine Erkältung. Ganz bestimmt hatte es nichts zu besagen. In einer Woche war der Husten sicher wieder weg. Sieh doch nur, die Kleine hat noch dieselben strahlenden Augen, ist ebenso lebhaft wie bisher. Wenn sie krank wäre, wirklich krank ... Lyddie packte das Wissen um Rachels nächtlichen Husten in die hinterste Ecke ihres Kopfes, aber ihre Angst wuchs wie ein Geschwür. Sie begann wach zu liegen und auf das schlimme Geräusch zu warten, bis ihr schließlich klarwurde, daß sie das Kind wegschicken mußte. Irgendwohin, wo sie nicht diese giftige Luft atmen mußte.

Es wird mir das Herz brechen, die Kleine nicht mehr bei mir zu haben. Lyddie konnte den Gedanken nicht ertragen. Vielleicht würde es auch Rachel das Herz brechen. Sie war in ihrem kurzen Leben schon so oft fortgeschickt worden. Sieh doch, sie betet dich an. Mich, die herbe und geizige Lyddie. Sie hängt mehr an mir, als sie jemals an unserer Mutter hing. Sie braucht mich.

Lyddie wußte nicht, was tun, und sie war zu verängstigt, um jemanden zu fragen. Keiner durfte es wissen. Sie fütterte Rachel mit den Pillen, die ihr Brigid gebracht hatte. Sie hatte kein Vertrauen in sie, aber sie mußte es versuchen. Sie legte dem Kind Brustumschläge auf, versuchte dabei aber, ein Spiel daraus zu machen und sich ihre Todesangst nicht anmerken zu lassen. Und sie hatte auch Erfolg, oder etwa nicht? Rachel schien so glücklich wie immer und so sorglos wie ein Kätzchen. Wenn man sie bei einem Hustenanfall erwischte, spielte sie ihn herunter. »Dieser blöde Husten«, sagte sie. »Den haben alle Mädchen.«

Lyddie durfte sich keine Sorgen machen. Der Sommer war da. Es war warm. Bald würde Rachel wieder gesund werden. Im Juli würden sie sich freinehmen. Zur Farm fahren, alle beide. Aber es

war nur ein Wunschtraum, das wußte Lyddie. Es gab nichts zu essen dort. Die Kuh war weg, und nichts war angepflanzt. Triphena. Sie würde Rachel zu Triphena schicken. Aber Triphena, das hieß auch Herrin Cutler und dieser einsame, stickige Verschlag unter dem Dach. Wie konnte sie der achtjährigen Rachel das antun, was ihr ihre Mutter angetan hatte, als sie dreizehn gewesen war? Selbst in diesem Alter war es schwer gewesen. Und so schrecklich einsam. Wie einsam, war ihr nicht klargeworden bis jetzt – jetzt, wo sie nicht mehr alleine war.
Dann, eines Abends Ende Juni – sie hatte Rachel vorgelesen, bis diese eingeschlafen war –, klopfte Tim an die Tür. »Besuch für Sie, Lyddie«, sagte er. »Im Salon.«

Endlich Charlie

Fast hätte sie ihn nicht erkannt. Er war nicht viel größer, aber kräftiger und irgendwie fremd. Er trug handgesponnene Kleidung, doch sie war gut geschnitten und paßte. Sein braunes Haar war ordentlich gekämmt, und in seiner rechten Hand hielt er eine Reisetasche.
»Schwester«, sagte er leise mit einer Stimme, die sie noch nie gehört hatte und die sie niemals als die seine erkannt hätte.
»Schwester«, wiederholte er, und seine Stimme kippte dabei um. »Ich bin's, Charles.«
»Ja«, sagte sie. »Charles. Also bist du gekommen.«
Da lächelte er. Sie hielt vergeblich Ausschau nach dem komischen, ernsthaften kleinen Jungen, den sie kannte. Er war noch nicht mal dreizehn. Wie kam es, daß er sein kindliches Wesen so rasch abgelegt hatte?
Er ließ den Blick durch den Raum wandern. All die starrenden Gesichter wandten sich schlagartig wieder der Näharbeit, dem Strickzeug oder einem Gespräch zu. »Ich bin mit der Eisenbahn

gefahren«, sagte er mit verhaltenem Stolz. »Bis nach Concord in New Hampshire mit der Kutsche und dann den ganzen Rest mit'm Zug.« Jetzt grinste er wie ein kleiner Junge, aber nicht wie der, an den sie sich erinnerte. Nicht ganz.

Sie wußte nicht, was sagen. Sie hatte nichts übrig für Züge, für diese gefährlichen, dreckigen Kästen. Sie lechzte nach Neuigkeiten von der Farm. »Tja«, sagte sie endlich. »Bestimmt bist du müde, oder?«

Sie hielt Ausschau nach zwei freien Stühlen. Auf ihren Blick hin erhoben sich drei Mädchen und machten ihre Plätze in der Ecke hinter den Eßtischen frei. Lyddie dankte ihnen und ging mit ihrem Bruder hinüber. Aber es war sie selbst, die das Gefühl hatte, sie müsse sich setzen.

»Tja«, wiederholte sie und glättete die Schürze. »Nun?« Das war das Äußerste an Frage, was ihr einfiel.

»Ich hab gute Neuigkeiten«, sagte er, und ein bißchen von dem Jungen, den sie kannte, kroch in seine Stimme hinein. Sie faßte Mut.

»Die Phinneys haben mich als richtigen Lehrling eingestellt.«

»Ja?«

»Und nicht nur das. Sie behandeln mich, als wär' ich ihr Fleisch und Blut. Sie haben ja selbst keine Kinder.«

»Du hast doch eine Familie«, sagte sie zaghaft.

»Lyddie, du wirst immer meine Schwester bleiben. Es is' nur –«

Er nahm die Reisetasche vom Schoß, stellte sie auf den Boden und legte sorgfältig seine Mütze obenauf. Seine Hände waren groß geworden, zu groß für seinen Körper. Schließlich sah er zu ihr auf. »Es is' nur – ich muß mir nu' nicht mehr jeden Morgen, wenn ich aufsteh, und jeden Abend, wenn ich ins Bett geh, den Kopf zergrübeln. Ich tu meine Arbeit, und dreimal am Tag gibt's was zu essen. Wenn nicht so viel zu tun is', geh ich zur Schule. Es is' 'n gutes Leben, das sie mir ermöglichen, Lyddie –«

Sie wollte ihn anschreien, wollte ihn daran erinnern, wie hart sie für ihn gearbeitet hatte, welch große Mühe sie sich gegeben hatte.

Aber sie sagte nur leise: »Ich hab für dich sorgen wollen, Charlie. Ich hab versucht –«
»O Lyddie, das weiß ich doch«, sagte er und beugte sich zu ihr vor. »Das weiß ich doch. Aber 's war zuviel verlangt von dir. Du bist bloß 'n Mädchen, und da versuchst du, uns allen Vater und Mutter und Schwester zu sein. Auch für dich ist's so das beste. Begreifst du das denn nicht?«
Nein! wollte sie schreien. Nein! Wozu bin ich dann noch nutz? Aber sie preßte die Lippen fest zusammen und ließ den Schrei nicht heraus. Schließlich sagte sie: »Rachel –«
Wieder lächelte er dieses erwachsene Lächeln, das ihn in einen Fremden verwandelte. »Auch da hab ich gute Neuigkeiten. Mrs. Phinney hat gesagt, die soll ich mitbringen. Sie hätt' so gern auch 'ne Tochter. Und sie wird gut sein zu ihr, du wirst sehn. Sie hat mir sogar 'n Kleid für die Kleine mitgegeben. Sie hat's selber genäht, für die Reise mit der Eisenbahn. Sogar 'n Häubchen is' dabei.« Sein Blick wanderte zu der Reisetasche neben seinem Stuhl. »Sie hat noch nie 'ne richtige Ma gehabt, unsere Rachel.«
Sie hat doch mich! O Charlie, perfekt bin ich nicht, aber ich tu doch mein Bestes! Siehst du das nicht? Ich hab auch für dich mein Bestes getan, und jetzt ist die Kleine alles, was ich noch hab. Wie kann ich zulassen, daß sie mich verläßt? Aber noch während es in ihr wütete, wußte sie es – sie hatte keine andere Wahl. Wenn Rachel bei mir bleibt, wird sie sterben. Wenn ich sie jetzt nicht loslaß, dann ist es ihr Tod.
Sie hörte ihre eigene Stimme wie von ferne: »Wann fährst du wieder?«
»Der Zug geht morgen früh um fünf nach sieben von Lowell. Ich komm sie um halb sieben holen.«
»Bevor ich zur Arbeit geh, werd' ich dafür sorgen, daß sie fertig ist.« Lyddie stand auf. Sonst gab es nichts mehr zu besprechen.
Auch er stand auf, Kappe in der Hand, wollte noch etwas sagen, wußte nicht, wie. Sie wartete.
»Was die Farm betrifft –« begann er.

Die Farm. Noch vor ein paar Minuten hatte sie gedacht, die Farm wäre das einzig Wichtige. Jetzt war es ihr egal, was damit passierte.

»Onkel Judah is' fest entschlossen, sie zu verkaufen.«

Lyddie nickte. »Nu'«, sagte sie, »so soll es ein.«

Charlie lächelte bitter. »Für 'nen Mann, der sagt, der Herr hätt' den Weltuntergang beschlossen, is' er mächtig an den weltlichen Gütern interessiert.« Lyddie wurde klar, daß ihr Bruder zu scherzen versuchte, also lächelte sie mühsam.

»Aber fast hätt' ich was vergessen . . .« Er griff in eine in der Jacke verborgene Tasche und zog einen versiegelten Brief hervor.

Lyddie starrte ihn an. »Judah schickt mir doch kein Geld?«

»Wer?«

»Onkel Judah.«

»O nein, würd' ihm nicht im Traum einfallen. Er sagt, was beim Verkauf rauskäm', stünd' ihm zu. Er hätt' ja die ganze Zeit für Ma und die Kleinen gesorgt. Nein. Das da is' 'n Brief.« Er gab ihr den Umschlag, wobei er sie nicht aus den Augen ließ. »Von Luke.«

»Von welchem Luke?«

»Lyddie! Von unserem Freund. Unserem Nachbarn, Luke Stevens.« Charlie schien entsetzt. Er konnte nicht wissen, daß seit dem Tag, an dem Luke sie zum Dorf gefahren hatte, schon zwei Leben verstrichen waren und mindestens eins, seit der junge Quäker in seiner seltsamen Verkleidung auf den Stufen vor dem Wohnheim gestanden hatte.

Sie steckte den Brief in die Schürzentasche. »Dank dir«, sagte sie. »Also, auf Wiedersehn. Morgen früh, wenn du kommst, bin ich bei der Arbeit.«

»Alles wird gut werden, Lyddie. Alles wird sich zum Besten wenden, meinst du nicht?« Er klang besorgt. »Auch für dich.«

»Du hast deine Tasche vergessen«, sagte sie.

»Nein, die is' für Rachel.« Charlie hob sie auf und reichte sie seiner Schwester. Er streckte die Hand aus, als wollte er ihre schütteln, aber sie hatte die Hände fest um den Henkel der Tasche geschlungen. Statt dessen nickte sie. Beim nächsten Mal wird er größer sein als ich, dachte Lyddie. Falls es ein nächstes Mal gab. Sie ging mit ihm zur Tür. »Leb wohl«, sagte sie leise.

Wie eine altersschwache Frau kletterte sie die Treppe hinauf, indem sie sich am Geländer festhielt und sich eine Stufe um die andere emporzog. Rachel schlief schon fest. Sie würde die Kleine nicht wecken. Im Kerzenlicht betrachtete sie das hübsche Gesichtchen. Zu dünn, zu blaß, die Haut fast durchsichtig. Lyddie strich eine Locke zurück, die aus dem Zopf entwischt war. Gleich würde wieder der Husten beginnen, der den kleinen Körper schüttelte und das Bett zum Wackeln brachte. Mrs. Phinney würde auf sie achtgeben. Sie konnte zur Schule gehen. Sie würde ein gutes Leben haben, eine richtige Mutter. Und dann wird sie mich vergessen, mich, die unansehnliche, knausrige Lyddie. Wird Rachel jemals wissen, wie sehr ich sie geliebt habe? Daß ich ohne ein Wort der Klage mein Leben weggegeben hätte für sie? Daß ich, o Herr, gerade jetzt für sie sterbe?

Sie nahm ein wunderhübsches geblümtes Musselinkleidchen aus der Reisetasche. Es sah zu groß aus für die kleine, magere Rachel, aber sie würde ja hineinwachsen. Sie würde größer und dicker werden und sich wieder in eine Fremde verwandeln. Lyddies Tränen versickerten in dem Kleidchen. Sie wischte sich das Gesicht mit der Schürze ab, dann breitete sie die neuen Sachen aus – das gekräuselte Häubchen mit Bändern und Spitze, einen Unterrock, der schön genug war, um damit auf eine Hochzeit zu gehen. Über dem Saum war ringsum ein rosa Band eingeflochten, reine Verschwendung an einer Stelle, die keiner jemals sehen würde. Außer Rachel selbst.

Lyddie packte die Tasche, was kaum eine Minute in Anspruch nahm. Rachel hatte so wenig. Das Lesebuch fiel ihr ein, doch dann entschied sie, es zu behalten. Rachel würde jetzt ein neues bekommen, ein besseres. Sie nahm das Buch mit den Reimen vom Nachttisch und legte es in die Tasche, dann nahm sie es wieder heraus. Sie holte ihre Schachtel mit dem Schreibzeug, tauchte den Federhalter in die Tinte und schrieb mühsam und sorgfältig aufs vorderste Blatt: *Für Rachel Worthen von ihrer Schwester Lydia Worthen, am 24. Juni 1846.* Beim Schreiben wischte sie sorgsam das Gesicht mit der Schürze ab, damit die Tinte nicht zerfloß.

Sie lag fast die ganze Nacht wach und lauschte auf Rachels Husten. Wie immer ging ihr das Geräusch durch Mark und Bein. Aber der Schmerz, den sie dabei verspürte, war ihre Rettung. Wenn sie bisher noch den geringsten Zweifel hatte, so wußte sie jetzt ganz genau, daß Rachel weg mußte von hier.

Als die erste Morgenglocke läutete, weckte sie Rachel nicht auf, wie sie es gewöhnlich tat, sondern zog sich erst an und machte sich fertig. Schließlich rüttelte sie die Kleine sanft.

Rachel wachte sofort auf und erschrak. »Ich hab verschlafen! Warum hast du mich denn nicht geweckt?«

»Heut wirst du 'ne schöne Überraschung erleben, Rachie. Charlie ist gekommen, um dich zu holen.«

»Charlie? Mein Bruder Charlie?« Rachel war so aufgeregt, als könnte sie sich wirklich an ihn erinnern. Lyddie streifte den Neid ab, der sie spinnwebenartig umschloß. »Er nimmt dich mit für 'nen Besuch bei sich zu Haus.«

»Er will, daß ich ihn besuch?« Rachel war ganz offensichtlich begeistert, aber dann sah sie in Lyddies Gesicht. »Du kommst doch auch mit, nicht, Lyddie?«

»Nein. Ich muß doch schaffen.« Das Gesicht des Kindes verdüsterte sich. »Ich komm später nach.« Lyddie streckte die Hand aus. »So, steh jetzt auf, du mußt dich fertigmachen.«

Rachel nahm Lyddies Hand und zog sich aufrecht. Dann warf sie die Decke zurück. Sie schlief immer unter einer Steppdecke, selbst in der grauenhaften Sommerhitze. »Wie lang werd' ich weg sein, Lyddie?«

»Weiß ich nicht. Wir finden beide, Charlie und ich, daß du ein Weilchen dortbleiben solltest. Und sorg dafür, daß du diesen blöden Husten loskriegst, ja? In der Fabrik ist es im Sommer sowieso zu heiß. Sobald der Juli kommt, machen viele Mädchen Urlaub.«

»Du auch, Lyddie?« Rachel stand in ihrem kurzen Nachthemd da und kratzte sich mit den nackten Zehen das andere Bein.

»Möglich wär's. Wer weiß.« Lyddie machte den Waschlappen in der Waschschüssel naß, drückte ihn aus und reichte ihn Rachel.

»Komm doch gleich jetzt mit, Lyddie.«

»Auf dem andern Bett liegt ein neues Kleid für dich. Für 'ne Zugfahrt muß man sich feinmachen.«

»Wir fahr'n mit der Eisenbahn?«

»Soviel Glück wie du hat keine andere. Ein neues Kleid, ein neues Häubchen, eine Eisenbahnfahrt, ein Urlaub mit einem gutaussehenden jungen Mann –« Sie nahm den Waschlappen aus Rachels Hand, hob das Kinn der Kleinen und begann, ihr das Gesicht zu waschen. »Und jetzt mußt du dein Alphabet besser lernen, damit du mir genauestens beschreiben kannst, wie die Zugfahrt war.« Die Glocke begann zu läuten. Rasch drehte sich Lyddie zur Wand, um sich nicht zu verraten, und drückte den Waschlappen über der Schüssel aus. »Er kommt dich in etwa einer Stunde hier holen«, sagte sie munter. »Also ziehst du dich jetzt an, dann gehst du zu Mrs. Bedlow runter und bittest sie um ein extra großes Frühstück.« Lyddie drehte sich nur lange genug um, um Rachel leicht auf die Wange zu küssen. Dann ging sie rasch zur Tür hinaus.

»Komm bald nach, Lyddie!« folgte ihr Rachels Stimme die Treppe hinunter. »Ich werd dich vermissen!«

»Sei schön brav, wenn du bei Charlie bist!« rief Lyddie zurück und rannte laut klappernd die Treppe hinunter, um alle anderen Geräusche auszulöschen, alle Zweifel.

Rachel war schon fast eine Woche lang weg, als Lyddie den Umschlag wiederfand, auf dem in kleinen, sauberen Buchstaben ihr Name stand. Sie hatte ihn vor einigen Tagen in ihre Kiste gesteckt und konnte sich erst gar nicht erinnern, wo er herkam. Neugierig öffnete sie ihn.

Liebe Lyddie Worthen!
Bestimmt hat Dir Charlie das mit Eurer Farm erzählt. Obwohl sich unser Vater große Mühe gab, bei Deinem Onkel ein gutes Wort einzulegen, ließ er sich nicht erweichen. Also hat unser Vater Eure Farm selbst gekauft, denn er hat ja vier Söhne und nicht genug Land für uns alle.
Ich habe mit Deinem Bruder gesprochen. Er hat mich gedrängt, ich solle meine Ängste beiseite legen und Dir schreiben, wie es in mir aussieht. Es ist so: Ich würde meinen Vater gern bitten, mir Deine Farm zu überschreiben. Doch wäre Dein Land öde ohne Dich.
Darf ich es deshalb wagen, Dich zu bitten, zurückzukommen? Nicht als Schwester, sondern als meine Frau?
Vergib diese kühnen Worte, aber ich weiß keine hübschen Sätze zu formen, die dir angemessen wären.
Herzliche Grüße von Deinem Freund
Luke Stevens

Was hatte Charlie zu diesem Mann gesagt, daß er es wagte, so einen Brief zu schreiben. Denken die, sie könnten mich kaufen? Denken die, ich würde mich verkaufen für dieses Land? Wo doch von unserer Familie keiner mehr da ist, mit dem ich dorthin zurückkehren könnte? Mir ist nichts mehr geblieben als ich selbst, Lyddie Worthen – und die soll ich verkaufen? Ich werde keine Sklavin sein. Auch nicht Lukes »Fracht« – kein heimatloser Flüchtling, dem Luke seine stolze Quäkerseele zuwenden muß, um ihn zu retten.
Sie riß den Brief in winzige Fetzen, die sie allesamt in Mrs. Medlows eisernen Küchenherd stopfte. Und dann brach sie zu ihrer eigenen Verwunderung in Tränen aus.

Diana

Sie war ganz alleine gewesen, bevor Rachel kam, aber sie hatte nicht gewußt, was Einsamkeit ist – dieser scharfe Schmerz in der Brust, der eine unablässige, dumpfe Schwere erzeugte. Mein Herz ist schwer, dachte sie. Es ist nicht nur eine Redensart. Es ist wirklich so. Da sitzt ein riesiger Stein in meiner Brust und drückt alles in mir nieder. Wie soll ich aufrecht stehen und hinaussehen in die Welt? Ich bin in mich zusammengekrümmt, und trotz des großen Gewichts ist da drinnen nur Leere.

Arbeitstage kamen, die kein Ende nehmen wollten, jetzt, wo es nichts mehr gab, worauf sie sich nach der Abendglocke freuen konnte. Gerüchte gingen um, die Firma hätte die Uhren langsamer gestellt, um noch einige Minuten aus der langen Sommerschicht herauszuschinden. Von Zeit zu Zeit fragte sie sich, warum sie überhaupt so hart arbeitete, jetzt, wo die Farm verkauft und Rachel und Charlie für sie verloren waren. Sie schob diese Frage beiseite. Sie arbeitete hart, weil Arbeit alles war, was sie kannte, alles, was sie hatte. Alles andere, wodurch sie sich selbst als Lyddie Worthen erfahren hatte, war weg. Nur noch die Arbeit war geblieben – so hart, daß ihre Seele ebenso schwielig wurde wie ihre Hände. Sie fiel erschöpft ins Bett und spürte die volle Last ihrer Trauer nur noch in ihren Träumen, die sie, auch wenn sie es noch so sehr wollte, nicht zähmen konnte.

Die Weberinnen in der Firma Concord hatten sich alle geweigert, der Aufforderung des Personalleiters nachzukommen, jeweils vier Webstühle zu versorgen und darüber hinaus eine Senkung des Stücklohns zu akzeptieren. Sie legten schriftlich das Gelöbnis nieder, sich dagegen zur Wehr zu setzen, und alle hielten sich daran. Wie eine geflüsterte Welle schwappte es durch den Websaal: »Keine einzige ist abgesprungen. Nicht eine einzige.«

Diana hätte überglücklich sein müssen. War das nicht ein Sieg für ihre Frauengruppe? Aber als es Lyddie schließlich gelang, aus ihrem eigenen Schmerz aufzutauchen, sah sie, wie abgespannt Diana wirkte. Ihr Gesicht war starr und bitter. Wann immer Brigid und Diana seit Rachels Abreise versucht hatten, sich Lyddie zu nähern, hatte sie die beiden abgewehrt. Niemand konnte ihren Verlust nachempfinden, davon war sie überzeugt. Sie hatte nicht die Kraft, die vergeblichen Tröstungsversuche zu ertragen.

Dann war es plötzlich Mitte Juli. Lyddie fiel auf, daß Diana immer noch an der Arbeit war. Sie sah von Tag zu Tag kränker aus. Das konnte nicht nur an der Hitze im Websaal liegen. Sie machte sich Sorgen, dachte Lyddie, sie ist richtig verquält. Und mir, die ich so mit meinem eigenen Kummer beschäftigt war, ist es gar nicht aufgefallen.

Lyddie versuchte, auf der Treppe mit Diana zu reden, aber die schien kaum ihren Gruß zu hören. Drohte man ihr mit Entlassung? Mit der schwarzen Liste? Lyddie durchlief ein Schauder. Sie hatte gedacht, sie hätte nichts mehr zu verlieren, aber angenommen, Diana ginge auch noch weg? Diana – die einzige, die sie vom ersten Tag an behandelt hatte wie einen richtigen Menschen – die einzige, die nie über Lyddies komischen Dialekt gelacht hatte, die nie von ihr verlangt hatte, sie solle ihr Benehmen oder ihr Denken ändern. Alle Mädchen brachten ihren Kummer zu Diana. Sie war immer diejenige, die kam und half. Keiner dachte jemals daran, auch Diana könnte Hilfe brauchen.

Sie ist krank – wie Betsy, Rachel, Prudence und viele andere. Sie hat hier schon zu lange und zu hart geschuftet. Ich muß etwas für sie tun, entschied Lyddie, muß ihr was schenken. Es gab nur ein einziges Geschenk, das gut genug war.

»Diana?« Lyddie bahnte sich einen Weg durch das Gedränge auf dem Fabrikhof. »Ich hab nachgedacht.« Sie sah sich um, ob jemand zuhörte, aber sämtliche Mädchen waren nur darauf bedacht, zu ihrem Abendessen zu stürmen. »Was die – die –« Selbst jetzt, wo sie sich dazu entschlossen hatte, brachte sie es kaum über sich, das verbotene Wort direkt auf dem Fabrikhof auszusprechen. Sie holte tief Luft. »Ich hab dran gedacht, zu unterschreiben.«

Jetzt drehte sich das ältere Mädchen zu Lyddie um und legte ihr die Hand auf den Arm. »Ach«, sagte sie. Den Rest konnte Lyddie in dem Krach, der hier herrschte, nicht so recht verstehen, aber es klang wie: »Nun, wir werden sehen«, während sich Diana von der dahineilenden Menge forttragen ließ.

Ich mein's ehrlich, dachte Lyddie. Wirklich.

Schon im Frühling hatte sie erfahren, daß es auch in ihrem Wohnheim Mädchen gab, die heimlich die Eingabe herumgehen ließen. Aber ihren jetzigen Entschluß hatte sie nur für Diana gefaßt. Sonst wäre es ja kein richtiges Geschenk gewesen. Nach dem Abendessen setzte sie ihren Hut auf und ging zu Dianas Wohnheim. Dort fragte sie eines der Mädchen im Aufenthaltsraum nach ihr. »Diana Goss?« gab das Mädchen mit einem spöttischen Lächeln zurück. »Heut ist Dienstag. Die wird bei ihrer Sitzung sein.«

»Oh.«

Das Mädchen musterte sie von Kopf bis Fuß, als wollte es sich einprägen, wie Lyddie aussah. Vielleicht spionierte es für die Firma. Starr sie nieder, sagte sich Lyddie. Die andere war kleiner als sie, und als Lyddie ihr hoch aufgerichtet direkt in die Augen sah, wandte sie den Blick ab. »Die Sitzung findet im Lesesaal auf der Central Street statt.« Sie sah Lyddie wieder an. Jetzt lag erneut das spöttische Lächeln auf ihrem Gesicht. »Nummer sechsundsiebzig. Alle sind willkommen. Wenigstens hab ich das gehört.«

Wer A sagt, muß auch B sagen, dachte Lyddie und ging in die Stadt.

Die Sitzung hatte schon begonnen. Ein Sitzungsprotokoll wurde vorgelesen. Das Ganze wirkte fast wie ein Nähkränzchen, weil viele von den ungefähr vierzig Mädchen, die dicht gedrängt in dem kleinen Raum saßen, flickten oder strickten.

»Hallo!« Die junge Frau, die den Vorsitz zu haben schien, unterbrach die Schriftführerin, die das Protokoll eintönig herunterleierte. »Komm herein.«

Lyddie trat ein und sah sich unsicher nach einem Stuhl um. Zu ihrer Erleichterung entdeckte sie Diana, die aufstand und ihr entgegenging. »Du bist gekommen«, sagte sie. Ihr müdes Gesicht entspannte sich zu einem Lächeln, das Lyddie an den ersten Abend erinnerte, den sie bei Diana verbracht hatte. Nur daß Diana damals wunderschön und voller Leben gewesen war. Sie führte Lyddie zu einer Ecke, wo es zwei freie Stühle gab, und setzte sich neben sie, während die Sitzung wieder ihren Lauf nahm.

Es fiel Lyddie schwer, der Diskussion zu folgen. Es wurden Pläne für eine Kundgebung gemacht, die Ende des Monats stattfinden sollte. Lyddie wartete unentwegt, daß einer die Eingabe erwähnen möge, damit sie sagen konnte, sie sei bereit zu unterschreiben. Aber keiner kam darauf zu sprechen. Als die erste Abendglocke läutete, vertagte die Vorsitzende alles weitere auf den nächsten Dienstag. Jetzt kam Bewegung in die Mädchen, während sie ihre Näharbeiten einsammelten und ihre Hüte aufsetzten, um nach Hause zu gehen.

Die Vorsitzende kam zu Lyddie und Diana herüber und streckte die Hand aus. »Ich heiße Mary Emerson«, sagte sie. »Willkommen. Ich glaube, du bist heute zum ersten Mal hier.«

Lyddie schüttelte der Frau die Hand und nickte.

»Das ist meine Freundin, Lydia Worthen«, sagte Diana. »Sie zieht in Betracht, sich uns anzuschließen.«

Miß Emerson wandte sich Lyddie erwartungsvoll zu. »Ich bin gekommen, um die – die Eingabe zu unterschreiben«, sagte Lyddie. Die Frau legte den Kopf schief. Sie schien verwirrt. Was war los mit ihr? »Die wegen des Zehnstundentags.« Warum mußte sie der Vereinsvorsitzenden erklären, worum es in ihrer Eingabe ging?

»Vielleicht nächstes Jahr«, sagte Diana leise.

»Nein. Ich hab mich entschlossen. Ich will es gleich tun. Heut abend.«

»Wir haben die Eingabe doch schon überreicht«, sagte Miß Emerson. »Das mußten wir. Bevor die gesetzgebende Körperschaft ihre Sommerpause antrat.«

Jetzt hatte sie sich schließlich und endlich entschlossen, und jetzt war es zu spät? »Aber –«

»Nächstes Jahr«, wiederholte Diana, »kannst du deinen Namen in die allererste Spalte setzen, wenn du magst.«

»Ja«, sagte Miß Emerson munter. »Das ist unser Motto. ›Wir versuchen es noch einmal.‹ Da viertausend Namen sie nicht überzeugen konnten, müssen wir nächstes Jahr achttausend zusammenkriegen.« Sie schenkte Lyddie die Art von ermutigendem Lächeln, die ein Lehrer einem begriffsstutzigen Schüler schenkt. »Wir werden alle Hilfe brauchen, die wir kriegen können.«

Lyddie stand mit offenem Mund da und sah von dem schmalen Gesicht Dianas zu dem kräftigen der anderen Frau. Zu spät. Sie war zu spät gekommen. Sie kam immer zu spät. Zu spät, um die Farm zu retten. Zu spät, um ihre Familie zusammenzuhalten. Zu spät, um für Diana das einzige zu tun, was sie für sie tun konnte.

»Ich bring dich jetzt besser ins Wohnheim«, sagte Diana. Als wäre Lyddie ein hilfloses Kind, für das man sorgen mußte. »Damit du nicht zu spät kommst.«

Wortlos eilten sie die trüb beleuchteten Straßen entlang zu den Wohnheimen der Firma Concord. Lyddie wollte erklären – wollte sich entschuldigen – wollte ihr zu langes Zögern irgendwie wettmachen –, aber sie wußte nicht, wie.

Als sie sich dem Wohnheim Nummer fünf näherten, brach Diana das Schweigen. »Danke, daß du heute abend gekommen bist.«

»O Diana. Ich bin zu spät gekommen.«

»Du bist gekommen, als du es konntest.«

»Ich komm immer zu spät . . .«

»Lyddie . . .« Diana zögerte. »Ich werde dich vermissen.«

Was sagte Diana da? »Ich geh nicht weg!« protestierte Lyddie. »Ich bleib da. Nächstes Jahr und übernächstes auch.«

»Nein. *Ich* bin es, die geht.«

»Aber wo willst du denn hin?« Diana hatte immer gesagt, die Fabrik wäre ihre Familie.
»Nach Boston, glaube ich.«
»Kapier ich nicht. Bist du krank?«
»Lyddie, wenn ich nicht bald gehe – auf der Stelle –, dann entlassen sie mich.«
»Wegen dieser verflixten Eingabe. Sie versuchen, dich zu –«
»Nein. Nicht deswegen. Ich wollte, es läge daran.« Sie waren vor dem Wohnheim Nummer fünf stehengeblieben. Beide sahen zu, wie die schwere Haustür aufschwang, und sie erhaschten einen kurzen Blick auf das beleuchtete Innere, als zwei Mädchen hineinеilten, bevor die Glocke zum letzten Mal läutete. »Es ist, weil – O Lyddie, du darfst mich nicht verachten –«
»Verachten könnt' ich dich nie!« Wie konnte Diana so etwas sagen?
»Lyddie, ich war, oh, ich weiß nicht – dumm? Unmoralisch?«
»Wovon redest du da? Wärst du nie –«
»Doch.« Diana schwieg einen Augenblick, als wollte sie aus den vielen Gedanken in ihrem Kopf die Worte herausklauben, die sie brauchte. »Ich bin schwanger, Lyddie.«
»Was?« Lyddie war wie betäubt, und ihre Stimme war zu einem Flüstern geworden. Sie versuchte, in Dianas Gesicht zu lesen, aber es war zu dunkel. »Wer hat dir das angetan?« fragte sie schließlich.
»O Lyddie, keiner hat mir das ›angetan‹.«
»Dann wird er dich also heiraten?«
»Er – er kann mich nicht heiraten. Er hat eine Frau in Concord. Sie wollte nicht in einer Fabrikstadt wohnen. Obwohl ihr Vater eine besitzt.« Dianas Lachen war kurz und rauh.
Es war dieser Arzt. Davon war Lyddie überzeugt. Er sah so freundlich aus, dabei hatte er die ganze Zeit über . . . »Aber was wirst du jetzt tun?« Sie konnte das Schrille in ihrer Stimme hören und versuchte es zu dämpfen. »Wo willst du denn hingehen?«
»Ich habe ein bißchen was gespart, und er hat vor, mir zu helfen,

so gut er kann. Ich werde Arbeit finden. Ich werde – wir werden es schon schaffen, das Baby und ich.«

»Es ist nicht richtig.«

»Ich muß in allernächster Zukunft verschwinden. Ich darf keine Schande über unseren Verein bringen. Wenn auch nur das kleinste bißchen davon laut wird, werden unsere Feinde tanzen und frohlocken.« Lyddie hörte die bittere Ironie in Dianas Stimme. »Ich werde ihnen keine Waffe überreichen, mit der sie uns den Garaus machen können. Nicht, wenn ich es irgendwie vermeiden kann.«

»Wie kann ich dir helfen? O Diana, ich war so blind –«

Diana berührte leicht Lyddies Wange. »Laß uns beten, daß alle so blind waren wie du. Ich werde dir schreiben, wenn ich darf. Dich wissen lassen, wie alles so läuft –«

»Du warst so gut zu mir –«

»Ich werd dich vermissen, kleine Lyddie.« Die letzte Glocke begann zu läuten. »Schnell. Geh rasch hinein, bevor sie dich aussperren.«

»Diana –« Aber das ältere Mädchen stieß sie zur Tür und eilte die Straße entlang in Richtung Wohnheim Nummer drei.

Am nächsten Tag ging auf dem Stockwerk das Gerücht um, Diana Goss sei weg, sie hätte sich im letzten Moment noch eine ehrenhafte Entlassung gesichert. Wenn sie weiterhin ihre radikalen Umtriebe getätigt hätte, wäre sie auf die schwarze Liste gekommen. Zumindest war es das, was die Runde machte.

B wie Brigid

Brigid versorgte jetzt zwei Webstühle und würde bald bereit sein für einen dritten. Stolz stand sie davor, während ihr vor lauter Konzentration der Schweiß von der Stirn lief. Wenn sie sich nur leichter angezogen hätte – aber nein, die Mädchen vom »Acker« hatten sommers wie winters dieselbe Kleidung an, und zwar mehrere Schichten übereinander. Aber auch wenn Brigid ein bißchen verrückt war, sie versprach eine gute Arbeiterin zu werden. Mr. Marsden kam dieser Tage kaum einmal an Lyddies Webstühlen vorbei. Wenn sich ihre Blicke zufällig trafen, dann war es, als würden sie sich nicht kennen. Zu Anfang hatte ihr seine Kälte Sorgen gemacht. Sie hatte befürchtet, er könnte einen Grund finden, sie zu entlassen, also hatte sie sämtliche Vorschriften bis aufs I-Tüpfelchen befolgt. Doch im Verlauf der Zeit verlor sie ihre Furcht. Seine abweisende Haltung war ihr lieber als das rosige Lächeln und die tätschelnde Hand, die sie über sich hatte ergehen lassen, bevor sie krank geworden war.

Sie leistete sich noch einige Bücher. Zu Ehren Ezekial Freemans – was für einen schönen Namen sich ihr Freund ausgesucht hatte – kaufte sie *Das Leben des Frederick Douglass als Sklave in Amerika, von ihm selbst erzählt* und eine Bibel. Beide Bücher wurden ein stiller Trost an ihren einsamen Sonntagen, denn wenn sie darin las, konnte sie Ezekials volltönende, warme Stimme hören, die das Blockhausdunkel erfüllt hatte.

Auch Mr. Dickens' Bericht über seine Reisen in Amerika hatte ihr gefallen – abgesehen von dem Teil, der von Lowell handelte. Er war, wie Diana gesagt hatte, ein bißchen wirklichkeitsfremd. In seinen rosigen Beschreibungen tauchten keine kranken Lungen, schwarze Listen oder Männer mit Ehefrauen in Concord auf. Der Juli schleppte sich dahin, und schließlich wurde es August. Ein ganzes Jahrhundert schien vergangen zu sein seit jenem Juli vor einem Jahr, als sie immer wieder *Oliver Twist* gelesen und von zu Hause geträumt hatte. Sie war so ein Kind gewesen damals – so ein dummes, unwissendes Kind. Wie immer waren viele der in Neuengland ansässigen Mädchen nach Hause gefahren. Brigid übernahm einen dritten Webstuhl. Weitere irische Mädchen wurden als Hilfskräfte eingestellt, manche der Maschinen standen einfach still. Es herrschte weniger Lärm. Lyddie begann aus Mr. Douglass' Buch oder der Bibel Textstellen abzuschreiben und an ihre Webstühle zu kleben.

Die Psalmen gefielen ihr am besten. *Ich hebe meine Augen auf zu den Bergen* . . . und *An den Wassern zu Babel saßen wir und weinten, wenn wir an Zion gedachten* . . . Die Psalmen waren Gedichte, nein, Lieder, die im kraftvollen Rhythmus der Webstühle mitschwangen.

Manchmal machte sie auch ihre eigenen. *An den Wassern von Merrimack und Concord saßen wir und weinten, wenn wir an Vermont gedachten* . . . Ich muß vergessen, dachte sie. Ich muß alles vergessen. Ich kann die Erinnerung nicht ertragen.

Lyddie war nun wieder kräftig. Ihr Körper verriet sie am Ende des Tages nicht mehr mit Erschöpfung, und auch das Tränenvergießen für das, was hätte sein können, lag hinter ihr. Es war eine Erleichterung, sagte sie sich, keine Schuldenlast mehr zu tragen und – noch schlimmer – nicht für das Wohlergehen anderer verantwortlich zu sein. Ein großes Gewicht war von ihren Schultern genommen, oder etwa nicht? Und irgendwann würde auch noch der Stein verschwinden, den sie in der Brust trug.

Zusammen mit Brigid arbeitete sie einige der neuen Hilfskräfte ein. Alle waren viel zu dick angezogen in der erstickenden Hitze. »Aber mei Muader sagt, dia Omhäng dätet mi frisch halta«, beharrte eines der Mädchen. Lyddie ließ es sein. Es war ihr nicht gelungen, Brigid zu überzeugen, ihre blöden Umhänge abzulegen, wie konnte sie da erwarten, daß sie es bei den neuen Mädchen schaffte? Trotzdem war sie geduldiger mit ihnen als damals mit der armen Brigid. Sie konnte gar nicht anders, denn Brigid war so liebenswürdig wie nur was, brachte der Neuen alles bei, was ihr Lyddie und Diana beigebracht hatten, und hob nie gereizt die Stimme.

Lyddie sah zu, wie sie von einer Spule ein Stück Faden abschnitt und eines der ungeschickteren Mädchen zum Fenster hinüberführte, um ihm dort im besseren Licht zu zeigen, wie man einen

Weberknoten knüpfte. Genauso wie ich damals, dachte Lyddie. Aber zu ihrer Schande mußte sie bekennen, daß man ihr angesehen hatte, wie wütend sie war, während Brigid so sanft war wie ein Mutterschaf, das ihr Lamm abschleckt.

Sie lächelte reumütig, als Brigid und die andere zu ihren Webstühlen zurückkehrten. Brigid lächelte breit zurück. »Sie ist ein bißchen langsam.«

»Eine Woche lang oder zwei haben wir am Anfang alle das Recht, uns wie Närrinnen aufzuführen«, sagte Lyddie. Dianas Stimme klang in ihrem Kopf. Diana hatte ein kurzes Briefchen geschickt, in dem stand, Lyddie solle sich keine Sorgen machen – sie hätte bei einer Näherin Arbeit gefunden. Aber Sorgen machte sie sich trotzdem.

»Stimmt«, sagte Brigid bekümmert. »Aber ich bin auch jetzt noch eine Närrin.« Sie deutete mit dem Kopf zu dem an Lyddies Webstuhl befestigten Psalm. »Und du bist so klug.«

Lyddie fuhr mit dem Finger unter das Blatt, um den Klebstoff zu lösen, und reichte es Brigid. »Da«, sagte sie. »Zum Üben. Ich mach mir ein neues.«

Brigid schüttelte den Kopf. »Das wird mir nichts nützen. Ich könnte genausogut blind sein.«

»Aber ich hab dir doch mal einen Zettel geschickt –«

»Den hab ich auf der Stelle Diana gebracht, damit sie ihn mir vorliest.«

»Du kennst doch wenigstens das Alphabet?«

Beschämt schüttelte das Mädchen den Kopf.

Lyddie seufzte. Sie konnte nicht die Lehrerin spielen für Brigid, aber die Chance, zumindest einen Anfang zu machen, durfte sie ihr nicht versagen. Also verfertigte sie Blätter, die das Mädchen aufhängen konnte.

»*A* steht für Arbeitgeber.« Daneben war ein grobes Bild von einem Mann mit Zylinder – das war der gestrenge Hohepriester dieser unsichtbaren Boston-Götter, den Gründern der Firmen, denen ganz Lowell täglich ihr Leben opferte.

»*B* steht für Brigid.« B wurde augenblicklich beherrscht.
»*C* steht für Concord.«
»*D* steht für Diana.« So ging es weiter. Dabei benutzte Lyddie so weit wie möglich Wörter und Namen, die Brigid von der Fabrik her kannte. Jeden Tag gab sie ihr drei neue Blätter zum Aufhängen und Lernen, die das Mädchen nach der Arbeit mit heimnahm, um dort zu üben.
So fand sich Lyddie, ohne es zu wollen, verpflichtet – Tag für Tag, Buchstabe für Buchstabe, Wort für Wort, Satz für Satz, Seite für Seite, bis es dann hieß: »Komm nach dem Abendessen vorbei, dann machen wir uns zusammen ans Lesebuch.« Oder am Sonntag nachmittag: »Wir treffen uns am Fluß. Ich bring Papier und Federhalter mit.«
Lyddie ging nicht zu Brigid nach Hause. Nicht, weil sie sich davor fürchtete, zum »Acker« zu gehen. Die Gerüchte von Diebstählen und Überfällen machten ihr keine Angst. Nein, was sie zögern ließ, war Brigid selbst. Lyddie wollte nicht, daß sich die junge Irin des einzigen Zuhauses schämte, das sie hatte.
Schließlich kam ein Brief von Charlie. Sie hatte sich nicht gestattet, auf einen zu warten, aber als er kam, wurde ihr klar, wie sehr sie sich danach sehnte, von ihm zu hören – daran erinnert zu werden, daß sie nicht ganz vergessen war.

Liebe Schwester Lyddie! (Wie schön ihr Bruder schrieb!)
Uns geht es gut. Wir hoffen, daß es Dir auch gutgeht. Rachel geht seit letzten Monat zur Schule. Ihr Husten ist fast weg, und sie wird ziemlich pummelig von Mrs. Phinneys Kost.
Luke Stevens sagt, er hätte keine Antwort erhalten. Denk mit Wohlwollen an ihn, Lyddie. Auch Du brauchst einen, der für Dich sorgt.
Dein Dich liebender Bruder,
Charles Worthen

Sie war schon im Begriff, den Brief zu zerreißen, aber dann hielt sie sich zurück. Um ein Haar hätte ihr erster Riß quer durch Charlies Namen geführt.

Es wurde September. Ein Teil der Mädchen aus Neuengland kehrte in den Websaal zurück, aber inzwischen waren die Irinnen weit in der Überzahl. Keine Diana natürlich, obwohl etwas in Lyddie immer noch auf sie wartete, immer noch damit rechnete, die hochgewachsene, ruhige Gestalt könnte durch die wirbelnden Textilfasern hindurch auf sie zukommen. Im Websaal fehlte etwas, seit sie weg war. Jetzt gab es kein ruhiges Zentrum mehr im Sturm.

Eines Tages kam ein auf dickem, teurem Papier geschriebener Brief, der in einer verschnörkelten Handschrift an Lyddie adressiert war. *Zu unserem Bedauern müssen wir Ihnen mitteilen, daß Maggie M. Worthen verstorben ist . . .* Nicht mal ihr Name stimmte. Arme Mama. Nichts hatte jemals für sie gestimmt, weder in ihrem Leben noch in ihrem Tod. Lyddie kniff die Augen zu und versuchte sich das Gesicht ihrer Mutter vorzustellen. Sie konnte die magere, ruhelose Gestalt vor dem Feuer schaukeln sehen, das Haar schon von Grau durchzogen. Aber das Gesicht war verschwommen. Sie hatte sich schon vor so langer Zeit davongemacht. Schon lange vor ihrem Tod.

Der Herbst kam. Die Tage wurden kürzer. Lyddie ging im Dunkeln zur Arbeit und kam abends im Dunkeln heim. In der Fabrik brannten fast den ganzen Tag die Walöllampen, und auf allen Stockwerken standen gefüllte Wassereimer. Die Angst vor Feuer war ständig gegenwärtig, solange die Lampen brannten.

Jetzt, wo die Tage so kurz waren, frühstückten die Mädchen, bevor sie zur Arbeit gingen. Wie immer war kaum Zeit, das Essen hinunterzuschlingen, obwohl es weniger großzügig war als ein Jahr zuvor. Am Ende des Tages wartete Lyddie jetzt auf Brigid, um sich mit ihr zusammen auf den Heimweg zu machen. Oft gingen alle anderen Mädchen auf der Treppe oder unten im Fabrikhof an ihnen vorbei, weil die beiden irgendwo stehenblieben,

um sich darüber zu unterhalten, was Brigid seit dem Tag zuvor gelesen hatte. Lyddie lüftete dann das Geheimnis, das sich hinter einem bekannten Wort oder einem komplizierten Satz verbarg.
Eines Abends entdeckte Lyddie auf der bevölkerten Treppe, daß Brigid plötzlich nicht mehr neben ihr ging. Sie versuchte zu warten, aber die schnatternde Mädchenmenge schob sie weiter. Also ging sie bis nach unten und trat dort aus dem Strom. Hundert Mädchen oder mehr gingen an ihr vorüber.
Lyddie kapierte das nicht. Brigid war doch direkt neben ihr gegangen. Sie hatten sich unterhalten. Brigid hatte sie gefragt, was Leibeigenschaft bedeute. Sie versuchte mühsam, Mr. Douglass' Buch zu lesen, war aber über die erste Seite des Vorworts noch nicht hinausgekommen.
Schließlich klapperten keine Schritte mehr auf der Treppe, und auch das schrille Gelächter war verstummt. Aber da war immer noch keine Brigid. Lyddie zögerte. Vielleicht war sie vorausgegangen? Oder vielleicht hatte sie etwas vergessen und war in den Websaal zurückgelaufen? Lyddie ging über den fast verlassenen Hof. Das Abendessen wartete, und Mrs. Bedlow empfand es als eine persönliche Beleidigung, wenn man sich verspätete. Sie war schon fast am Tor angelangt, als sie etwas anhalten ließ. Mit emporgereckter Nase blieb sie stehen, wie ein Reh, dessen Junge im Gebüsch versteckt sind.
Hastig ging sie zurück und stieg die vier Stockwerke bis zum Websaal hinauf. Beim Weggehen hatten die Mädchen die Lampen gelöscht, somit sah sie erst nichts, außer den klotzigen Umrissen der Maschinen.
Dann hörte sie eine angespannte, hohe Stimme: »Bitte, Sir, bitte, Mr. Marsden –«
Lyddie schnappte sich den Löscheimer. Er war voll, aber sie spürte das Gewicht nicht. »Bitte nicht –« Sie rannte den Gang zwischen den Webstühlen entlang auf die Stimme zu. Dann sah sie im Dunkeln Brigid, mit vor Angst weißen Augen, und Mr. Marsdens Rücken. Er hielt Brigids Arme umklammert.

»Mr. Marsden!«
Der Aufseher drehte sich blitzschnell um, als ihr heiserer Schrei erklang. Da stülpte sie ihm den Löscheimer über den glänzenden Schädel, die hervorquellenden Augen, den zu einem perfekten »O« geformten rosigen Mund. Das abgestandene Wasser floß über seine Schulter und an seinen Hosen hinunter.
Lyddie ließ den Eimer los, packte Brigid an der Hand, begann zu rennen und zerrte sie hinter sich her. Hinter sich im Dunkeln vermeinte sie den Lärm eines wütenden Bären zu vernehmen, der mit einem Haferbreitopf auf die Möbel einschlug.
Sie begann zu kichern. Bis sie am Fuß der Treppe ankamen, war sie kraftlos vor Lachen, und die Seite tat ihr weh, aber sie rannte weiter, durch den verlassenen Hof, am verdutzten Torhüter vorbei, über die Brücke und entlang der großäugigen Wohnheime, während sie die verwirrte Brigid hinter sich herzog.

Moralische Verworfenheit

Bis zum Morgen war ihr Gelächter längst verstummt. Schon bevor um halb fünf die Morgenglocke läutete, war sie wach, hatte sich angezogen und ging den schmalen Durchgang zwischen den Betten auf und ab. Ihr Hals war so eng, daß sie kaum mehr atmen konnte, und das Blut raste durch ihren Körper.
Beim Frühstück bekam sie nichts hinunter. Der Geruch des gebratenen Kabeljaus drehte ihr den Magen um. Aber sie saß inmitten des Geschnatters und Geklappers, weil es einfacher war, die Zeit in lärmender Gesellschaft zu verbringen als in der tobenden Stille ihres Zimmers.
Sie war die erste am Tor. Nicht daß sie es nicht erwarten konnte, bis der Tag begann. Nein, sie wollte, daß das, was auch immer geschehen mochte – und sie zweifelte nicht daran, daß ihr etwas Entsetzliches bevorstand –, bald hinter ihr lag.

Sie versuchte, nicht an Brigid zu denken. Sie konnte sich auch nicht noch Brigids Schicksal auf die Schultern laden. Wenn sie nur nicht wieder hochgegangen wäre in den Websaal! Dieser eklige Kerl! Hätte ich das arme Kind mit ihm alleine lassen sollen? Ebensogut hätte sie Rachel und Agnes an den Bären verfüttern können. Und doch, Brigid war kein hilfloses Kind. Vielleicht hätte sie sich losgerissen – hätte ihm auf den Fuß getreten, oder . . . Tja, dafür war es jetzt zu spät. Lyddie *war* zurückgegangen. Sie hatte, der Himmel sei ihr gnädig, diesen Eimer mit Wasser genommen und ihn dem Aufseher über den gepflegten kleinen Kopf gestülpt. Dabei hätten ein paar Worte durchaus genügt. Als sie seinen Namen gerufen hatte, war er herumgefahren und hatte Brigid losgelassen. Aber nein, damit war Lyddie nicht zufrieden. Sie mußte diesen Eimer nehmen und ihn dem Mann so heftig überstülpen, daß seine Schultern fast darin verschwanden. Lyddie stellten sich die Haare –

Warum machten die denn das Tor nicht auf? Sie hatte genug von den Bildern, die in ihrem Kopf abliefen, als nähme sie wirklich den schweren Eimer hoch und kippe ihn wieder und immer wieder über Mr. Marsden aus, als renne sie tausendmal über den Fabrikhof und zerrte Brigid hinter sich her. Lachend. Natürlich hatte er sie gehört. Sie hatte gebrüllt wie eine Verrückte. Er mußte es gehört haben.

Inzwischen war sie umringt von den anderen rempelnden Mädchen, die wie sie auf die Glocke warteten. Doch als sie schließlich läutete, fuhr Lyddie zusammen. Sie war so laut, klang so sehr, als warne sie vor Gefahr. Sie versuchte, sich gegen den Strom zu wenden, um zu fliehen, solange es noch ging, aber sie war gefangen in der schwatzenden Fabrikmädchen-Falle, die vorwärtsdrängte in den neuen Tag. Sie gab es auf und ließ sich zu der überdachten Treppe und in den Websaal hinauf schieben.

Brigid stand nicht an ihren Maschinen. Mr. Marsden saß nicht auf seinem hohen Hocker. Ihre Hinrichtung war verschoben. Sie

spürte Erleichterung, auf der Stelle verschluckt von Angst. Sie mußte es hinter sich bringen.
Eines der Mädchen vom »Acker« kam zu ihr her. »Brigid läßt ausrichten, daß sie sich nicht so wohl fühlt heute früh. Du sollst dir keine Sorgen machen.«
Der kleine Feigling. Ich soll das Ganze also allein durchstehen? Wo ich doch alles riskiert hab, um ihr zu helfen?
Das Mädchen sah über die Schulter zurück und blickte in die Runde. Dann beugte es das Gesicht ganz nah und flüsterte: »Ehrlich gesagt, man hat ihr ausrichten lassen, sie solle heute nicht kommen. Aber sie wollte dich nicht beunruhigen.«
Jetzt war Lyddie wirklich beunruhigt, und diesmal fehlte auch der dünne Panzer, den die Wut auf die Freundin geliefert hätte. Wollten sie Brigid an ihrer Stelle bestrafen? Was für eine Sünde hatte sie begangen? Welche Vorschrift hatte sie jemals übertreten? Dabei mußte sie eine kränkliche Mutter und fast ein Dutzend Geschwister versorgen!
Mr. Marsden kam herein. Lyddie hielt den Blick starr auf ihre Webstühle gerichtet. Der Saal erwachte rüttelnd und schüttelnd zum Leben. Lyddie und das irische Mädchen, das gewöhnlich neben Brigid arbeitete, kümmerten sich gemeinsam um Brigids Webstühle, so gut sie konnten. Lyddie war fast ausreichend damit beschäftigt, ihre Ängste zu verdrängen. Und dann tauchte dieser junge Mann, der Sekretär des Personalleiters, in gepflegtem Anzug mit Krawatte neben ihr auf und bat sie, mit ihm ins Büro seines Vorgesetzten zu kommen. Jetzt war es endlich soweit. Lyddie stellte ihre eigenen Webstühle und einen von Brigid ab, dann folgte sie dem jungen Mann die Treppe hinunter und über den Hof, bis zu dem niedrigen Gebäude, in dem die Buchhaltungs- und Büroräume lagen.
Der Personalleiter, Mr. Graves, saß an seinem riesigen Rollpult. Er wandte sich nicht gleich von seinen Papieren ab, um Lyddie zur Kenntnis zu nehmen. Der Sekretär hatte sie nur bis zur Tür gebracht, also blieb sie gleich jenseits der Schwelle

stehen, als er sie hinter ihr wieder schloß. Sie versuchte zu atmen.
So wartete sie, bis ihr ganz elend wurde, weil sie kaum Luft bekam mit ihrem engen Hals. Ob sie wohl auf seinem Teppich zusammenbrechen würde? Sie betrachtete das Muster, das aus verschiedenen stumpfen Brauntönen bestand. In der Mitte war es fast schwarz, und dann wirbelte es heller und heller bis zu einem schmutzigen Gelb am äußeren Rand. Lyddie wurde schwindlig, und sie taumelte einen Schritt vorwärts, um nicht zu fallen. Jetzt drehte sich der Mann in seinem Stuhl um, als fühlte er sich gestört. Er trug eine Brille mit halben Gläsern, senkte den massigen Kopf und starrte darüber hinweg zu ihr her.
»Sie – Sie haben mich holen lassen, Sir?« Es kam heraus wie Hühnergegacker.
»Ja?«
»Sie haben mich holen lassen, Sir.« Lyddie freute sich, als sie hörte, daß ihre Stimme kräftiger wurde. Der Mann starrte sie immer noch an, als wäre sie eine Raupe auf seinem Teller. »Lydia Worthen, Sir. Sie haben mich holen lassen.«
»Ach, ja, Miß Worthen.« Weder stand er auf, noch bat er sie, sich zu setzen. »Miß Worthen.« Er sammelte die Papiere ein, an denen er gearbeitet hatte, und stieß sie auf seinem Schreibtisch zu einem ordentlichen Stapel zusammen, den er zu seiner Rechten hinlegte. Dann rückte er scharrend den Stuhl zurück, um sich ihr zuzuwenden. »Miß Worthen. Ich hatte heute früh ein betrübliches Gespräch mit Ihrem Aufseher.«
Sie kam nicht dagegen an, sich zu fragen, was Mr. Marsden wohl über den gestrigen Vorfall erzählt haben mochte.
»Es scheint«, fuhr er fort, »es scheint, als wären Sie eine Unruhestifterin im Websaal.« Jetzt musterte er sie eingehend, genau wie zuvor seine Papiere. »Eine Unruhestifterin«, wiederholte er.
»Ich, Sir?«
»Ja. Mr. Marsden fürchtet, Sie hätten einen schlechten Einfluß auf die anderen Mädchen dort.«

Also hatte er nichts von gestern abend erzählt. Soviel schien zumindest klar. »Ich tu meine Arbeit, Sir«, sagte Lyddie und schöpfte Mut. »Ich hab nicht vor, Unruhe auf dem Stockwerk zu stiften.«

»Wie lange sind Sie schon bei uns, Miß Worthen?«

»Letzten April war es ein Jahr, Sir.«

»Und wie viele Webstühle versorgen Sie zur Zeit?«

»Vier, Sir.«

»Ich verstehe. Und Ihr Lohn? Durchschnittlich?«

»Ich verdien gut, Sir. In letzter Zeit komm ich pro Woche, nach Abzug von Kost und Logis, normalerweise auf drei Dollar.«

»Sind Sie zufrieden mit diesem Lohn?«

»Ja, Sir.«

»Ich verstehe. Und die Arbeitszeit?«

»Ich bin an einen langen Tag gewöhnt. Ich komm zurecht.«

»Ich verstehe. Und Sie haben nichts im Sinn mit –« Er wedelte mit seiner großen Hand. »– mit diesem Zehn-Stunden-Kram?«

»Ich hab nie eine Eingabe unterschrieben.« Ich wollte es tun, aber das brauchst du ja nicht zu wissen.

Nun folgte eine lange Pause, in der der Personalleiter seine Brille abnahm. »Also«, sagte er schließlich, »gehören Sie nicht zu diesem radikalen Frauenverein?«

»Nein, Sir.«

»Ich verstehe«, sagte er. Dabei hatte es den Anschein, als verstünde er jetzt sehr viel weniger als zu Anfang des Gesprächs. »Ich verstehe.«

Lyddie machte einen winzigen Schritt vorwärts. »Dürfte ich fragen, Sir, warum man mich eine Unruhestifterin nennt?« Sie sprach sehr leise, aber der Personalleiter hatte sie trotzdem verstanden.

»Je, nun . . .«

»Vielleicht –« Ihr schlug das Herz, so beeindruckt war sie von ihrem eigenen Mut. »– vielleicht könnt' man Mr. Marsden rufen, Sir, damit er mir sagt, was ich getan hab, um sein Mißfallen zu erregen?« Ihre Stimme wurde gegen Ende des Satzes höher, um die Aufforderung in eine Frage abzumildern.

»Je, nun –« Er zögerte. »Öffnen Sie die Tür.« Und als Lyddie gehorchte, rief er dem Sekretär zu, er solle Mr. Marsden holen. Dann drehte er sich wieder zu Lyddie um. »Sie können sich setzen, Miß Worthen«, sagte er und widmete sich erneut den Papieren auf seinem Schreibtisch.

Obwohl der Stuhl, auf den er wies, schmal war und eine kerzengerade Lehne hatte, war Lyddie dankbar, daß sie endlich sitzen durfte. Ihr plötzlicher Mut hatte sie ebenso erschöpft wie zuvor die Angst. Auch dafür, daß sie Zeit bekam, ihre wild wirbelnden Gedanken zu ordnen, war sie dankbar. Doch je länger sie wartete, desto größer wurde der Tumult in ihr, und um ein Haar wäre sie aufgesprungen, als der Sekretär die Tür öffnete und Mr. Marsden erschien. Sie preßte den Rücken gegen die Rippen der Stuhllehne und hielt die Augen auf das schwindlig machende Spiralmuster des Teppichs gerichtet.

Ein Räuspern erklang, dann: »Sie haben mich holen lassen, Sir?«

Lyddie hätte um ein Haar laut herausgelacht. Genau dasselbe hatte auch sie gesagt, vor kaum zehn Minuten.

Der Personalleiter drehte sich in seinem Stuhl um, aber wieder stand er weder auf, noch bot er dem Besucher einen Stuhl an. »Miß Worthen möchte wissen, was man ihr zur Last legt.«

Mr. Marsden hustete. Lyddie sah gegen ihren Willen auf. Als sie ihn anschaute, blinzelte er rasch und nahm sich dann zusammen – seine Augenlider senkten sich für einen Augenblick über die kleinen dunklen Augen, sein Mund wurde so schmal wie ein Schlitz. »Sie ist eine Unruhestifterin«, sagte er gelassen.

Lyddie sprang auf. Sie konnte sich nicht mehr beherrschen. »Eine Unruhestifterin? Was sind dann Sie, Mr. Marsden? Was sind dann Sie?«

Der Personalleiter hob den Kopf. Sein Körper schien anzuschwellen, seine Augen quollen hervor wie die einer Riesenkröte, die gerade zum Sprung ansetzt. »Setzen Sie sich, Miß Worthen!«

Lyddie sank auf ihren Stuhl.
Ihr Ausbruch hatte dem Aufseher die Zeit gegeben, die er brauchte. Er lächelte ein wenig, als wollte er sagen: Sehen Sie, Miß Worthen ist keine Dame.
Zufrieden, weil es ihm gelungen war, sie zum Schweigen zu bringen, ließ der Personalleiter den Blick, der auf Lyddie lag, zu ihrem Ankläger wandern. »Eine Unruhestifterin, Mr. Marsden?«
Einen kurzen Moment lang faßte Lyddie Hoffnung, aber er fuhr fort: »Inwiefern Unruhestifterin? Laut unserer Akte scheint sie eine zufriedenstellende Arbeitskraft zu sein.«
»Es geht nicht –« Und jetzt drehte sich Mr. Marsden um und sah Lyddie wütend an. Alle Nervosität war verschwunden. »– es geht nicht um ihre Arbeit an sich. Nein. Es gab mal eine Zeit, da hielt ich sie für eine der Besten auf dem Stockwerk. Aber –« Er drehte sich wieder zum Personalleiter um, und nun wurde seine Stimme feierlich und still. »– ich bin gezwungen, Sir, ihre Entlassung zu verlangen. Wegen moralischer Verworfenheit.«
Was war das für ein Wort? Wessen beschuldigte er sie da?
»Ich verstehe«, sagte der Personalleiter, als wäre nun alles geklärt, dabei war es das nicht. Überhaupt nicht.
»Da ich –« Und nun triefte die Stimme des Aufsehers förmlich vor honigsüßem Bedauern. »– da ich ja für all die unschuldigen jungen Frauen verantwortlich bin, kann ich es nicht dulden, daß eine unter ihnen ist, die mit ihrer moralischen Verworfenheit so ein schlechtes Beispiel gibt.«
»Selbstverständlich nicht, Mr. Marsden. Moralische Verworfenheit kann die Firma nicht dulden.«
Lyddie drehte sich ungläubig von einem Mann zum anderen, aber beide ignorierten sie. Sie kämpfte nach Worten, um der Richtung, die das Gespräch genommen hatte, gegenzusteuern, aber was konnte sie sagen? Sie wußte nicht, was das Wort bedeutete. Wie konnte sie etwas leugnen, von dem sie nicht einmal wußte, daß es existierte? Was Moral war, wußte sie. Aber das war keine Hilfe. Moral war Amelias Territorium – regelmäßige Teilnahme am

sonntäglichen Gottesdienst, Gebetskränzchen und Bibelstudien. In dieser Richtung hatte sie, Lyddie, nicht viel vorzuweisen. In die Kirche ging sie kaum einmal, und der Himmel wußte, daß sie nicht nur die Bibel las. Trotzdem war sie nicht schlimmer als viele andere, oder? Zumindest war sie keine Papistin, dabei wurden nicht einmal die verurteilt.

Sie öffnete den Mund. Beide musterten sie bedauernd, aber streng. Im Verlauf der Gesprächspause hatte sie den Kampf verloren.

»Sie können meinen Sekretär bitten, Ihnen Ihren restlichen Lohn auszuzahlen, Miß Worthen«, sagte der Personalleiter und wandte sich wieder seinem Schreibtisch zu.

Mr. Marsden schenkte dem Rücken seines Vorgesetzten ein Nicken und ein verkniffenes Lächeln. Dann verließ er rasch das Zimmer, ohne Lyddie noch eines Blickes zu würdigen.

»Sie können jetzt gehen«, sagte der Personalleiter, ohne sich umzudrehen.

Was konnte sie tun? Sie stolperte auf die Füße und zur Tür hinaus.

Sie bekam ihren Lohn in voller Höhe, aber kein Zeugnis, das ihr eine ehrenhafte Entlassung bescheinigte. Und ohne die würde sie in Lowell keine einzige Firma mehr einstellen. Wie betäubt ging sie zu dem hohen Tor hinaus. Sie hatte oft von diesem letzten Tag geträumt, aber in ihrem Traum war sie im Triumph nach Hause zurückgekehrt. Und jetzt gab es weder Triumph noch ein Zuhause, in das man in Schande zurückkehren konnte.

Abschied

Der Bär hatte gewonnen. Er hatte ihr Zuhause, ihre Familie, ihre Arbeit, ihren guten Namen geraubt. Sie hatte gedacht, sie sei so stark, so zäh, dabei hatte sie dagestanden wie ein neugeborenes

Lamm und sich verschlingen lassen von ihm. Sie sah sich in dem engen Zimmer um, das ihr Heim gewesen war – zwei hineingequetschte Doppelbetten, mit einem kaum einen Fuß breiten Gang dazwischen. Sie mußte an Betsy denken, wie sie im Schneidersitz auf einem der Betten saß, ein bißchen zur Kerze geneigt, und laut vorlas, während sie, Lyddie, regungslos und in Olivers Welt versunken dalag.

Und Amelia. Amelia würde wissen, was Vorwerfenheit, Verworflichkeit – oder wie dieses verflixte Wort auch immer geheißen haben mochte –, Amelia hätte bestimmt gewußt, was es bedeutete. Sie sah vor sich, wie deren Augenbrauen einen hohen Bogen machten und sich ihr Mund krauste: »Aber weshalb willst du das wissen?« Damit ich weiß, was sie mir vorwerfen, warum man mir gekündigt hat, warum sie mich ohne Zeugnis fristlos entlassen. »Dich?« Betsy würde lachen. »Nicht unsere Lyddie – Mr. Marsdens bestes Mädchen.« In der Zwischenzeit wäre Prudence damit beschäftigt, das verdammte Wort lang und breit zu erklären.

Gott sei Dank war Rachel versorgt. Sie ging zur Schule, hatte ein Zuhause, zu essen. Eine Mutter. Und Charlie. Ich werde nicht weinen. Lyddie begann, ihre Sachen zu packen, sie achtlos in den kleinen Jutesack zu stopfen, der ihr einziges Gepäck gewesen war, als sie kam. Fast hätte sie laut herausgelacht. Er war nicht groß genug, um ihre neue Kleidung aufzunehmen, noch viel weniger ihre Bücher. Tja, sie war nun eine reiche Frau. Sie konnte sich einen ordentlichen Koffer für ihre Besitztümer leisten, auch wenn sie kein Zuhause hatte, wo sie die Sachen hinbringen konnte.

»Sie haben mich rausgeworfen«, erklärte sie Mrs. Bedlow.

Die Heimverwalterin konnte es nicht glauben. »Warum denn nur?« rief sie. »Du warst doch Mr. Marsdens bestes Mädchen! Haben alle gesagt.«

Lyddies Lachen klang eher nach Pferdegewieher als nach einem menschlichen Klang. »Dann haben sich eben alle getäuscht.«

Sie brachte es nicht über sich, Mrs. Bedlow von den beiden Zwischenfällen im Websaal zu erzählen. Den ersten mußte sie irgendwie selbst verschuldet haben. Sie wußte so wenig über die Verhaltensweisen von Männern und Frauen. Bestimmt hatte sie ihm, ohne es zu wissen, ein Zeichen gegeben. Mr. Marsden war Diakon in seiner Kirche. Er war kein liebenswerter Mann, aber sicher hatte er ... Und dann gestern abend. Der Himmel sei mir gnädig. Ich habe mich wie ein wildes Tier verhalten, das den Verstand verloren hat. Nicht mal meine eigene Mutter, die in einer Irrenanstalt starb, hat sich jemals so verrückt aufgeführt.

»Morgen – spätestens übermorgen – mache ich mein Zimmer frei«, sagte Lyddie.

»Aber wo willst du denn hin?« Machen Sie sich um mich keine Sorgen. Ich ertrag es nicht, wenn Sie nett sind zu mir. Wenn Sie nett sind zu mir, mache ich vielleicht schlapp.

»Ich werd wieder im Haushalt schaffen, denk ich mir.« Genau. Triphena würde sie bestimmt nehmen.

Lyddie ging zur Bank und hob ihr ganzes Geld ab – zweihundertdreiundvierzig Dollar und siebenundachtzig Pence. Dann ging sie in den Buchladen. Sie wollte Brigid eine Ausgabe von *Oliver Twist* schenken, auch wenn das Mädchen noch nicht so weit fortgeschritten war, um es richtig lesen zu können. Irgendwann würde es soweit sein.

»Wünschen Sie noch etwas, Miß Worthen?« Sie waren inzwischen Freunde, der Buchverkäufer und sie. Sie zögerte, aber was brauchte es sie zu kümmern? Sie war ja zum letzten Mal hier.

»Haben Sie ein Buch, das – in dem steht, was die verschiedenen Wörter bedeuten?«

»Ah«, sagte er. »Natürlich haben wir den alten Alexander, außerdem gibt es noch den Webster und den Worcester. Alles Wörterbücher. Aber die beiden letzteren sind eher auf dem neuesten Stand.«

»Ich glaub, ich brauch eins, das auf dem neuesten Stand ist«, sagte Lyddie. Sie wollte nicht riskieren, daß sie eines kaufte, in dem das Wort gar nicht stand.

Der Verkäufer holte zwei dicke Bücher vom Regal herunter, dann legte er noch ein drittes dazu. »Viele Leute ziehen den Worcester vor«, meinte er und deutete darauf. »Er ist ein bißchen neuer. Und alles ist in einem einzigen Band.« Lyddie nahm den Worcester, bezahlte und zwang sich, erst den Laden zu verlassen, bevor sie ihn aufklappte.

Sobald man sie vom Ladenfenster aus nicht mehr sehen konnte, legte sie ihre Päckchen auf dem Bürgersteig ab und schlug das Wörterbuch auf. Sie brauchte ein Weilchen, bis sie fand, was sie suchte. Die Seiten waren dünn, ihre Finger schwielig und ungeschickt. Auch wußte sie nicht genau, wie das Wort gelautet hatte. Aber endlich fand sie es.

Was? Sie hätte laut hinausgeschrien, wenn die Straße nicht so bevölkert gewesen wäre. Sie war nicht moralisch verkommen und lasterhaft. Sie war nicht unsittlich. Sie war nur unwissend, und wo war da die Sünde? Mr. Marsden war der Bösewicht, weil er solche Beschuldigungen gegen sie vorbrachte. Sie hatte nichts Schlimmes getan, war nur dumm gewesen.

Sie lief zurück in ihr Zimmer. Was konnte sie tun? Der Schaden war angerichtet. Wenn sie gewußt hätte, was da im Zimmer des Personalleiters vor sich ging, was für ein Lügner dieser abscheuliche Mr. Marsden war! Oh, Mr. Graves hatte ihm auf der Stelle geglaubt. Mein Aufschrei wurde gegen mich gewertet. Ich benahm mich nicht wie eine Dame. Das war mein Verbrechen.

Sie schrieb voller Wut zwei Briefe und verbrannte sich am Siegelwachs, weil ihre Hand so zitterte. Dann eilte sie mit losen Hutbändern und fliegendem Umschlagtuch aus dem Haus. Bis sie zum »Acker« kam, war sie außer Atem und schaffte es kaum, eines der auf der Straße spielenden Kinder nach Brigids Haus zu fragen.

Das erste Kind, das sie ansprach, sah mit riesigen, verängstigten Augen zu ihr hoch und rannte wortlos davon. Lyddie blieb lang genug stehen, um ihren Hut ordentlich zu binden und zu verschnaufen, bevor sie das nächste fragte. Der kleine Junge deutete stumm auf eine Hütte, in der, wie sich herausstellte, nicht Brigid wohnte. Aber die Frau des Hauses kannte die junge Irin und erklärte Lyddie den Weg.

Brigid kam selbst an die Tür. »O Lyddie, was ist passiert?«

»Ich bin entlassen«, antwortete Lyddie.

»Nein! Unmöglich!«

»Es läßt sich nicht ändern. Es ist passiert. Aber dich dürfen sie nicht entlassen. Ich habe Mr. Marsden schon einen Brief geschrieben, in dem steht, daß ich seiner Frau mitteilen werde, was im Websaal vorgefallen ist, falls er dich entläßt oder dir sonstige Schwierigkeiten macht. Da ist der Brief an Mrs. Marsden. Wenn es irgendwelche Probleme gibt, mußt du ihn auf der Stelle abschicken.« Brigid starrte sie mit offenem Mund an. »Auf der Stelle. Du mußt es mir schwören.« Brigid nickte. »Und jetzt würde ich mich gern hinsetzen, wenn es möglich wäre.«

»Oh, ich bin schrecklich unhöflich.« Brigid trat beiseite und ließ Lyddie in die winzige Hütte treten. Es roch stark nach Essen und Schweiß. Trotz der Dunkelheit, die drinnen herrschte, konnte sie Kinderaugen sehen. Groß und starrend. »Meine Mutter ist heute putzen gegangen.« Brigid nahm etwas von einem grob gezimmerten Hocker, was wie Lumpen aussah, was aber auch Kleidung sein mochte. Lyddie setzte sich dankbar. Sie war immer noch müde von der vorherigen Nacht. So müde wie nach dem Fieber. Alle Knochen taten ihr weh vor Erschöpfung.

»Danke«, sagte sie.

»Wo willst du hin? Nicht weg von Lowell, hoffe ich.«

»Sie haben mir kein Zeugnis gegeben, also kann ich hier nicht bleiben.«

»Und alles ist meine Schuld.«

»Nein, du darfst dir keine Vorwürfe machen.«

Es gab keine Sitzmöglichkeit außer den Betten, also blieb Brigid stehen und sah auf sie herunter. Das einzige Geräusch in dem düsteren Raum war ein Rascheln, wenn sich die Kinder bewegten.

Lyddie atmete jetzt wieder ruhig. Sie mußte aufbrechen. »Ich geh jetzt, Brigid. Ach, hätt' ich fast vergessen.« Sie reichte dem Mädchen das Päckchen mit Rachels altem Lesebuch und *Oliver Twist*. »Damit du mich nicht ganz vergißt«, sagte sie. Dann floh sie, um Brigids Schluchzen nicht hören zu müssen.

An diesem Abend ging sie, als die Glocke zum Arbeitsende läutete, an den Wohnheimen vorbei bis zu den schmucken Fachwerkhäusern der Aufseher der Firma Concord. Sie wußte nicht, in welchem Mr. Marsden wohnte, aber das machte nichts. Er mußte ja hier vorbeikommen. Lyddie blieb im Schatten des ersten Hauses stehen und wartete.

Sein Gang war unverkennbar. Wie ein kleiner Kampfhahn kam er ganz alleine anstolziert. Ob er wohl gar keine Freunde hat? Sie schob den Gedanken beiseite. Sie durfte nicht zulassen, daß ihre Wut verwässert wurde. »Mr. Marsden?« Sie trat aus dem Schatten in seinen Weg.

Erschrocken blieb er stehen. Sie war fast so groß wie er. Nah vor seinem Gesicht und während die breite Krempe ihres Huts fast seine Wange streifte, sagte sie ganz ruhig: »Ja, ich bin's, Lydia Worthen.«

»Miß Worthen«, hauchte er.

»Ich bin schäbig und geizig. Manchmal bin ich ein Feigling, und oft bin ich selbstsüchtig. Schönheit bin ich keine. Aber moralisch verkommen, lasterhaft und unsittlich bin ich nicht!«

»Wie – wie bitte?«

»Sie haben mich der moralischen Verworfenheit beschuldigt, Mr. Marsden. Ich bin hier, um Ihnen zu sagen, daß diese Anschuldigung nicht zutrifft.«

Er stieß einen kleinen Schnaufer aus und machte einen Schritt rückwärts.

»Ich habe hier einen Brief. Ich werde Ihnen sagen,was drinsteht. Daß ich, falls Brigid MacBride ihre Stellung verliert, dafür sor-

gen werde, daß Ihre Frau erfährt, was im Websaal nach Arbeitsschluß vor sich geht.«
»Meine Frau?« flüsterte er.
»Mrs. Marsden. Meiner Ansicht nach müßte sie es erfahren, wenn im Websaal ihres Mannes moralische Verworfenheit am Werk ist.« Sie gab ihm heftig den Brief in die Hand und schloß seine widerstrebende Faust darum. »Guten Abend, Mr. Marsden. Einen ruhigen Schlaf wünsche ich Ihnen – solang Sie noch am Leben sind!«

Lyddie fuhr mit der Kutsche nach Boston, was dieser Tage kaum mehr jemand tat. Der Zug war ja viel schneller. Aber es gab nichts, wo es sie hindrängte, und die Kutschenfahrt ließ ihr Zeit, damit sie sich beruhigen konnte. Boston war eine schreckliche Stadt, älter und sogar noch schmutziger und belebter als Lowell. Die Straßen waren eng, und Lyddie mußte mit vorsichtigen Schritten dem Abfall und dem Tierkot ausweichen. Dabei hob sie mit der einen Hand den Rock und balancierte unter dem anderen Arm ihren Koffer. Sie hätte ihn gern an einem sicheren Ort verwahrt, aber wie fand man den in einer unbekannten Stadt?
Endlich entdeckte sie das Haus, das sie suchte. Als sie durch die Glasscheibe lugte, die in der Tür eingelassen war, sah sie Diana selbst. Groß und blaß war sie, aber nicht mehr schlank. Sie sprach mit einer Kundin, hatte der kleinen Frau den Kopf ein wenig zugeneigt und lächelte höflich.
Lyddie drückte den schweren Koffer noch fester an sich und stieß die Tür auf. Ein Glöckchen bimmelte, und Diana sah auf. Zuerst nickte sie nur höflich, war immer noch auf die plaudernde Kundin konzentriert. Dann, als sie Lyddie erkannte, verwandelte sich ihr Gesicht.
»Entschuldigen Sie mich einen Augenblick«, sagte sie zu der Frau, kam herüber und griff nach dem Koffer. »Lyddie.« Ihre Stimme war immer noch ruhig und so wunderschön tief. »Ich freue mich ja so riesig!«

Nachdem die Kundin ihre Bestellung beendet und den Laden verlassen hatte, konnten die beiden reden. »Wie geht es dir, Lyddie?« erkundigte sich Diana.

»Sie haben mich entlassen. Wegen moralischer Verworfenheit.«

»Wegen was?« Diana lachte fast.

»Das Wort bedeutet –«

»Ich weiß, was es bedeutet«, sagte Diana sanft. »Ich habe mich ausgiebig damit auseinandergesetzt, aber du – du hast doch –«

»Du bist auch nicht moralisch verkommen, lasterhaft und unsittlich.«

»Danke.« Diana versuchte ihr Lächeln zu unterdrücken, aber ihre Mundwinkel verrieten sie. »Ebensowenig wie du. Ich kann nicht begreifen, wie –«

»Mr. Marsden hat es veranlaßt.«

»Ach ja, der liebe Mr. Marsden.«

Als Lyddie die Geschichte erzählte, kamen ihr fast wieder die Tränen vor Wut. Plötzlich fiel ihr auf, daß sich Diana vor Lachen schüttelte.

»Es war überhaupt nicht komisch!« protestierte sie.

»Nein, nein, natürlich nicht. Tut mir leid. Aber ich habe das Gesicht vor Augen, das er gestern abend machte, als du plötzlich vor ihm standst. Gerade als er dachte, er hätte gesiegt – nachdem er doch die Zeugin so mühelos abserviert hatte –«

Auch Lyddie sah jetzt den zu einem entsetzten »O« geformten rosigen Mund vor sich. Das tat gut.

»Und seine Frau ist ein Ekel, aber das weißt du ja –«

»Ich hätt' nicht gedacht, daß es jemanden gibt, der nicht ihm glaubt, sondern mir.«

»Ja, Mrs. Marsden ist ein Ekel, das steht fest. Sagen alle. Sie ist ein wahrer Drachen.« Diana stand auf und goß zwei Tassen Tee ein. »Komm, wir feiern. Einverstanden? O Lyddie, es ist so lieb von dir, daß du gekommen bist. Wie kann ich dir helfen?«

Aber Lyddie war gekommen, um *Diana* zu helfen. »Ich – ich wollte *dir* helfen, wenn ich kann.«

»Dank dir, aber wie du siehst, komme ich zurecht. Anfangs war es hart. Keiner wollte eine unverheiratete, schwangere Frau nehmen. Aber die Besitzerin hier war krank und benötigte unbedingt Hilfe. Wir haben uns also gegenseitig gebraucht. Es hat gut geklappt. Sie ist immer sehr nett zu mir. Und ihre Tochter wird mein Kleines hüten, wenn es kommt.« Diana lächelte glücklich. »Die beiden sind wie eine Familie für mich.« Sie tätschelte Lyddies Knie. »Aber du verstehst mich bestimmt.«
Lyddie übernachtete bei Diana. Alle waren freundlich zu ihr. Also hatte Diana endlich eine Familie. Wie kam es dann, daß in Lyddies Innerem etwas gerissen war wie ein Kettfaden? Freute sie sich denn nicht für Diana? Doch, doch – sie freute sich und war sehr erleichtert. »Du mußt Brigid schreiben, daß es dir gutgeht, ja?« sagte Lyddie, als sie sich am nächsten Morgen verabschiedeten. »Sie kann jetzt lesen, und sie macht sich Sorgen.«

Während der ganzen Fahrt nach New Hampshire fiel ein nicht endenwollender, ermüdender Nieselregen. Lyddie reiste wieder mit der Kutsche. Ihr einziger Mitfahrer war ein alter Mann, der sie nicht beachtete. Dafür war sie dankbar, denn sie weinte fast die ganze Strecke. Sie, die sonst so zäh war wie Leder. Das Gesicht hatte sie im Taschentuch vergraben, den Kopf zum verdunkelten Fenster gedreht. Aber der Tumult, der in ihr wütete, beruhigte sich immer mehr, als würde er von den Pferdehufen in den Schlamm getrampelt. Als sie schließlich die Brücke überquerten, die nach Vermont führte, kam die Sonne heraus und verwandelte die kahlen Bäume vor dem Hintergrund des Blattwerks der immergrünen Pflanzen an den Hängen zu Silber. Die Luft war kalt und klar, der Himmel war blau. Ein Tag, der eher ans Winterende als in den November gepaßt hätte.

Vermont, November 1846

Nach einer weiteren Nacht unterwegs hatte sich der Himmel in die Unterseite einer dicken Steppdecke verwandelt. Der Kutscher drängte sein Gespann vorwärts, damit sie den nächsten Haltepunkt erreichten, bevor der Schnee fiel. Es dämmerte schon fast, als das Gefährt schwungvoll um die letzte Kurve bog und vor dem Gasthof der Cutlers hielt.

Nichts hatte sich verändert, nur sie selbst. Zuerst tat Triphena so, als erkenne sie Lyddie nicht – »diese vornehme Dame aus der Stadt der Webstühle und Spindeln«. Aber bald gab die alte Köchin ihr Spiel auf, umarmte sie herzlich und zog sie auf einen Stuhl vor der riesigen Feuerstelle.

»Ich hab gedacht, du hättest inzwischen 'nen Kochherd«, sagte Lyddie halb im Scherz, während sie sich in der vertrauten Küche umsah.

»Nicht, solang ich hier die Köchin bin«, antwortete Triphena grimmig. »Vermutlich haben in der Stadt alle so 'n Monstrum, was?«

»Sie funktionieren prächtig. Im Wohnheim gab es auch einen.«

Triphena rümpfte die Nase. »Für Leut', die keine richtigen Köchinnen sind, mag's ja angehn –« Sie reichte Lyddie eine Tasse Kaffee mit reichlich Milch und Ahornzucker. »Du machst also 'nen Besuch zu Haus?«

Lyddie kam mit einem Ruck in die Wirklichkeit zurück. »Ich hab meine Arbeit in der Fabrik aufgegeben«, erklärte sie. »Für immer.«

»Also gehst du nu' zurück auf die Farm?«

»Die hat mein Onkel verkauft.«

»Und was is' mit deiner armen Mutter und 'n Kleinen?«

»Mama ist tot«, erklärte Lyddie. Es war unnötig, Triphena zu erzählen, wo sie gestorben war. »Und die kleine Agnes auch.«

»O je«, sagte Triphena leise.

»Also hat Charlie Rachel in die Mühle mitgenommen. Die Phinneys sind gut zu den beiden. Somit«, Lyddie trank einen großen Schluck von ihrem Kaffee. Er verbrannte ihr die Kehle, aber sie ignorierte den Schmerz. »Somit bin ich zum ersten Mal frei. Ich kann jetzt wirklich tun und lassen, was ich will.«

Lyddie brach ab, denn sie wußte nicht, wie sie sagen sollte, daß sie gern wieder Magd im Gasthof geworden wäre. »Also hab ich mir gedacht, wie schön es doch wär', wieder bei Triphena zu arbeiten.«

Die Köchin warf den Kopf zurück und lachte. Sie meint, ich mache Witze. Wie soll ich es ihr erklären? Wie soll ich ihr sagen, daß ich nicht weiß, wo ich sonst hingehn soll?

Und dann kam das Mädchen herein. Es war höchstens zwölf oder dreizehn, trug ein grobes Kattunkleid und schlechtsitzende Stiefel. Lyddie wurde ganz mutlos. Das war die Magd. Es war kein Platz mehr für sie bei den Cutlers.

Sie verbrachte die Nacht in einem der Gästezimmer und bezahlte den vollen Preis dafür, obwohl Mrs. Cutler einen Augenblick lang so tat, als könnte sie unmöglich Geld von einer ehemaligen, geschätzten Angestellten nehmen. Lyddie lag wach, wunderte sich über die Stille hier und über das einzige Licht, das der wolkenverhangene Mond lieferte. Wie konnte man schlafen an so einem ruhigen Ort, ohne den Lärm der Straßen? Nichts war da, was sie von ihrer Grübelei ablenkte: Was sollte sie nun tun, wo sollte sie hingehen in einer Welt, die keinen Platz für sie hatte, wo keiner sie brauchte?

»Dann gehst du heut also die Kinder besuchen, nicht?« fragte Triphena, während sie Lyddie am großen Küchentisch das Frühstück servierte. Lyddie war dankbar, daß sie zumindest für diesen einen Tag Pläne hatte. »Es liegt ja nur 'n Hauch Schnee«, fügte die Köchin hinzu. »Ich kann Henry bitten, daß er dich im Wagen hinfährt.« Henry war Willies Nachfolger.

Lyddie ging lieber zu Fuß. Der Tag war kalt und klar, aber ihr

Umschlagtuch war warm, und ihre Stiefel waren fest und gut eingelaufen.

Sie hatte lange vor Mittag die Mühle erreicht. Mrs. Phinney begrüßte sie herzlich, aber Charlie und Rachel waren in der Schule. Also ging Lyddie einfach weiter, ihre Füße trugen sie den Bergweg hinauf, an den Feldern und Weiden von Quäker Stevens entlang, darüber hinaus und höher, bis sie um die letzte Biegung kam und es dasitzen sah, gedrungen und heimelig vor dem Grün und Silber des Novembertages.

Der Holzstoß vor der Tür war verschwunden. Jemand hatte ihn sauber im Schuppen aufgestapelt. Die Tür war repariert und schloß wieder dicht mit dem Rahmen ab. Sie hob den hölzernen Riegel, den ihr Vater gefertigt hatte, und stieß sie auf.

Nicht einmal an einem strahlenden Tag zur Mittagsstunde war es wirklich hell im Blockhaus. An einem Novembernachmittag war es wahrhaft dunkel. Sie fand die Schachtel mit dem Feuerstein – hier hatten noch keine Schwefelhölzer hergefunden – und zündete die sauber aufgeschichteten Holzspäne unter den Scheiten an. Es war, als hätte jemand Vorbereitungen für ihre Ankunft getroffen. Sie zog den Schaukelstuhl ihrer Mutter an den Kamin und starrte in die Flammen. Nichts roch so gut oder tanzte so schön wie ein Birkenfeuer. Es war so munter, so heimelig. Lyddie streckte die Zehen zur Wärme und seufzte fast zufrieden. Um ein Haar hätte sie alles vergessen können. Sie war dort, wo sie sich hingesehnt hatte – zu Hause. Vielleicht konnte sie die Nacht hier verbringen. Keiner würde sich daran stören. Wie konnten sie ihr die eine Nacht versagen, bevor sie für immer fortging?

»Lyddie?«

Sie sprang auf. Da war die Gestalt eines Mannes. Er kam gebückt zu der niedrigen Tür herein. Dann richtete er sich auf. »Lyddie?« sagte er wieder, und sie erkannte Luke Stevens. Es war eher Ärger über die Störung, was sie fühlte, als Scham, weil sie erwischt worden war.

»Lyddie?« sagte er ein drittes Mal. »Bist du's?« Er nahm seinen ausladenden Quäkerhut ab und hielt ihn vor die Brust. Er kniff die Augen ein bißchen zusammen, um sie im Dunkeln zu erkennen.

»Ich hatte nichts Schlimmes im Sinn«, sagte Lyddie. »Ich bin nur gekommen, um Wiedersehen zu sagen.« Es klang albern, so wie sie es ausdrückte ... Wiedersehen sagen, zu einem Haus.

»Mutter war so, als hätte sie dich vorbeigehen sehen. Sie hat mich geschickt, damit ich dich zum Abendbrot hole. Du kannst auch über Nacht bei uns bleiben, wenn du magst.«

Lyddie hätte ihn gern gefragt, ob sie nicht einfach hierbleiben könnte – nur für diese eine Nacht. Aber es gab nichts zu essen im Blockhaus, und sie hatte nicht das Recht, das Feuerholz der Stevens zu verbrennen. Sie wollte ihnen nicht mehr als nötig verpflichtet sein. »Nein, ich mach mich wieder auf den Rückweg –«

»Bitte!« sagte er. »Bleib doch bei uns. Die Dunkelheit kommt so rasch um diese Jahreszeit.«

Ihr Stolz kämpfte mit ihrem leeren Magen. Seit Triphenas Frühstück waren Stunden vergangen, und der Rückweg war lang, dunkel und kalt. »Ich will nicht stören –«

»Du störst doch nicht, wo denkst du hin«, sagte Luke rasch. »Mutter freut sich, wenn noch eine andere Frau im Haus ist.« Er lächelte zaghaft. »Sie beklagt sich häufig, weil es so aussieht, als fände keiner von uns Jungen eine Frau, die ihn haben will.« Luke kam zur Feuerstelle und kniete sich nieder, um die Holzscheite auseinanderzuziehen und Lyddies kleines Feuer zu löschen.

Sie war froh, daß er ihr den Rücken zuwandte und nicht sehen konnte, wie sich ihr Gesicht im Dämmerlicht rot überzog. »Was deinen Brief betrifft –« fing sie an.

Er schüttelte den Kopf, ohne sich zu ihr umzudrehen. »Es war eine törichte Hoffnung«, meinte er leise. »Ich bitte dich, mir zu vergeben.«

Nebeneinander gingen sie den Weg hinunter. Die Sonne sah wie ein leuchtender Kürbis aus, während sie rasch hinter den Bergen im Westen versank. Lukes lange Beine verlangsamten absichtlich ihren Schritt, damit Lyddie nicht rennen mußte. Lange Zeit sagte keiner ein Wort, aber als die Sonne verschwunden war und es um sie zu dämmern begann, sah er den Weg hinunter und fragte leise: »Wo wirst du hingehen, wenn du nicht bleiben willst?«

»Nach –« sagte sie, und während sie sprach, wußte sie plötzlich, wo sie hinwollte. Sie würde den Bären niederstarren! Den Bären, den sie die ganzen Jahre als Gegenüber gesehen hatte, der aber, wie sie nun wußte, in ihrem eigenen, engstirnigen Wesen beheimatet war. Alle Bären würde sie niederstarren!

Sie blieb mitten auf dem Weg stehen. Ihr ganzer Körper glühte vor Erregung. »Nach Ohio«, sagte sie. »Dort ist ein College, wo nicht nur junge Männer, sondern auch junge Frauen aufgenommen werden.« Der Plan nahm Form an, während sie sprach. »Morgen muß ich mich von Charlie und der kleinen Rachel verabschieden, dann fahr ich mit der Kutsche nach Concord. Und dort –« Sie holte tief Luft. »– setz ich mich in die Eisenbahn und fahr nach Ohio.«

Luke musterte sie, als wollte er ihre Gedanken lesen, doch dann gab er auf. »Du bist wirklich und wahrhaftig ein erstaunliches Mädchen, Lyddie Worthen«, meinte er.

Sie schaute hinauf in sein ernstes, ihr zugeneigtes Gesicht über den gebeugten Schultern. Und da sah sie den Schatten des alten Mannes – des gütigen alten Mannes mit dem komischen Quäkergut, der er einmal werden und den sie lieben würde.

Heiliger Bimbam, Lyddie Worthen! Hast du denn gar nichts gelernt? Hast du denn tatsächlich so wenig Verstand, daß du dein Herz wieder an ein menschliches Wesen hängst? Damit handelst du dir doch nur Probleme und Kummer ein. Genausogut könntest du die Tür sperrangelweit aufreißen und den Bären geradewegs ins Blockhaus bitten.

Trotzdem – wenn Luke warten würde –

Er sah sie mit schiefgelegtem Kopf fragend an. Sein Gesicht war so nah, daß sie einen kleinen Rußfleck darauf erkennen konnte.

Wie bei Charlie. Der hatte es auch nie geschafft, sich um das Feuer zu kümmern, ohne sich dreckig zu machen. Sie legte ihre Hand fest an die Seite, damit sie nicht hinaufgriff und seine Wange abwischte.

Wirst du warten, Luke Stevens? Es wird Jahre dauern, bis ich zurückkehre. Und dann werde ich nicht am Boden zerstört hier ankommen, weil ich nicht weiß, wo ich sonst hin soll. Nein, ich werde keine Sklavin sein, auch nicht die meiner selbst –

»Mache ich dir angst?« fragte Luke mit sanfter Stimme.

»Wieso?«

»Weil du mich so grimmig anstarrst.«

Lyddie begann zu kichern, so wie früher, als Charlie und sie noch jung gewesen waren.

Lukes ernstes Gesicht überzog sich mit Fältchen, als sich Verwirrung darauf ausbreitete. Dann brach er, obwohl er immer noch nicht verstand, in Gelächter aus, als ließe er sich nur allzugern von ihrer Lustigkeit anstecken. Er nahm seinen ausladenden Hut ab und fuhr mit der kräftigen Hand durch das rostfarbene Haar.

»Ich werde dich vermissen«, sagte er.

Wir haben immer noch ’ne Schangse, Luke Stevens, sagte Lyddie. Aber sie sprach es nicht laut aus.

Inhalt

Elisabeth Malcolm

Alles andere als unbegabt

In der Schule ist Martina immer die Unbegabte gewesen, im Gegensatz zu ihrer Schwester, die auch recht genau weiß, was sie vom Leben will. Doch über Nacht verändert sich alles. Sie stellt die Weichen für die eigene Zukunft - sie ergreift einen für Mädchen ungewöhnlichen Beruf, für den sie alles andere als unbegabt ist.

176 Seiten

UEBERREUTER

Lydia Rood

Mohnkind

Guten Morgen,
zwölfjährige Tochter.
Herzlichen Glückwunsch
zum Geburtstag.
Das soll Pavas erstes Geschenk
an diesem Tag sein, ein Packen
Papier, ein unendlich langer
Brief ihrer Mutter, an die sie sich
nicht mehr erinnern kann?
Wer war diese Frau?
Pava ist neugierig und läßt
ihre Mutter erzählen...
192 Seiten

UEBERREUTER